D0838436

NORA ROBERTS

Baile en el aire

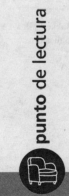

punto de lectura

Título: Baile en el aire
Título original: *Dance Upon the Air*
© 2001, Nora Roberts
Extracto de Cielo y Tierra © 2001 by Nora Roberts
© De esta edición: mayo 2003, Suma de Letras, S.L.
Barquillo, 21. 28004 Madrid (España) www.puntodelectura.com

ISBN: 84-663-1061-4
Depósito legal: M-13.889-2003
Impreso en España – Printed in Spain

Cubierta: MGD
Fotografía de cubierta: Terje Rakke / GETTY IMAGES
Diseño de colección: Ignacio Ballesteros

Impreso por Mateu Cromo, S.A.

NORA ROBERTS

Baile en el aire

Traducción de Juan Larrea

Para las *chicas malas*, las *buenas*, los *cachas* y las *nenas*.
Por la diversión y las amistades

Dulce es bailar al son de los violines
cuando el amor y la vida son hermosos;
bailar al son de flautas y laúdes
es delicado y exquisito,
¡pero no es agradable bailar en el aire
con ágiles pies!

Oscar Wilde
(Traducción: Jesús Munárriz)

Prólogo

Se reunieron en secreto entre las sombras verdes en lo más profundo del bosque, cuando el día más largo del año iba a dar paso a la noche más corta, una hora antes de que saliera la luna.

Ese Sabath de Litha no habría celebraciones, ni ritos de agradecimiento por la luz y el calor. Ese solsticio acaecía en un tiempo de ignorancia y muerte.

Las tres que se reunieron lo hicieron con temor.

—¿Tenemos todo lo que necesitamos? —La que se llamaba Aire se ciñó la capucha para que ni un solo mechón de su claro pelo pudiera verse a la tenue luz del ocaso.

—Será suficiente con lo que tenemos. —Tierra dejó su hatillo en el suelo. Había sofocado esa parte de sí misma que clamaba y maldecía por lo que había sucedido y por lo que iba a suceder. Tenía la cabeza inclinada y la melena castaña y espesa le tapaba el rostro.

11

—¿No tenemos otra solución? —Aire puso una mano en el hombro de Tierra y ambas miraron a la tercera.

Estaba de pie, erguida y delgada. Aunque había pena en su mirada, en sus ojos brillaba una firme determinación. La que llamaban Fuego se quitó la capucha con gesto desafiante dejando escapar una cascada de rizos rojos.

—No tenemos otra solución. Nos perseguirán como a ladrones o bandoleros, y nos matarán, como ya han hecho con una pobre inocente.

—Bridget Bishop no era una bruja —dijo con amargura Tierra mientras se levantaba.

—No, y así lo dijo en el tribunal. Así, lo juró. Sin embargo, la colgaron. La mataron por las mentiras de unas niñas y los desvaríos de unos fanáticos que huelen el azufre del infierno por todos lados.

—Pero hubo solicitudes de clemencia —Aire cruzó las manos como si fuera a rezar. O a suplicar—. No todo el mundo apoya al tribunal ni esta espantosa persecución.

—Son demasiado pocos —murmuró Tierra—. Y ya es demasiado tarde.

—No se terminará con una muerte. Ya lo he visto —Fuego cerró los ojos y volvió a ver los horrores que quedaban por venir—. Es una cacería, nos encontrarán y acabarán con nosotras.

—No hemos hecho nada —Aire dejó caer los brazos—. No hemos hecho daño a nadie.

—¿Qué daño hizo Bridget Bishop? —replicó Fuego—. ¿Qué daño han hecho a la gente de Salem las demás acusadas que esperan juicio? Sarah Osborne murió en una cárcel de Boston. ¿Cuál fue su delito?

Reprimió implacablemente una intensa oleada de cólera ardiente. Incluso en un momento como aquel, evitaba que su poder se tiñera de ira y odio.

—Estos puritanos están cegados —continuó—. Estos *pioneros* son unos fanáticos y harán una carnicería antes de que recuperen el juicio.

—Si pudiéramos ayudar…

—No podemos detenerlo, hermana.

—No —Fuego asintió con la cabeza a Tierra—. Sólo podemos sobrevivir. Abandonaremos este lugar, el hogar que hemos construido, la vida que hemos llevado aquí y empezaremos otra nueva.

Con ternura, Tierra tomó el rostro de Aire entre las manos.

—No te lamentes por lo que nunca podrá ocurrir, sino celebra lo que está por llegar. Estamos las Tres, y no nos van a derrotar.

—Estaremos solas.

—Estaremos unidas.

Y a la luz del ocaso, entraron en el círculo: El fuego las rodeó y el viento elevó las llamas.

Unieron sus manos y formaron otro círculo dentro del círculo mágico.

Aceptando su destino, Aire levantó el rostro al cielo.

—Cuando la noche domina al día, ofrecemos este resplandor. Hacemos el bien y al Camino hacemos honor. Servidora de la verdad, el círculo de una.

Tierra, desafiante, elevó la voz.

—Es nuestra última hora sobre este mundo, ni el pasado ni el presente ni el futuro serán fecundos. Con fortaleza y sin lamentos, el círculo de dos.

—Nuestras artes y talentos a nadie han dañado, pero la sed por nuestra sangre no se ha saciado. Lejos de aquí habitaremos —Fuego alzó las manos unidas—. Lejos de la muerte, donde nada temeremos. Poder, libre estés; el círculo de tres.

El viento sopló y la tierra tembló. El fuego mágico alumbró la noche. Tres voces se elevaron al unísono:

—Que la tierra se aparte de tanto odio. Que se aleje del temor, la muerte y la persecución. Socave la roca, el árbol, la colina y el arroyo. Que nos lleve el rayo de luna del solsticio de verano. Más allá del acantilado, más allá de la orilla. Que nuestra isla llegue al confín del mar. Que se haga nuestra voluntad.

En el bosque se oyó un bramido, un remolino de viento, una bola de fuego. Mientras los que perseguían lo que no eran capaces de entender dormían con la conciencia tranquila, una isla se separó de la tierra y se adentró en el mar.

Se asentó majestuosamente sobre las olas y dio su primer aliento de vida aquella noche, la más corta.

Uno

La mujer mantenía fija la mirada, mientras el promontorio, que aparecía verde y desigual en la distancia, iba revelando sus secretos. El faro, naturalmente. No era imaginable una isla de la costa de Nueva Inglaterra sin uno que se irguiera firme y robusto. Ése, de una blancura inmaculada y deslumbrante, se alzaba sobre un abrupto acantilado. Nell pensó que no podía ser de otra forma.

Cerca del faro había una casa de piedra de un color gris como la niebla bajo la luz resplandeciente del verano. Tenía un alto tejado a dos aguas y lo que esperaba que fuera una balaustrada alrededor de la planta de arriba.

Ya había visto antes cuadros del Faro de las Hermanas y de la casa que se alzaba a su lado firme y sólida, pero fue el cuadro que vio en la pequeña tienda de la costa el que hizo que se montara en el trasbordador sin pensárselo dos veces.

15

Llevaba seis meses siguiendo su instinto y actuando por impulsos, justo dos meses después de que su meticuloso plan organizado con todo detalle la hubiera liberado.

Cada momento de aquellos dos meses había sido aterrador. Luego, poco a poco, el terror había dado paso al desasosiego y a un temor distinto, parecido al ansia, a perder lo que había vuelto a encontrar.

Había muerto, luego podía vivir.

Ya estaba cansada de correr, de esconderse, de perderse en ciudades bulliciosas. Quería un hogar. ¿Acaso no era eso lo que había querido siempre? Un hogar, raíces, familia, amigos: la compañía que no juzga a los demás con demasiada severidad.

Quizá encontrara algo parecido allí, en ese trozo de tierra mecido por el mar. Casi con toda seguridad no encontraría un lugar más alejado de Los Ángeles que aquella pequeña y encantadora isla… a no ser que abandonara el país.

Si no encontraba un trabajo, por lo menos podría pasar allí unos días. Una especie de descanso en su huída, se dijo. Disfrutaría de las playas rocosas y del pueblecito; pasearía por los acantilados y se perdería en la espesura del bosque.

Había aprendido a disfrutar y a apreciar cada momento de su existencia. Era algo que no volvería a olvidar jamás.

Encantada con las casas de madera desperdigadas por detrás del muelle, Nell se apoyó en la barandilla del trasbordador dejando que el viento agitara su cabello. Había recuperado el tono rubio, como quemado por el sol, que era su color natural. Cuando emprendió su huida, se lo cortó a lo chico, feliz por deshacerse de los largos y mullidos rizos. Luego se lo tiñó de castaño oscuro. Con el paso del tiempo, fue cambiando de color: pelirrojo, negro como el carbón, marrón claro como un visón… Seguía teniéndolo bastante corto y muy liso.

Para Nell el ser capaz de dejarse el pelo en paz significaba algo. Tal vez que empezaba a recuperarse a sí misma.

A Evan le gustaba que lo llevara largo, con muchos rizos exuberantes. A veces la había arrastrado por el suelo o escaleras abajo tirando de ellos, como si fueran cadenas.

No, nunca volvería a dejárselo largo.

Sintió un escalofrío y miró por encima del hombro a los coches y personas que había en el barco. Se le secó la boca y le ardió la garganta mientras buscaba a un hombre alto y delgado con el cabello dorado y ojos duros y transparentes como el cristal.

Él, naturalmente, no estaba allí, sino a cinco mil millas de distancia. Para él, ella estaba muerta. ¿Acaso no le había dicho cientos de veces que la muerte sería la única forma que tenía para liberarse de él?

Helen Remington había muerto, luego Nell Channing podía vivir.

Furiosa consigo misma por haber rememorado su anterior vida aunque sólo hubiera sido por un instante, Nell hizo un esfuerzo por tranquilizarse. Respiró hondo. Aire salado, agua. Libertad.

Relajó los hombros y esbozó una sonrisa vacilante. Era una mujer pequeña con un rostro de rasgos finos enmarcado por un pelo corto y pajizo que se agitaba con alegría. Sonrió abiertamente y sus labios, delicados y sin pintar, dibujaron la sombra de unos hoyuelos en las mejillas. El placer hizo que su piel adquiriera un delicado tono sonrosado.

No llevaba maquillaje; otro acto deliberado. Había una parte de ella que aún se ocultaba, que se sentía perseguida, y por eso hacía todo lo posible para pasar desapercibida. Hubo una época en la que era considerada una belleza y ella se arreglaba en consonancia. Se vestía como le decían que se vistiera, con ropa sofisticada, elegante y provocativa que elegía un hombre que aseguraba quererla por encima de todo. Sabía lo que era sentir la seda sobre la piel y llevar unos diamantes alrededor del cuello. Helen Remington conoció todos los privilegios que da una gran fortuna.

Y durante tres años se había sentido atemorizada y desgraciada.

Nell llevaba una camisa de algodón y unos vaqueros desteñidos. Calzaba unas zapatillas de deporte blancas, baratas y cómodas y su única joya era un medallón que había sido de su madre.

Algunas cosas eran demasiado preciosas como para dejarlas atrás.

Volvió hacia su coche mientras el trasbordador reducía la velocidad a medida que se acercaba al muelle. Llegaría a Tres Hermanas con una bolsa pequeña en la que llevaba todas sus pertenencias, un destartalado Buick de segunda mano y 208 dólares.

Nunca había sido tan feliz.

Aparcó el coche y empezó a deambular por el muelle; pensó que no podía haber nada más alejado del glamour y los palacios de placer de Beverly Hills. Se dio cuenta de que ningún otro lugar le había atraído tan poderosamente como aquel pueblecito que parecía salido de una postal. Las casas y las tiendas tenían un aspecto cuidado y primoroso aunque hubieran perdido algo de color por el viento y el sol. La calles, adoquinadas y limpias como patenas, ascendían en curva por la colina o rodeaban el muelle.

Los jardines estaban cuidados con mimo, como si las malas hierbas estuvieran prohibidas. Los perros ladraban detrás de vallas de tablones de madera rematados en pico y los niños montaban en bicicletas de color rojo brillante o azul eléctrico.

Los mismos muelles eran todo un dechado de laboriosidad. Había barcos, redes y hombres de mejillas sonrosadas que calzaban botas de goma hasta la rodilla. Olía a pescado y sudor.

Subió la cuesta y se volvió para mirar atrás. Desde allí podía ver los barcos de turistas fondeados en la bahía y la playa de arena, como una cuchillada curva, donde los bañistas se tumbaban en toallas o se dejaba balancear por la marea. Un pequeño tranvía rojo con el rótulo TOUR DE TRES HERMANAS se llenó enseguida de visitantes con cámaras.

Dedujo que el turismo y la pesca eran lo que mantenían a flote la isla. Pero eso era economía. La isla se mantenía firme frente al mar, las tormentas y el tiempo y era capaz de sobrevivir y florecer a su propio ritmo. Eso era valentía.

A ella le había costado demasiado descubrirla.

La calle principal ascendía en cuesta, flanqueada por tiendas, restaurantes y lo que supuso que eran negocios locales. Pensó que debía hacer la primera parada en uno de los restaurantes. Quizá pudiera conseguir un trabajo de camarera o cocinera, aunque sólo le durara la temporada de verano. Si encontraba un trabajo, podría alquilar una habitación.

Podría quedarse.

Al cabo de unos meses, la gente la conocería. La saludarían con la mano al verla pasar o la llamarían por su nombre. Estaba cansada de ser una desconocida, de no tener nadie con quien hablar. De que nadie la apreciara.

Se paró para ver el hotel. Era de piedra, a diferencia de los demás edificios, que eran de madera. Los tres pisos tenían balcones de hierro y una decoración recargada, los tejados eran puntiagudos y el conjunto resultaba indiscutiblemente romántico. Se llamaba la Posada Mágica, un nombre, pensó, que resultaba muy apropiado.

Sería fantástico trabajar allí, como camarera en el comedor o como camarera de habitaciones. Encontrar un trabajo era la primera de sus prioridades.

Pero no podía entrar, así de golpe. Quería un poco más de tiempo antes de empezar a ocuparse de las cosas prácticas.

Evan la habría llamado frívola. Habría dicho que era demasiado frívola y alocada como para cuidar de sí misma, y que, gracias a Dios, le tenía a él para ocuparse de ella.

Se dio la vuelta y empezó a andar en dirección contraria porque aquella voz le retumbaba con demasiada claridad en los oídos, porque aquellas palabras le robaban la confianza que con tanta dificultad había logrado.

Conseguiría aquel maldito trabajo cuando estuviera preparada, pero de momento iba a dar una vuelta, a hacer de turista, a explorar. Cuando terminara de recorrer la calle principal, volvería al coche y exploraría la isla. Ni siquiera pasaría por la oficina de turismo para conseguir un mapa.

Se colocó la mochila y cruzó la calle dejándose llevar por su intuición. Se detuvo en los escaparates de las tiendas de artesanía y de regalos. Vio cosas preciosas expuestas en baldas sin orden ni concierto. Un día, cuando se asentara, se haría un hogar a su gusto, lleno de cosas, colorido y alegre.

Sonrió al ver una tienda de helados. Tenía mesas de cristal y sillas blancas de hierro. Una pareja con sus dos hijos estaba sentada en una de ellas y todos se reían mientras tomaban helados con crema y virutas de caramelo. Un muchacho con gorra y delantal blancos estaba detrás del mostrador y una chica con vaqueros cortados y ceñidos coqueteaba con él mientras decidía qué pedir.

Nell grabó aquella imagen en su retina y siguió su camino.

La librería hizo que se detuviera y que suspirara. Su casa estaría llena de libros, pero no de valiosas primeras ediciones que rara vez alguien abre o lee. Tendría libros viejos y gastados y libros nuevos de tapa blanda, todos ellos mezclados y revueltos en las estanterías. En realidad, eso era algo que ya podía empezar a hacer. Una novela no supondría mucho peso extra. Miró el rótulo en letras góticas que había en el cristal del escaparate: Libros & Café. Bien, era perfecto. Buscaría algo entretenido y le echaría una ojeada ante una taza de café.

Cuando entró, el ambiente olía a flores y especias y se oía una música de gaitas y arpas. No sólo el hotel era mágico, pensó Nell en el preciso momento en que cruzó el umbral de aquella tienda.

Libros. Todo un festín de formas y colores alineados en estanterías azul oscuro. En el techo, pequeños puntos de luz brillaban como estrellas. El mostrador era una vieja mesa de despacho de roble tallada con duendecillos alados y lunas crecientes. Detrás, sobre un taburete, una mujer con el pelo oscuro y cortado a trasquilones pasaba tranquilamente las páginas de un libro. Levantó la mirada y se colocó bien las gafas de montura plateada.

—Buenos días. ¿Puedo ayudarle en algo?

—Sólo voy a echar un vistazo, gracias.

—Adelante. Si puedo ayudarle, dígamelo.

La dependienta volvió a su libro y Nell empezó a dar vueltas. En el otro lado de la habitación había dos butacas de considerable tamaño frente a una chimenea de piedra. Sobre la mesa que estaba en medio había una lámpara hecha con la escultura de una mujer envuelta en una capa y con los brazos levantados. En otras estanterías había estatuillas de piedras de colores, huevos de cristal, dragones y multitud de objetos. Avanzó entre libros a un lado y velas al otro.

Al fondo, unas escaleras ascendían en curva al piso superior. Subió y se encontró con más libros, más objetos y el café.

Junto a la ventana había media docena de mesas de madera lustrosa y a lo largo del costado se disponía un mostrador con vasos y una impresionante variedad de bollos y sandwiches, además de una olla con la sopa del día. Los precios eran más bien altos, pero no excesivos. Nell decidió que tomaría un poco de sopa y un café.

Al acercarse, oyó voces que salían de la puerta que había detrás del mostrador.

—Jane, eso es ridículo. Una completa irresponsabilidad.

—No lo es. Es la gran oportunidad de Tim y la forma de salir de esta maldita isla. Vamos a aceptar.

—La mera posibilidad de una audición para una obra en el Off Broadway, que a lo mejor no se lleva a cabo, no es una gran oportunidad que digamos. Ninguno de los dos tendrá un empleo. No vais...

—Vamos a hacerlo, Mia. Te dije que trabajaría hasta mediodía de hoy y lo he hecho.

—Me lo dijiste hace menos de veinticuatro horas.

La voz, grave y encantadora, denotaba impaciencia. Nell no pudo evitar acercarse.

23

—¿Cómo demonios voy a sacar adelante el café si no tengo cocinera?

—Sólo te preocupa lo que te pase a ti, ¿verdad? Ni siquiera vas a desearnos suerte.

—Jane, te desearé un milagro, porque es lo que necesitas. No, espera… no te vayas de morros.

Nell sintió que se acercaban y se apartó de la puerta, aunque siguió escuchando.

—Ten cuidado. Sé feliz. ¡Maldita sea! Ve con mis bendiciones, Jane.

—De acuerdo —se sorbió las lágrimas—. Lo siento, de verdad que siento dejarte así, pero Tim tiene que hacer esto y yo tengo que estar con Tim. Te echaré de menos, Mia. Te escribiré.

Nell consiguió esconderse detrás de las estanterías justo en el momento en que una mujer salía y bajaba a toda prisa las escaleras entre sollozos.

—Vaya, es genial.

Nell se asomó y parpadeó admirada.

La mujer que estaba junto a la puerta era como una aparición. A Nell no se le ocurrió otra palabra para describirla. Tenía una espléndida cabellera del color de las hojas en otoño. Los cabellos rojos y dorados caían sobre el azul de un vestido que dejaba los brazos desnudos para mostrar las pulseras de plata que adornaban las dos muñecas. Los ojos, brillantes por el ataque de genio, eran grises como el humo y relucían en un rostro inmaculado. Los pómulos eran perfectos y la boca ancha y pintada de rojo, como la de una mujer fatal. Y la piel… Nell había oído comparar el cutis con el alabastro, pero aquélla era la primera vez que lo veía.

La mujer era alta, esbelta como un sauce y perfecta.

Nell miró a su alrededor para comprobar si alguno de los clientes estaba tan impresionado como ella, pero ninguno parecía fijarse en la mujer o en la ira que le bullía como si fuera agua hirviendo.

Cuando se asomó un poco más para verla mejor, aquellos ojos grises cambiaron de dirección y se clavaron en ella.

—Hola. ¿Puedo ayudarle en algo?

—Yo estaba… pensaba… quisiera tomar un *capuccino* y un poco de sopa. Por favor.

Nell estuvo a punto de volver a esconderse detrás de las estanterías ante la mirada de fastidio que le lanzó Mia.

—Puedo servirle sopa, hoy es de langosta, pero me temo que no soy capaz de manejar la máquina dc café.

Nell miró la preciosa máquina de cobre y latón y sintió un ligero hormigueo.

—Puedo hacérmelo yo misma.

—¿Sabe cómo se maneja esa cosa?

—Sí, la verdad es que sí.

Mia, pensativa, asintió con un gesto y Nell pasó detrás del mostrador.

—Podría hacerle uno a usted ya que estoy aquí.

—¿Por qué no? —Mia pensó que era una chiquilla decidida—. ¿Cómo es que has llegado hasta aquí? ¿Eres una excursionista?

—No. Ah… —Nell se sonrojó al acordarse de la mochila—. No, estoy dando una vuelta. Busco un trabajo y alojamiento.

—Ya.

—Disculpe, sé que no hice bien, pero escuché… la conversación. Si he entendido bien, está en un pequeño apuro. Yo sé cocinar.

Mia observó el vapor que subía y escuchó el silbido.

—¿De verdad?

—Soy muy buena cocinera —Nell ofreció a Mia el café espumoso—. He trabajado en una empresa de *catering* y en una panadería. También he sido camarera. Sé preparar comida y servirla.

—¿Cuántos años tienes?

—Veintiocho.

—¿Tienes antecedentes penales?

A Nell casi se le escapó una carcajada. Los ojos le chisporrotearon un instante.

—No. Soy honrada hasta el aburrimiento, una empleada digna de confianza y una cocinera creativa. —«¡No parlotees, no parlotees!», se ordenó a sí misma, pero no podía parar—. Necesito el trabajo porque quiero vivir en la isla. Me gustaría este trabajo porque me gustan los libros y me ha gustado… la sensación de su tienda desde que entré en ella.

Mia, intrigada, inclinó la cabeza.

—¿Qué has sentido?

—Oportunidades.

Mia se dijo que era una respuesta excelente.

—¿Crees en las oportunidades?

Nell lo meditó un segundo.

—Sí. He tenido que hacerlo.

—Disculpen —una pareja se acercó al mostrador—. Nos gustaría tomar dos helados de moca y dos pasteles de chocolate.

—Naturalmente. Un momento —Mia se volvió hacia Nell—. Estás contratada. El delantal está detrás de la puerta. Concretaremos los detalles más tarde —dio un sorbo al *capuccino*—. Muy bueno —añadió mientras se retiraba—. Ah… ¿cómo te llamas?

—Nell. Nell Channing.

—Bienvenida a Tres Hermanas, Nell Channing.

* * *

Mia Devlin dirigía el café como dirigía su vida: Con un estilo fruto del instinto y, sobre todo, para su disfrute personal. Era una empresaria muy capaz que disfrutaba obteniendo beneficios, pero siempre según sus condiciones.

Pasaba por alto lo que le aburría y perseguía lo que le intrigaba.

En ese momento, Nell Channing le intrigaba.

Si Nell hubiera exagerado sus virtudes, Mia la habría despedido con la misma facilidad con la que la había contratado y sin remordimientos. Quizá, si se hubiera apiadado de ella, la habría ayudado a encontrar otro trabajo, pero sin dedicarle demasiado tiempo siempre y cuando no interfiriera en la marcha de su negocio.

Había dado aquel paso porque le había impresionado una cosa en el preciso instante en el que los enormes ojos azules de Nell se habían encontrado con los de ella.

Inocencia herida. Ésa había sido la primera impresión de Mia, quien por definición confiaba en sus primeras impresiones. También había notado aptitud, aunque la confianza en sí misma parecía vacilar un poco.

De todas formas, en cuanto Nell se puso a trabajar, todas sus dudas se disiparon.

Mia la observó durante la tarde y notó que manejaba sin aturullarse los pedidos, los clientes, la caja registradora y la misteriosa y desconcertante máquina de café.

Mia decidió que tendría que adecentarla un poco. Esos vaqueros gastados eran habituales en la isla, pero resultaban un poco desaliñados para su gusto.

Satisfecha, en cualquier caso, Mia entró en la cocina. Se quedó impresionada al ver que las encimeras y los cacharros estaban limpios. Jane nunca había conseguido ser una cocinera pulcra, y eso que casi toda la repostería se hacía fuera.

—¿Nell?

Nell dio un respingo y se apartó de un salto de los fogones que estaba limpiando. Se ruborizó y miró a Mia y a una joven que estaba con ella.

—No quería asustarte. Es Peg. Ella trabaja en el mostrador de dos a siete.

—Ah. Hola.

—Hola. ¡Caray! No puedo creer que Jane y Tim se marchen. ¡Nueva York! —Peg parecía un poco envidiosa. Era baja y alegre y tenía una mata de rizos decolorados hasta parecer casi blancos—. Jane hacía unos bollos de arándanos impresionantes.

—Sí, es verdad, pero Jane y sus bollos ya no están. Ahora tengo que hablar con Nell, de modo que te quedas a cargo de la tienda.

—Muy bien. Hasta luego, Nell.

—Vamos a mi despacho. Concretaremos las cosas. En verano abrimos de diez a siete. En invierno cerramos a las cinco. Peg prefiere el turno de tarde. Le gusta salir y no es madrugadora. En cualquier caso, como empezamos a servir a las diez, te necesito aquí por la mañana.

—Me parece perfecto.

Nell subió otro tramo de escaleras detrás de Mia. Se dio cuenta de que no se había fijado en que la tienda tenía tres pisos. Unos meses antes no se le habría escapado ese detalle. Habría comprobado el espacio y las salidas. Se recordó que el tranquilizarse no significaba descuidarse. Tenía que estar preparada para salir corriendo en cualquier momento.

Atravesaron un gran almacén lleno de estanterías con libros y entraron en el despacho.

La mesa antigua de cerezo encajaba perfectamente con Mia. Nell se la imaginaba rodeada de objetos preciosos y bellos. Había flores y plantas, y cuencos con trozos de cristal y piedras pulidas. Además de muebles elegantes había un ordenador de última generación, un fax, archivadores y baldas para los catálogos de las editoriales. Mia señaló una silla y se sentó en la que había detrás de la mesa.

—Ya has pasado unas horas en el café de modo que has podido ver lo que ofrecemos. Cada día hay un sandwich especial, una sopa distinta y una pequeña selección de sandwiches alternativos. Hay dos o tres variedades de ensaladas frías. Pasteles, galletas y bollos. Yo dejaba que la cocinera se encargara de hacer el menú. ¿Te parece bien?

—Sí, señora.

—Por favor, apenas tengo un año más que tú. Llámame Mia. Hasta que veamos si todo funciona, me gustaría que me enseñaras el menú del día siguiente para que le dé el visto bueno —sacó una hoja de papel del cajón y se la pasó a Nell—. ¿Podrías escribir lo que tienes pensado para mañana?

Nell notó que el pánico amenazaba con apoderarse de ella y que le temblaban los dedos. Respiró hondo y esperó hasta que se le aclararon las ideas.

—Creo que en esta época del año deberíamos hacer sopas ligeras. Un consomé con hierbas. Una ensalada de tortellini, otra de judías blancas y otra de gambas. De sandwiches… uno de pollo con especias en pan de pita y algunos vegetarianos, aunque tendría que ver qué hay de temporada. Puedo hacer tartas, pero también según la fruta que haya ahora. Los pasteles de crema y chocolate gustan mucho, puedo hacer el doble. Y tartas de seis pisos. Maravillosos bollos de arándanos y de nuez también. Hay poco bizcocho de avellana. ¿Galletas? De chocolate, de nueces de macadamia… En vez de un tercer tipo de galletas, yo haría *brownies*. Hago unos buenísimos.

—De todo lo que has dicho, ¿qué es lo que podrías hacer aquí mismo?

—Supongo que todo, pero si vas a servir los pasteles y los bollos desde las diez, tendría que empezar sobre las seis.

—¿Y si tuvieras tu propia cocina?

—Bueno —eso era una fantasía maravillosa—. Podría preparar parte del menú la noche anterior y hacer los pasteles por la mañana.

—Mmm… ¿Cuánto dinero tienes, Nell Channing?

—Suficiente.

—No seas susceptible —le dijo despreocupadamente Mia—. Puedo adelantarte cien dólares. A cuenta del sueldo, que para empezar sería de siete dólares a la hora. Anotarás todos los días las horas que emplees en comprar y cocinar. Cargarás lo que necesites de comida a cuenta de la tienda, siempre que sea prudencial. Quiero los recibos de todo; todos los días.

Nell abrió la boca para decir algo pero Mia levantó un dedo delgado y con la uña pintada de color coral.

—Un momento. Deberás servir y limpiar las mesas cuando haya demasiada gente y ayudarás a los clientes en la librería cuando tengas tiempo. Tendrás dos descansos de media hora, los domingos libres y un quince por ciento de descuento en las compras, excepto en la comida y bebida que, salvo que resultes ser una glotona, forman parte de tu salario. ¿De acuerdo hasta ahora?

—Sí, pero yo…

—Perfecto. Yo estoy aquí todos los días. Si tienes alguna duda o problema, dímelo. Si yo no puedo atenderte, díselo a Lulú. Suele estar en el mostrador del piso principal y está al tanto de todo. Pareces suficientemente espabilada como para enterarte. Otra cosa. Estás buscando alojamiento, ¿no?

—Sí —era como si la arrastrara un vendaval inesperado—. Espero…

—Acompáñame.

Mia sacó un llavero del cajón, se apartó de la mesa y se levantó; Nell se dio cuenta de que llevaba unos tacones de aguja impresionantes.

Cuando llegaron al piso principal, Mia fue directamente a una puerta trasera.

—¡Lulú! —gritó—. Vuelvo dentro de diez minutos.

Nell, que se sentía torpe y un poco estúpida, la siguió y entró en un pequeño jardín con un camino de losas de piedra. Una enorme gata negra tomaba el sol sobre una de ellas y abrió un ojo dorado cuando Mia le pasó por encima.

—Es *Isis*. No creo que te moleste.

—Es preciosa. ¿Has hecho tú el jardín?

—Sí. Sin flores no hay hogar. ¡Ah! No te lo había preguntado, ¿tienes medio de transporte?

—Sí, tengo un coche. Aunque llamarlo medio de transporte es un poco exagerado.

—Te vendrá bien. Las distancias no son grandes, pero te resultaría un incordio tener que cargar con la compra todos los días.

Al llegar al final del jardín giró a la izquierda, mantuvo el paso vivo, pasó por la parte trasera de algunas tiendas y entre casas muy bien cuidadas.

—Señora… lo siento no sé cuál es su apellido.

—Es Devlin, pero te he dicho que me llames Mia.

—Mia, te agradezco el trabajo. La oportunidad. Te prometo que no te arrepentirás, pero... ¿puedo preguntar dónde vamos...?

—Necesitas alojamiento —dio la vuelta a una esquina, se paró y señaló—. Eso te servirá.

Al otro lado de una estrecha calle lateral se veía una pequeña casa amarilla. Era como un rayo de sol al final de una arboleda. Las contraventanas eran blancas, como el pequeño porche. Tenía también flores que le daban un brillante colorido veraniego.

Estaba a espaldas de la carretera, en una parcela cuadrada con árboles que la ocultaban entre manchas de luz y sombra.

—¿Es tuya? —preguntó Nell.

—Sí. Por el momento —Mia avanzó por el camino adoquinado mientras hacía sonar las llaves—. La compré la primavera pasada.

Se había visto obligada, recordó Mia. Se había convencido de que era una inversión. Aunque ella, una mujer de negocios hasta la médula, no había hecho nada por alquilarla hasta ese momento. Había esperado, como había esperado la casa.

Abrió la puerta principal y se apartó.

—Está bendecida.

—¿Cómo dices?

Mia se limitó a asentir con la cabeza.

—Bienvenida.

El mobiliario era escaso. Un sofá que pedía a gritos una tapicería nueva, una butaca mullida y unas mesas dispersas.

33

—Los dormitorios están a los lados, aunque el de la izquierda es más apropiado para despacho o estudio. El cuarto de baño es pequeño pero agradable y acabo de arreglar la cocina, que debería funcionar perfectamente. Está justo detrás. He adecentado el jardín, pero necesita cuidados. No hay aire acondicionado, pero la chimenea funciona y lo agradecerás cuando llegue enero.

—Es preciosa —Nell dio una vuelta y asomó la cabeza al dormitorio principal, donde había una cama muy bonita con un cabecero de hierro blanco—. Es como una casita de cuento. Debes estar encantada de vivir aquí.

—Yo no vivo aquí. Tú sí.

Nell se dio la vuelta lentamente. Mia estaba en el centro de la habitación con las llaves en la palma de la mano. La luz se colaba por las dos ventanas y parecía tener la cabellera en llamas.

—No entiendo.

—Tú necesitas un sitio para vivir y yo lo tengo. Yo vivo en el acantilado, lo prefiero. Esta es tu casa, por el momento. ¿No lo notas?

Nell sólo sabía que se sentía feliz y muy nerviosa al mismo tiempo. Y que en el mismo momento en que entró en la casa quiso desperezarse y quedarse, como la gata que tomaba el sol.

—¿Puedo quedarme?

—La vida ha sido dura, ¿verdad? —murmuró Mia—. Tiemblas ante la buena suerte. Pagarás un alquiler porque no se valora lo que es gratis. Ya acordaremos las condiciones y haremos los papeleos mañana. El mercado es el mejor sitio para encontrar los ingredientes que necesitas para el menú de mañana. Les diré que vas a ir para que lo carguen todo a la cuenta de la tienda. Los cacharros, sartenes o utensilios van por cuenta tuya, pero te los adelantaré hasta fin de mes. Espero verte a ti y a tus creaciones a las nueve y media.

Se acercó y dejó las llaves en la temblorosa mano de Nell.

—¿Alguna pregunta?

—Demasiadas. No sé por donde empezar. No sé cómo agradecértelo.

—No malgastes tus lágrimas, hermanita —replicó Mia—. Son demasiado valiosas. Vas a tener que trabajar mucho.

—Estoy deseando empezar —Nell alargó la mano—. Gracias Mia.

Se estrecharon las manos. Saltó una chispa azul como una llama. Nell retrocedió con una risa nerviosa.

—Debe haber mucha electricidad estática o algo así.

—O algo así. Bueno, bienvenida a casa, Nell.

Mia se dio la vuelta y fue hacia la puerta.

—Mia —Nell tenía un nudo en la garganta—, dije que era como una casita de cuento; tú debes de ser mi hada madrina.

La sonrisa de Mia era deslumbrante y la risa, grave y sonora, le recordó al chocolate caliente.

—Pronto te darás cuenta de que disto mucho de serlo. Sólo soy una bruja con sentido práctico. No te olvides de llevarme los recibos —añadió mientras cerraba lentamente la puerta.

Dos

Nell decidió que el pueblo se parecía algo al Brigadoon de Nathaniel Hawthorne. Decidió explorarlo un poco antes de ir al mercado. Durante meses se había dicho que estaba a salvo; que era libre. Sin embargo, al caminar por las preciosas calles con sus casas pintorescas, al respirar la brisa marina, al escuchar el acento de Nueva Inglaterra, se sentía a salvo por primera vez, y libre.

Nadie la conocía aún, pero la conocerían. Conocerían a Nell Channing, la habilidosa cocinera que vivía en la casita del bosque. Haría amigos y organizaría su vida. Construiría un futuro. Allí no la alcanzaría nada del pasado.

Algún día formaría parte de la isla, como la estrecha oficina de correos con fachada de madera gris o el largo y sólido muelle donde los pescadores llevaban las capturas del día.

Para celebrarlo se compró unas campanillas con forma de estrellas que sonaban con el viento y que había visto en un escaparate. Era la primera cosa que se compraba por capricho desde hacía casi un año.

La primera noche en la isla la pasó en su preciosa cama, disfrutando de la felicidad y escuchando las campanillas y el aliento del mar.

Se levantó antes de amanecer. Estaba deseando ponerse a trabajar. Empezó a hacer la masa mientras la sopa hervía. Se había gastado hasta el último céntimo en utensilios de cocina, incluida gran parte del dinero que le habían adelantado y del sueldo del mes siguiente. No le importaba. Tendría lo mejor y haría lo mejor. Mia Devlin, su benefactora, no se arrepentiría de haberla contratado.

La cocina era exactamente como ella quería, no como le habían dicho que debía ser. Cuando tuviera tiempo se acercaría al vivero y compraría hierbas aromáticas. Algunas las plantaría en el alféizar de la ventana. Sin ningún orden, como le gustaba. En su casa, nada, absolutamente nada, sería uniforme y exacto ni impecable o elegante. No habría mármoles por todos lados, ni viviría entre cristales o rodeada de grandes jarrones con exóticas flores frías y sin aroma. No habría...

Se detuvo en seco. Ya era hora de dejar de repetirse lo que no habría y de empezar a pensar en lo que sí habría. Su pasado la acosaría hasta que pasara esa página de su vida definitivamente.

Metió la primera tanda de tartas en el horno mientras salía el sol y la ventana de levante parecía arder en llamas. Se acordó de la mujer de mejillas sonrosadas que la había ayudado en el mercado. Dorcas Burmingham: un nombre yanqui hasta la médula. Además, se había mostrado muy cálida y no había podido disimular cierta curiosidad; lo que podría haber hecho que Nell se cerrara en sí misma, sin embargo había sido capaz de charlar, de responder animadamente a algunas preguntas y de evitar otras.

Sacó las tartas para que se enfriaran y metió los bollos en el horno. Nell dio la bienvenida al día con una canción mientras la habitación se llenaba de luz.

* * *

Lulú cruzó los brazos sobre el esquelético pecho. Mia sabía que era la forma que tenía de intentar parecer intimidante. Apenas llegaba al metro y medio, pesaba unos cuarenta kilos completamente vestida y tenía cara de duendecillo apenado, de modo que le resultaba difícil intimidar a alguien.

—No sabes nada de ella.

—Sé que está sola, que busca trabajo y que estaba en el lugar adecuado y en el momento preciso.

—Es una desconocida. No es normal contratar a una desconocida, prestarle dinero y dejarle una casa sin saber algo de ella. No tiene referencias, Mia. Ni una. Puede ser una psicópata que escapa de la justicia.

—Has vuelto a leer libros de crímenes basados en casos reales, ¿verdad?

Lulú frunció el ceño, un gesto que en su cara se parecía a una sonrisa triste.

—Las malas personas existen.

—Desde luego —Mia imprimió los pedidos que le habían llegado al correo electrónico—. Sin ellas no habría equilibrio ni estímulos. Huye de algo, Lulú, pero no de la ley. El destino la ha traído hasta aquí, hasta mí.

—A veces el destino puede darte una puñalada trapera.

—Lo sé perfectamente.

Salió del despacho con las páginas impresas en la mano. Lulú le pisaba los talones. Mia no le dijo que se metiera en sus asuntos porque Lulú Cabot había sido quien la había criado.

—Además —siguió Mia—, deberías saber que puedo cuidar de mí misma.

—Acoges a descarriados, has bajado la guardia.

—No es una descarriada, está buscando algo, que es muy distinto. Siento algo por ella —añadió Mia mientras bajaba las escaleras—. Cuando se sienta más cómoda, la observaré de cerca.

—Por lo menos pídele una referencia.

Mia arqueó una ceja al oír la puerta trasera.

—Ya tengo una. Es puntual. No la chinches, Lulú —le advirtió Mia mientras le daba los pedidos—. También es frágil todavía. Buenos días, Nell.

—Buenos días —Nell entró despreocupadamente con los brazos llenos de bandejas tapadas—. He dejado el coche detrás, no pasa nada, ¿verdad?

—No, está muy bien. ¿Te echo una mano?

—No, gracias. Tengo todo amontonado en el coche.

—Lulú, ésta es Nell. Ya os conoceréis mejor más tarde.

—Encantada de conocerte, Lulú. Acabo de empezar a organizarme.

—Sigue con lo tuyo —Mia esperó a que Nell hubiera subido las escaleras—. Parece peligrosa, ¿no?

Lulú levantó la barbilla.

—A veces las apariencias engañan.

Al cabo de un momento, Nell volvió a bajar las escaleras. Llevaba una camiseta blanca por dentro de los vaqueros. El pequeño medallón de oro parecía un amuleto.

—He preparado un poco de café. Os bajaré dos tazas en el próximo viaje, pero no sé cómo os gusta.

—Para mí, solo; para Lulú poco cargado y con azúcar. Gracias.

—Mmm... ¿os importa si no os traigo el café hasta que termine? Me gustaría que vierais cómo queda todo —fue hacia la puerta ligeramente ruborizada—. Un momento, ¿de acuerdo?

—Deseosa de agradar —comentó Mia mientras se ocupaban de los pedidos—. Ansiosa por trabajar. Efectivamente, no hay duda, es una psicópata, llama a la policía.

—Cállate.

Nell, sin aliento y agitada por los nervios y la satisfacción, volvió a bajar a los veinte minutos.

—¿Podéis subir ahora? Todavía tengo tiempo de cambiar las cosas si no os gusta. ¿Te importaría venir también tú, Lulú? Mia me ha dicho que estás al tanto de todo en la tienda y podrás decirme si hay algo que no está como debiera.

—Ejem… —Lulú dejó lo que estaba haciendo con un gruñido—. Yo no me ocupo del café —protestó—. Sin embargo, siguió a Mia y Nell.

El mostrador rebosaba de pasteles glaseados, bollos y tortas con pasas. Había una tarta muy alta de chocolate y nata y galletas grandes como la palma de una mano. De la cocina salía el delicioso olor de la sopa hirviendo.

En la pizarra, escritas con una letra clara y delicada, se leían las especialidades del día. El cristal resplandecía, el café tenía un aroma irresistible y en la barra había una jarra de latón azul claro llena de palitos de canela.

Mia fue de un lado a otro de la barra como un general pasando revista a las tropas. Mientras, Nell hacía un esfuerzo por no retorcerse las manos.

—Todavía no he puesto las ensaladas y la sopa porque he pensado que si esperaba hasta las once o así la gente se tiraría más por la pastelería. Hay más tartaletas y *brownies*. No los he sacado porque me ha parecido que tampoco debe resultar abrumador y los *brownies* son más apropiados para la tarde o para después de comer. He sacado la tarta con la esperanza de que los clientes se fijen en ella y vuelvan más tarde para tomar un poco. Pero puedo volver a ponerlo como queráis…

Se calló al ver que Mia levantaba un dedo.

—Probemos una de esas tartaletas.

—Claro. Traeré una de las que no he sacado —fue a la cocina y volvió a salir con una tartaleta sobre una servilleta de papel.

Mia la partió en dos sin decir nada y dio la mitad a Lulú. La mordió y sonrió.

—¿Te parece una buena referencia? —murmuró. Luego se volvió hacia Nell—. Si no te tranquilizas, los clientes van a pensar que le pasa algo a la comida; no la pedirán y se perderán algo muy especial. Tienes un don, Nell.

—¿Te gusta? —Nell dejó escapar un suspiro de alivio—. Esta mañana he probado un poco de todo lo que he hecho. Estoy empachada —dijo llevándose una mano al estómago—. Quería que todo saliera bien.

—Y así es. Ahora tranquilízate, porque vas a estar muy ocupada cuando se corra la voz de que tenemos un genio en la cocina.

* * *

Se hubiese corrido o no la voz, Nell pronto estuvo muy ocupada. A las diez y media ya estaba preparando otro puchero de café y rellenando las bandejas. Cada vez que oía la caja registradora, sentía un escalofrío de emoción. Cuando envolvió media docena de bollos para un cliente que aseguraba no haber probado unos mejores en su vida, tuvo que contenerse para no ponerse a bailar.

—Gracias. Vuelva pronto.

Se volvió hacia el siguiente cliente con el rostro resplandeciente.

Ésa fue la primera impresión que Zack tuvo de ella. Una rubia encantadora con un delantal blanco y una sonrisa de oreja a oreja que le hacía unos hoyuelos en las mejillas. Le produjo una sacudida muy agradable y le correspondió con otra sonrisa.

—Había oído lo de los bollos, pero no sabía nada de la sonrisa.

—La sonrisa es gratis, los bollos, no.

—Me llevaré uno de arándanos y un café solo y grande, para llevar. Me llamo Zack. Zack Todd.

—Nell.

Cogió uno de los vasos del café para llevar. Ella no necesitaba mirarlo de reojo. La experiencia le había enseñado a interpretar rápidamente una cara y a recordarla, y ésta la tenía muy presente mientras servía el café.

Bronceado y con unas pequeñas arrugas que se abrían en las comisuras de unos ojos verdes y penetrantes. Una mandíbula firme con una intrigante cicatriz. Pelo castaño, un poco largo y algo rizado que ya estaba quemado por el sol en junio. Cara afilada, con una nariz larga y recta y una boca presta para la sonrisa que mostraba un incisivo ligeramente torcido.

Le pareció una cara honrada. De trato fácil y amistoso. Dejó el café en la barra y volvió a mirarlo mientras cogía un bollo de la bandeja.

Tenía unos hombros anchos y buenos brazos. La camisa estaba remangada hasta los codos y desteñida por el sol y el agua. La mano que tomó el vaso era grande y fuerte. Nell solía confiar en los hombres con manos grandes. Las manos finas y

43

con la manicura hecha eran las que podían hacer más daño.

—¿Sólo uno? —preguntó mientras metía el bollo en una bolsa.

—Por el momento basta con uno. He oído que llegaste ayer a la isla.

—En el mejor momento —Nell tecleó el pedido y le encantó que él abriera la bolsa y oliera dentro.

—El mejor momento para todos si esto sabe tan bien como huele. ¿De dónde vienes?

—De Boston.

Él inclinó la cabeza.

—No pareces de Boston. Por tu acento —explicó al ver que ella se limitaba a mirarlo.

—Ah —tomó el dinero con mano firme y le devolvió el cambio—. Nací en un pequeño pueblo del medio oeste… pero he estado en muchas partes —ella mantuvo la sonrisa mientras le daba el recibo—. Supongo que por eso no tengo acento de ningún sitio en concreto.

—Supongo.

—Eh, sheriff.

Zack miró por encima del hombro.

—Buenos días, señora Macey.

—¿Vas a ir a hablar con Pete Stahr sobre ese perro?

—Iba para allá en este momento.

—Ese perro tan pronto se revuelca entre pescado muerto como entre los rosales. Y luego se restriega con la ropa que tengo colgada. Tengo que volver a lavarla toda. Me gustan los perros como a la que más.

—Claro, señora.

—Pero Pete debe tener atado a ese perro.

—Hablaré con él esta mañana. Debe probar uno de estos bollos, señora Macey.

—He venido a buscar un libro —sin embargo, miró los bollos y apretó los labios—. Parecen sabrosos. Debes ser la chica nueva, ¿no?

—Sí —Nell notaba la garganta seca y áspera y temió que la voz le hubiera salido igual—. Me llamo Nell. ¿Quiere que le ponga algo?

—Quizá me siente un rato con una taza de té y una de esas tartaletas. Tengo debilidad por las tartaletas de frutas. No me des unos de esos tés tan sofisticados. Dame uno de naranja. Dile a Pete que mantenga alejado a su perro de mi colada —añadió dirigiéndose a Zack—. Si no, tendrá que hacerla él.

—Sí, señora —Zack volvió a sonreír a Nell sin dejar de mirarla. Había notado lo pálida que se había puesto cuando Gladys Macey lo había llamado sheriff—. Encantado de conocerte, Nell.

Ella inclinó la cabeza ligeramente. Zack notó que seguía manteniendo las manos ocupadas, pero que le temblaban un poco.

Se preguntó por qué una hermosa joven como ésa temía a la ley. Mientras bajaba las escaleras, pensó que había gente que se asustaba sólo con ver un policía.

Echó una ojeada por el piso principal y vio a Mia que colocaba unos libros en la sección de novelas de misterio. Zack decidió que no pasaría nada por hacer unas preguntas.

—¿Mucho trabajo?

—Mmm —Mia metió unos libros de bolsillo en la estantería sin darse la vuelta—. Espero que

45

haya más. La temporada ya ha empezado y tengo una arma secreta en el café.

—Acabo de conocerla. ¿Le has alquilado la casita amarilla?

—Exactamente.

—¿Has comprobado su historial laboral o sus referencias?

—Mira, Zack —Mia se dio la vuelta. Con tacones era casi tan alta como él y le dio una palmadita en la mejilla—. Somos amigos desde hace tiempo. Lo suficiente como para que pueda decirte que te ocupes de tus asuntos. No quiero que vengas al café para interrogar a mis empleados.

—De acuerdo, la llevaré a comisaría y sacaré la porra de goma.

Ella se rió, se inclinó hacia él y le dio un beso en la mejilla.

—Serás bruto. No te preocupes por Nell. No busca problemas.

—Se puso nerviosa cuando se enteró de que yo era el sheriff.

—Cariño, eres tan guapo que pones nerviosas a todas las mujeres.

—Contigo no me ha funcionado nunca —replicó él.

—Sabes que sí. Ahora, vete y deja que me ocupe de mi negocio.

—Me voy. Tengo que cumplir con mis obligaciones y reñir a Pete Stahr por su perro maloliente.

—Sheriff Todd, eres tan valiente… —Mia parpadeó seductoramente—. ¿Qué sería de nosotros si no os tuviéramos a ti y a tu fornida hermana para que nos protegierais?

—Ja, ja. Ripley vendrá en el trasbordador de mediodía. Si llega a venir un poco antes, se habría ocupado del asunto del perro.

—¿Ya ha pasado una semana? —Mia hizo una mueca y siguió con los libros—. En fin, todo lo bueno se acaba.

—No voy a mediar entre vosotras otra vez. Antes prefiero tratar con el perro de Pete.

Ella se rió, pero cuando Zack se marchó, Mia miró hacia las escaleras y se quedó pensativa.

Decidió subir a última hora de la mañana. Nell ya había sacado la comida del mediodía. Mia notó que las ensaladas parecían frescas y apetitosas y que el aroma de la sopa tentaría a cualquiera que entrara en la tienda.

—¿Qué tal todo?

—Muy bien. Por fin hay un poco de tranquilidad —Nell se limpió las manos en el delantal—. Esta mañana se ha dado estupendamente. Los bollos han ganado, pero las tartaletas les han seguido de cerca.

—Te toca descansar —le dijo Mia—. Yo atenderé si viene alguien, salvo que quiera algo que exija el uso de esa máquina infernal.

En la cocina, Mia se sentó en un taburete y cruzó las piernas.

—Pásate por mi despacho cuando termines el turno. Firmaremos los papeles del contrato.

—De acuerdo. He estado pensando en el menú de mañana.

—Lo comentaremos luego. ¿Por qué no te tomas una taza de café y descansas?

—Ya estoy bastante nerviosa —Nell abrió la nevera y sacó una botella de agua—. Me conformaré con esto.

—¿Te has apañado bien con la casa?

—Ha sido muy fácil. No recuerdo haber dormido ni haberme despertado nunca tan bien. Con la ventana abierta puedo oír el mar. Es como una canción de cuna. ¿Has visto el amanecer? Ha sido impresionante.

—Te creeré. Procuro evitar los amaneceres. Se empeñan en ocurrir demasiado temprano —alargó el brazo y sorprendió a Nell al quitarle la botella de agua para darle un sorbo—. Me han dicho que has conocido a Zack Todd.

—¿De verdad? —Nell se puso a limpiar los fogones con un trapo—. ¡Ah! El sheriff Todd. Sí, se llevó un café solo y un bollo de arándanos.

—Ha habido Todds en esta isla desde hace siglos y Zachariah es uno de los mejores. Es amable —dijo intencionadamente Mia—, cariñoso y formal sin ser pesado.

—Es tu… —la palabra «novio» parecía no encajar en una mujer como Mia—. ¿Tenéis alguna relación?

—¿Amorosa? No —Mia volvió a pasarle la botella a Nell—. Es demasiado bueno para mí. Aunque me enamoré perdidamente de él cuando tenía quince o dieciséis años. Te habrás dado cuenta de que es un ejemplar de primera.

—No me interesan los hombres.

—Entiendo. ¿Huyes de eso? ¿De un hombre?
Nell no respondió y Mia se levantó.

—Bueno, si alguna vez te apetece hablar, yo escucho muy bien y soy comprensiva.

—Te agradezco todo lo que has hecho por mí,
Mia. Sólo quiero hacer mi trabajo.

—Más que suficiente —se oyó una campanilla,
lo que quería decir que había alguien en el mostrador—. No. Es tu rato de descanso —dijo Mia antes de que Nell saliera corriendo de la cocina—. Yo
me encargaré de los clientes. No te pongas triste,
hermanita. Ahora sólo tienes que responder ante ti
misma.

Nell, extrañamente aliviada, se quedó donde
estaba. Podía oír el tono grave de Mia que hablaba
con los clientes. En la tienda sonaba una música de
flautas. Cerró los ojos y se imaginó a sí misma en
ese mismo sitio al día siguiente. Al año siguiente.
Cómoda y reconfortada. Productiva y feliz.

No había motivos para estar triste o temerosa
ni para estar preocupada por el sheriff. No tenía
sentido que se fijara en ella o que investigara sus
antecedentes. Además, si lo hacía, ¿qué iba a encontrar? Había tenido cuidado. Había atado todos
los cabos.

No, ya no iba a huir más. Había llegado e iba a
quedarse.

Terminó el agua y salió de la cocina cuando
Mia se volvía hacia ella. El reloj de la plaza dio las
doce con campanadas lentas y pesadas.

Le pareció que el suelo temblaba y la luz se hizo más brillante y diáfana. La música le llenaba la cabeza, era como miles de arpas que tocaban al unísono. El viento… habría jurado que una ráfaga de viento cálido le había acariciado el rostro y peinado el cabello. Olía a cera y tierra húmeda.

El mundo giró y se estremeció. Luego, en una fracción de segundo, volvió a pararse como si no hubiera pasado nada. Nell sacudió la cabeza para aclararse las ideas y se encontró mirando fijamente a los ojos grises de Mia.

—¿Qué ha sido eso? ¿Un terremoto? —mientras lo decía, Nell se dio cuenta de que nadie en la tienda parecía preocupado—. Me ha parecido… he notado…

—Lo sé —el tono de Mia era tranquilo, pero Nell apreció algo que no había oído antes—. Bueno, eso lo explica todo.

—¿Qué explica?

Nell, agitada, agarró la muñeca de Mia. Notó como si una fuerza le subiera por el brazo.

—Hablaremos de ello más tarde. Ha llegado el trasbordador de mediodía —Ripley había vuelto. Ya estaban las tres en la isla—. Vamos a tener trabajo. Nell, sirve la sopa —dijo amablemente mientras se alejaba.

* * *

Mia no se sorprendía con frecuencia y eso era algo que no le preocupaba. La fuerza que había sentido con Nell había sido más intensa e íntima

50

de lo que había esperado. Eso le fastidiaba. Debería haber estado preparada. Ella sabía, creía y entendía el giro que había dado el destino muchos años antes. Y el que podía dar en ese momento.

Sin embargo, creer en el destino no significaba que una mujer debiera quedarse de brazos cruzados. Se podía y se debía hacer algo. Pero tenía que pensar, que ordenar las cosas.

¿Qué podía hacer ella para que todo saliera bien cuando no le quedaba más remedio que estar atada a una mujer estúpida y terca que negaba obstinadamente que ella tuviera poderes y a otra que, como un conejillo asustado, huía y no sabía que tenía ninguno?

Se encerró en el despacho y fue de un lado a otro. Rara vez hacía magia allí. Era su sitio de trabajo y lo mantenía al margen de sus poderes y muy apegado a la tierra. Sin embargo, todas las reglas tenían sus excepciones.

Pensativa, tomó la bola de cristal de la balda y se sentó a la mesa. Le divertía ver aquel objeto junto al teléfono y el ordenador. No obstante, la magia respetaba el progreso, aunque el progreso no respetara siempre a la magia.

Rodeó la bola con las manos y dejó la mente en blanco.

—Muéstrame lo que tengo que ver. La isla acoge a las tres hermanas y determinaremos nuestro destino. Mostraos a mí, visiones de cristal. Que se haga mi voluntad.

El interior de la bola resplandeció y giró en un remolino. Luego se hizo transparente. En lo más profundo, como si flotaran en el agua, se vio a sí misma, a Nell y a Ripley. Un círculo entre las sombras del bosque y fuego. Los árboles también estaban en llamas, pero con un color otoñal. La luna llena derramaba luz como un resplandor en el agua.

Entre los árboles apareció otra sombra que se convirtió en un hombre. Era hermoso; dorado y con unos ojos que quemaban.

El círculo se rompió. Nell corrió, pero el hombre la golpeó. Ella se hizo añicos como si fuera de cristal. Los cielos se abrieron, cayeron rayos y retumbaron los truenos. Todo lo que Mia pudo ver fue un torrente que arrastró hasta el mar a los bosques y la isla.

Mia se apartó y se puso las manos en las caderas.

—Siempre pasa lo mismo —dijo irritada—. Un hombre lo estropea todo. Bueno, ya nos ocuparemos de eso —volvió a dejar la bola en el estante—. Ya nos ocuparemos de eso.

* * *

Mia estaba acabando de ordenar unos documentos cuando Nell llamó a la puerta.

—Justo a tiempo —dijo Mia mientras apagaba el ordenador—. Tienes esa maravillosa costumbre. Necesito que rellenes estos impresos —señaló un montón de papeles que había en la mesa—. Les he puesto fecha de ayer. ¿Qué tal van los clientes del almuerzo?

—Como la seda.

Nell se sentó. Las manos ya no le sudaban al rellenar los impresos. Nombre, fecha de nacimiento, número de la seguridad social. Esos datos eran suyos. Se había ocupado de ello personalmente.

—Peg acaba de llegar. He preparado el menú de mañana.

—Mmm —Mia cogió el papel doblado que le pasó Nell y lo leyó mientras la joven continuaba escribiendo—. Parece bueno. Más atrevida de lo que solía ser Jane.

—¿Demasiado atrevida?

—No, sencillamente, «más». ¿Qué vas a hacer el resto del día? —Mia ojeó por encima el primer impreso—. Nell Channing… ¿sin inicial intermedia?

—Daré un paseo por la playa. Trabajaré un poco en el jardín. Quizá explore el bosque que rodea la casa.

—Hay un pequeño arroyo donde crecen aguileñas en esta época del año. En la espesura hay helechos de los que parece que ocultan hadas.

—No me parece que seas de las personas que creen en las hadas.

Mia sonrió.

—No nos conocemos bien todavía. Tres Hermanas está llena de leyendas y tradiciones y en los bosques hay todo tipo de secretos. ¿Conoces la leyenda de Tres Hermanas?

—No.

—Te la contaré algún día que tengamos tiempo para esas cosas. Ahora deberías salir al aire libre.

—Mia, ¿qué pasó antes? A mediodía.

—Dímelo tú. ¿Qué crees que pasó?

—Sentí como un temblor de tierra. La luz cambió y el aire también. Como una… descarga de energía —le pareció ridículo al decirlo, pero continuó: —Tú lo sentiste también, pero nadie más lo notó. Nadie notó nada fuera de lo normal.

—La mayoría de la gente espera lo normal y eso es lo que consiguen.

—Si es una adivinanza, no sé resolverla —Nell, impaciente, arrastró los pies—. A ti no te sorprendió, te irritó un poco, pero no te sorprendió.

Mia, intrigada, se apoyó en el respaldo y arqueó una ceja.

—Muy cierto. Interpretas bien a las personas.

—Una habilidad que he desarrollado para sobrevivir.

—La has desarrollado mucho —añadió Mia—. ¿Que qué pasó? Creo que se puede llamar conexión. ¿Qué pasa cuando tres cargas positivas ocupan el mismo espacio a la vez?

Nell sacudió la cabeza.

—No tengo ni idea.

—Yo tampoco, pero sería interesante enterarse. Los que son semejantes se reconocen entre sí, ¿no crees? Yo te he reconocido a ti.

Nell sintió como si la sangre se le helara y le abrasara al mismo tiempo.

—No sé lo que quieres decir.

—No me refiero a quién eres o eras —dijo suavemente Mia—. Sino qué eres. Puedes confiar en mí sobre ese asunto. No voy a hurgar en tu pasado, Nell. Me interesa más tu futuro.

Nell abrió la boca. Estuvo a punto de soltarlo todo. Lo que la obsesionaba, lo que la perseguía. Pero hacerlo la dejaría a merced de otra persona y eso era algo que no volvería a hacer jamás.

—Mañana pondré sopa fría de verduras y pollo y sandwiches de queso y calabacín. No voy a complicarme más.

—Es un buen principio. Disfruta de la tarde —Mia esperó hasta que la joven llegó a la puerta—. Nell, mientras tengas miedo, él seguirá ganando.

—Me importa un rábano ganar —contestó Nell.

Salió precipitadamente y cerró la puerta.

Tres

Nell llegó hasta el arroyo y las flores silvestres, que eran como gotas de sol sobre la sombra verde.

Volvió a encontrarse en paz sentada en el bosque, mientras oía el murmullo del agua y el canto de los pájaros.

Aquél era su lugar. Estaba segura de ello como no lo había estado de otra cosa en toda su vida. Pertenecía a ese lugar como no había pertenecido a ningún otro.

Incluso de niña se había encontrado desplazada. No por culpa de sus padres, pensó mientras acariciaba el medallón. Ellos no tuvieron la culpa, pero su hogar estaba allí donde destinaran a su padre y sólo hasta que los mandos lo enviaban a otro lado. Su infancia no transcurrió en un mismo sitio, no tenía un lugar en el que los recuerdos pudieran echar raíces y florecer.

Su madre había tenido el don de hacer un hogar del sitio donde estuvieran y durante el tiempo que permanecieran en él, pero no era lo mismo que saber que todos los días te despertarías con la misma vista en la ventana del dormitorio.

Aquél era un anhelo que había acompañado siempre a Nell.

Su error había sido pensar que Evan podría mitigar ese anhelo, cuando debería haber sabido que era algo que tenía que encontrar por sí misma.

Quizá lo hubiera encontrado en ese lugar.

Era lo que Mia había querido decir. «Los que son semejantes se reconocen entre sí.» Las dos se sentían a gusto en la isla. Quizá, en cierta forma, las dos pertenecían a la isla. Era tan sencillo como eso.

Pero Mia era una mujer intuitiva y extrañamente poderosa. Percibía los secretos. Nell sólo podía esperar que cumpliera lo que había prometido y que no se dedicara a fisgar. Si alguien empezaba a escarbar en su pasado, tendría que marcharse. Daba igual lo a gusto que estuviera en aquel lugar, no podría quedarse.

Eso no iba a suceder.

Nell se levantó, estiró los brazos como si quisiera tocar los rayos del sol y dio unas vueltas sobre sí misma. No permitiría que aquello ocurriera. Confiaría en Mia. Iba a trabajar para ella, iba a vivir en la casita amarilla y todas las mañanas se despertaría con una embriagadora sensación de libertad.

Con el tiempo, pensó mientras volvía hacia su casa, ella y Mia podrían llegar a ser verdaderas amigas. Sería maravilloso tener una amiga con tanta vitalidad e inteligencia.

Se preguntó cómo sería ser una mujer como Mia Devlin; qué supondría ser tan extremadamente hermosa y estar tan segura de sí misma. Una mujer como ella nunca dudaría de sí misma, no tendría que rehacerse, ni se preocuparía por saber si sus actos eran los correctos.

Era fascinante.

Pero si bien la belleza es de nacimiento, la confianza puede aprenderse. Puede conquistarse. ¿Acaso no producía una satisfacción enorme ganar esas pequeñas batallas? Cada vez que lo conseguías, volvías a la guerra con más armas.

Aceleró el paso y pensó que ya estaba bien de darle vueltas a la cabeza y de perder el tiempo. Iba a gastarse el resto del adelanto en el vivero.

Si eso no era confianza, ¿qué otra cosa podría serlo?

* * *

Le dejaron que abriera una cuenta. «Otra deuda que tengo con Mia», pensó Nell mientras atravesaba la isla en coche. Trabajaba para Mia Devlin, y sólo por eso la trataban con amabilidad, confiaban en ella y le permitían que se llevara cosas sólo con firmar un resguardo.

Supuso que se trataba de una especie de magia que sólo se daba en los pueblos pequeños. Aunque hizo un esfuerzo por no aprovecharse, había acabado llevándose media docena de semilleros, tiestos y tierra. También se había llevado una ridícula gárgola de piedra para que custodiara sus flores.

Estaba deseando empezar. Aparcó delante de la casa y se bajó de un salto. En cuanto abrió la puerta trasera, se encontró inmersa en una pequeña y fragante jungla.

—Vamos a pasárnoslo muy bien y voy a cuidar mucho de vosotras.

Se inclinó para alcanzar la primera de las bandejas.

«Menudo espectáculo», pensó Zack mientras se paraba en el otro lado de la calle. Un pequeño y bien formado trasero de mujer enfundado en unos vaqueros viejos. Si un hombre no le dedicaba un minuto de su tiempo, es que era un pobre desgraciado.

Salió del coche, se apoyó en la puerta y observó que Nell sacaba un semillero de petunias blancas y rosas.

—Una imagen preciosa.

Ella se levantó tan bruscamente que casi tiró la bandeja. Zack lo notó, como notó la sombra de precaución que cruzó la mirada de Nell. Él se irguió perezosamente y cruzó la calle.

—Déjame que te eche una mano.

—No te preocupes, ya lo tengo.

—Hay muchos más. Vas a tener trabajo —pasó junto a ella y cogió dos semilleros más—. ¿Dónde los llevas?

—De momento los dejaré detrás de la casa. No he decidido todavía dónde plantarlos. Pero, de verdad, no hace falta…

—Huele bien. ¿Qué has comprado?

—Hierbas. Romero, albahaca, estragón, esas cosas… —Nell pensó que la mejor forma de deshacerse de él era dejar que le llevara las bandejas—. Voy a hacer un herbario delante de la cocina; quizá añada algunas hortalizas cuando tenga tiempo.

—Mi madre siempre decía que plantar flores era echar raíces.

—Me propongo hacer las dos cosas. Puedes dejarlas en el porche. Gracias, sheriff.

—Tienes otras dos en el asiento delantero.

—Yo puedo…

—Iré a por ellas. ¿Te has acordado de comprar tierra?

—Sí, está en el maletero.

Él sonrió y alargó el brazo.

—Necesito las llaves.

—Ah. Claro —estaba atrapada. Buscó en el bolsillo—. Gracias.

Cuando él se marchó, Nell apretó las manos. No pasaba nada. Sólo quería ayudar. No todos los hombres ni todos los policías eran un peligro. Ella lo sabía perfectamente.

Zack volvió cargado y ella se rió al verlo con una bolsa enorme de tierra al hombro y una bandeja de geranios rosas en las enormes manos.

—He comprado demasiadas cosas —Nell cogió las flores—. Sólo quería hierbas, pero antes de darme cuenta… ya no podía parar.

—Es lo que dice todo el mundo. Te traeré los tiestos y las herramientas.

—Sheriff —hubo un tiempo en el que lo natural para ella era corresponder a la amabilidad con amabilidad y ahora quería volver a ser natural—. Esta mañana hice limonada, ¿quieres un vaso?

—Lo agradecería.

Lo único que tenía que hacer para ser ella misma era tranquilizarse. Llenó dos vasos con hielo y sirvió la limonada. Zack ya había vuelto cuando ella salió. Nell sintió una leve sacudida al verlo, tan grande y viril en medio de flores rosas y blancas.

Le atraía. Si bien reconoció la sensación, se recordó a sí misma que eso era algo que no podía ni quería volver a sentir.

—Gracias por el servicio de mula de carga.

—De nada.

Él tomó el vaso y vació la mitad de un sorbo mientras la leve sacudida se transformaba en un cosquilleo en el estómago de Nell.

Zack dejó el vaso.

—Esto es una limonada de verdad. No me acuerdo de la última vez que tomé limonada recién hecha. Eres un verdadero descubrimiento.

—Me gusta trajinar en la cocina.

Nell se inclinó y agarró la pala nueva.

—No te has comprado guantes.

—No me he acordado.

Zack se dio cuenta de que ella quería que se bebiera la limonada y se largara, pero era demasiado educada como para decírselo. Precisamente por eso, se sentó en el pequeño porche que había delante de la cocina y se puso cómodo.

—¿Te importa si me siento un minuto? Ha sido un día muy largo. Pero empieza si quieres. Es muy agradable ver a una mujer trabajando en el jardín.

Nell lo que quería era sentarse en el porche. Sentarse al sol e imaginar dónde pondría las flores y las hierbas. Pero lo que tenía que hacer era empezar.

Empezó por los tiestos. Sabía que si no le gustaba el resultado, podía cambiarlo.

—Mmm, hablaste con el hombre del perro.

—¿Pete? —Zack dio otro sorbo de limonada—. Creo que hemos llegado a un acuerdo y que la paz volverá a reinar en nuestra pequeña isla.

Lo dijo con humor y cierta satisfacción indolente. Era difícil no darse cuenta de las dos cosas.

—Tiene que ser interesante ser el sheriff y conocer a todo el mundo.

—Unas veces más que otras.

La observaba trabajar y comprobó que tenía las manos pequeñas. Dedos ágiles y diestros. Nell mantenía la cabeza inclinada y la mirada apartada. Zack pensó que era timidez acompañada de algo que parecía ser una falta de costumbre para tratar con los demás.

—En gran medida —continuó— consiste en tratar con veraneantes que se toman las vacaciones muy en serio. Principalmente, se trata de pastorear a tres mil personas. Entre Ripley y yo es fácil.

—¿Ripley?

—Mi hermana. Es la otra policía de la isla. Los Todd han sido los policías de la isla desde hace cinco generaciones. Eso está muy bonito —dijo señalando con el vaso lo que ella estaba haciendo.

—¿Te parece? —Nell se sentó en cuclillas. Había puesto un poco de todo en un tiesto. El resultado final no era un batiburrillo, como había temido, sino algo muy alegre. Como su rostro cuando lo levantó—. Es la primera vez que lo hago.

—Se te da muy bien. Deberías ponerte un sombrero. Te vas a quemar si estás mucho rato al sol.

—Ah —se pasó el dorso de la mano por la nariz—. Seguramente.

—Seguro que no tenías un jardín en Boston.

—No —llenó otro tiesto con tierra—. No pasé mucho tiempo allí. No era un lugar para mí.

—Sé lo que quieres decir. Yo también estuve algún tiempo fuera de la isla y nunca me sentí como en mi casa. ¿Tu familia sigue en el medio oeste?

—Mis padres han muerto.

—Lo siento.

—Yo también —metió un geranio en un tiesto—. Sheriff, ¿esto es una conversación o un interrogatorio?

—Conversación —agarró una planta a la que ella no llegaba. Una mujer cauta. Según su experiencia, las personas cautas siempre tenían algún motivo para serlo—. ¿Hay alguna razón por la que debería interrogarte?

—No me buscan por nada, nunca me han detenido y no busco problemas.

—Eso es más que suficiente —le pasó la planta—. Es una isla pequeña. En general amistosa, pero la curiosidad también forma parte de su encanto.

—Me lo imagino —no podía mantenerlo al margen. No podía mantener al margen a nadie—. Mira, llevo tiempo viajando y ya me he cansado. He venido aquí en busca de un trabajo y de un sitio tranquilo para vivir.

—Al parecer, has encontrado las dos cosas —se levantó—. Gracias por la limonada.

—De nada.

—Te está quedando muy bonito. Se te da bien. Buenas tardes, señorita Channing.

—Buenas tardes, sheriff.

De vuelta al coche, Zack repasó lo que había averiguado de ella. Estaba sola en el mundo; recelaba de los policías y de las preguntas; era una mujer de gustos sencillos y asustadiza, y por algún motivo que no podía comprender, no acababa de fiarse de ella.

Echó una ojeada al coche de Nell y memorizó la matrícula. No estaría de más comprobarla, aunque sólo fuera para quedarse tranquilo.

Su instinto le decía que aunque era posible que Nell Channing no estuviera buscando problemas, tampoco daba la impresión de que le fueran desconocidos.

* * *

Nell sirvió unas empanadas de manzana a la pareja que estaba sentada junto a la ventana y limpió la mesa de al lado. Había tres mujeres ojeando las estanterías y pensó que pronto se verían tentadas por la zona del café. Se quedó un momento mirando por la ventana con las manos llenas de tazas. Se acercaba el trasbordador seguido de gaviotas que revoloteaban en círculos y se zambullían en el agua. Las boyas se mecían en el mar que ese día estaba tranquilo y de color muy verde. Un balandro, con las velas henchidas, cortaba suavemente la superficie del agua.

Ella también había navegado en otra vida y en otro mar. Era uno de los pocos placeres que recordaba de esa época. La sensación de volar sobre el agua y de elevarse con las olas. Era curioso que el mar la hubiera atraído siempre. Le había cambiado la vida y se había adueñado de ella.

Aquel nuevo mar le había concedido otra vida.

Ese pensamiento le hizo sonreír, se volvió y se chocó con Zack. Trastabilló a pesar de que él la agarró del brazo.

—Lo siento. ¿Te he manchado? Qué torpe soy. Estaba mirando…

—No ha pasado nada —pasó los dedos por las asas de unas tazas y se las quitó con mucho cuidado para no volver a tocarla—. Estaba en tu camino. Un barco muy bonito.

—Sí —se apartó y volvió precipitadamente detrás de la barra. Detestaba que se le acercaran por la espalda—. Pero no me pagan por mirar los barcos. ¿Vas a tomar algo?

—Respira, Nell.

—¿Cómo?

—Que respires —dijo amablemente Zack mientras dejaba las tazas en la barra—. Tranquilízate.

—Estoy bien —notó cierta crispación en su tono. Las tazas chocaron entre sí cuando las retiró—. No esperaba que hubiera nadie detrás de mí.

Él hizo una mueca.

—Eso está mejor. Me llevaré una empanada y un café grande. ¿Has terminado de plantar las flores?

—Casi.

No quería hablar con él, de modo que se entretuvo haciendo el café. No quería que el policía de la isla charlara amigablemente con ella y la observara con esos ojos verdes y penetrantes.

—Quizá esto te sirva de algo cuando hayas terminando y tengas que cuidar las flores.

Dejó una bolsa encima de la barra.

—¿Qué es?

—Una herramienta de jardinería.

Contó el dinero y lo dejó también en la barra.

Ella se limpió las manos en el delantal y frunció el ceño, pero la curiosidad le impulsó a abrir la bolsa. Sonrió al ver el ridículo sombrero de paja adornado con absurdas flores artificiales.

—Es la cosa más tonta que he visto en mi vida.

—Los había aún peores —aseguró él—. Pero así evitarás que el sol te queme la nariz.

—Es un detalle de tu parte, pero no deberías…

—Por aquí se llama buena vecindad —justo entonces sonó el busca que llevaba en el cinturón—. El deber me llama.

Cuando Zack estaba bajando las escaleras, Nell sacó el sombrero y corrió a la cocina para probárselo y mirarse en el reflejo de la campana extractora.

* * *

Ripley Todd se sirvió otra taza de café y dio un sorbo mientras miraba por la ventana de la comisaría. Había sido una mañana tranquila, como a ella le gustaban.

Sin embargo, había algo en el ambiente. Hacía todo lo posible por pasarlo por alto, pero había algo. Le resultaba más fácil decirse que debía ser el exceso de estímulos recibidos la semana que había pasado en Boston.

No era que no lo hubiera pasado bien. Todo lo contrario. Los seminarios y talleres sobre cumplimiento de la ley le habían interesado y le habían abierto nuevas perspectivas. Le gustaba el trabajo de policía, la rutina y el cuidado por los detalles que suponía, pero el caos y el bullicio de la ciudad la agotaban aunque fuera durante tan poco tiempo.

Zack habría dicho que lo que pasaba era que no le gustaba mucho la gente… y ella hubiera sido la última en discutírselo.

Lo vio bajar por la calle. Calculó que tardaría unos diez minutos en llegar a la mitad de la manzana. La gente lo paraba y él siempre tenía algo que decirles.

Pensó que era algo más que eso, a la gente le gustaba estar cerca de su hermano. Tenía una especie de… no le gustaba la palabra «aura», era demasiado típica de Mia. Decidió que era mejor «aire». Zack tenía un aire que hacía que la gente a su alrededor se sintiera mejor. Todo el mundo sabía que si le contaban sus problemas, él les daría una respuesta o se preocuparía por encontrarla.

Ripley pensó que Zack era una persona sociable, afable, paciente y eminentemente justo. Nadie diría lo mismo de ella.

Quizá por eso formaran un equipo tan bueno.

Como ya estaba a punto de llegar, Ripley abrió la puerta al aire del verano y a los sonidos de la calle. Como a él le gustaba. Había hecho un puchero de café y estaba sirviéndole una taza cuando por fin entró.

—Frank y Alice Purdue han tenido una niña de tres kilos y setecientos gramos a las nueve de la mañana. La van a llamar Belinda. Robbie, el más pequeño, se cayó de un árbol y se rompió un brazo. El sobrino de Missy Hachin que vive en Bangor se ha comprado un Chevrolet último modelo.

Zack cogió el café mientras hablaba, se sentó, puso los pies en la mesa y sonrió. El ventilador del techo volvía a chirriar. Tendría que ocuparse de eso.

—¿Qué me cuentas tú?

—Un exceso de velocidad en la carretera del norte —le dijo Ripley—. No sé dónde creen que van con tanta prisa. Les he explicado que los acantilados, el faro y todo lo demás llevan siglos en el mismo sitio y que no parece probable que vayan a desaparecer de la noche a la mañana —sacó un fax del bolsillo—. Ha llegado esto para ti. Nell Channing. Es la cocinera nueva de Mia, ¿no?

—Mmm.

Ojeó el informe del departamento de vehículos a motor. No había infracciones de tráfico. Tenía permiso de conducir de Ohio que debería renovar dentro de dos años. El coche estaba registrado a su nombre. Tenía razón sobre la matrícula nueva. La tenía desde hacía menos de una semana. Antes llevaba matrícula de Tejas.

Interesante.

Ripley se sentó en una esquina del escritorio que compartían y bebió el café que él había dejado.

—¿Por qué la has investigado?

—Es una mujer curiosa.

—¿Cómo de curiosa?

Zack iba a contestar, pero sacudió la cabeza.

—¿Por qué no te pasas por el café a la hora del almuerzo y lo compruebas tú misma? Me interesa conocer tu impresión.

—Quizá lo haga —Ripley miró con el ceño fruncido hacia la puerta abierta—. Me parece que se acerca una tormenta.

—No hay ni una nube, querida.

—Se acerca algo —musitó, en parte para sí misma, antes de coger su gorra de béisbol—. Daré una vuelta, quizá pase por el café para echar una ojeada a la recién llegada.

—No tengas prisa. Yo me ocuparé por la tarde de la patrulla en la playa.

—Te lo agradezco.

Ripley se puso las gafas de sol y salió.

Le gustaba el pueblo y el orden que reinaba allí. Para Ripley, todo tenía un sitio que debía mantenerse. A ella no le importaban los caprichos del mar o del clima, era otro orden natural de las cosas.

Junio significaba la llegada de una oleada nueva de turistas y de veraneantes, una subida de temperaturas, hogueras en la playa y parrillas humeantes.

Significaba también demasiadas fiestas, los borrachos y desórdenes de rigor, algunos niños que se perdían y las inevitables riñas de enamorados. Pero los turistas que hacían fiestas, se emborrachaban, se perdían y discutían, aportaban también una remesa de dólares que permitía que la isla se mantuviera a flote durante las tempestades del invierno.

Ella soportaría alegremente (de acuerdo, quizá no tan alegremente) los problemas que creaban los visitantes durante esos meses con tal de mantener a Tres Hermanas.

Esos dieciocho kilómetros cuadrados de rocas, arena y tierra eran todo el mundo que ella necesitaba.

Bañistas achicharrados abandonaban la playa para ir a comer. No podía entender qué llevaba a un ser humano a tumbarse al sol hasta quedar como una sardina a la parrilla. Además de parecerle incómodo, ella se habría vuelto loca de aburrimiento en menos de una hora.

Ripley no era de las que se tumbaban si podía estar de pie.

Le gustaba la playa. Corría por la orilla todas las mañanas, fuera invierno o verano, y luego, cuando el tiempo lo permitía, se daba un baño. Cuando hacía demasiado frío iba a la piscina cubierta del hotel.

Pero prefería el mar.

Bañarse en el mar había contribuido a que tuviera un cuerpo atlético que solía vestir con pantalones caqui y camiseta. Tenía la piel bronceada, como la de su hermano, y los mismos ojos verdes y despiertos. Su pelo era largo y castaño y solía llevarlo recogido por la parte trasera de una gorra de béisbol.

Los rasgos de su rostro formaban una mezcla extraña: una boca ancha con el labio superior algo grande en comparación con el inferior, una nariz pequeña y unas cejas oscuras y arqueadas. Su físico había hecho que Ripley se sintiera incómoda de pequeña, pero le gustaba pensar que había madurado y que había dejado de preocuparle.

Entró en el café, saludó a Lulú con la mano y se dirigió hacia las escaleras. Con un poco de suerte echaría un vistazo a esa tal Nell Channing y, además, evitaría a Mia.

Le quedaban tres escalones por subir cuando supo que no iba a tener esa suerte.

Mia estaba detrás de la barra, con su aspecto elegante de siempre, vestida con un vestido vaporoso de flores. Tenía el pelo recogido en la nuca, con algunos mechones sueltos alrededor de la cara.

La mujer que trabajaba a su lado parecía muy arreglada, casi remilgada en comparación con ella.

Ripley prefirió inmediatamente a Nell.

Se metió los pulgares en los bolsillos traseros y avanzó hacia la barra.

—La ayudante Todd —Mia inclinó la cabeza y la miró por encima del hombro—. ¿A qué debemos el honor?

Ripley no le hizo caso y se dirigió a Nell.

—Tomaré la sopa del día y un sandwich.

—Nell, ella es Ripley, la hermana que le ha caído en desgracia a Zack. Dado que ha venido a comer, podemos dar por sentado que ha sucedido algo extraordinario.

—Vete a la mierda, Mia. Encantada de conocerte, Nell. Tomaré también una limonada.

—Muy bien —Nell miró a una y luego a la otra—. Ahora mismo —murmuró mientras entraba en la cocina para preparar el sandwich.

—He oído que la sacaste directamente del trasbordador —continuó Ripley.

—Más o menos —Mia sirvió la sopa—. No la molestes, Ripley.

—¿Por qué iba a hacerlo?

—Porque te conozco —Mia dejó la sopa en la barra—. ¿Notaste algo extraño cuando te bajaste ayer del trasbordador?

—No —contestó con demasiada rapidez Ripley.

—Mentirosa —siseó en voz baja mientras Nell volvía con el sandwich.

—¿Se lo llevo a la mesa, ayudante Todd?

—Sí, gracias —Ripley sacó dinero de un bolsillo—. ¿Por qué no me llamas, Mia?

Ripley consiguió sentarse justo en el momento en que Nell dejaba la comida.

—Tiene muy buena pinta.

—Espero que le guste.

—Estoy segura. ¿Dónde aprendiste a cocinar?

—Aquí y allá. ¿Quiere algo más?

Ripley levantó un dedo y tomó una cucharada de sopa.

—No. Está buenísima. De verdad. ¿Has hecho tú todos esos bollos?

—Sí.

—Es mucho trabajo.

—Me pagan por eso.

—Claro. No dejes que Mia te explote. Es una tirana.

—Al contrario —dijo Nell con un tono gélido—. Ha sido increíblemente generosa y amable. Que le aproveche.

Ripley decidió que Nell era leal y siguió comiendo. No podía culparla por ello. También era educada, aunque un poco rígida, como si no estuviera muy acostumbrada a tratar con la gente.

Nerviosa. Había asistido visiblemente sobrecogida a la conversación todavía suave entre Mia y ella. Ripley se encogió de hombros y pensó que había personas que no soportaban los conflictos, aunque no fueran con ellas.

En general, decidió que Nell Channing era inofensiva. Y una cocinera de primera.

La comida le había puesto de tan buen humor que se entretuvo en la barra cuando salía. Le resultó fácil hacerlo ya que Mia estaba ocupada en otras cosas.

—Muy bien, lo has conseguido.

Nell se quedó de piedra, pero mantuvo la cara inexpresiva y las manos quietas.

—¿Cómo dice?

—Voy a empezar a venir habitualmente, algo que había conseguido evitar durante años. El almuerzo ha estado sensacional.

—Ah. Me alegro.

—Seguramente te habrás dado cuenta de que Mia y yo no somos precisamente muy amigas.

—No es asunto mío.

—Vives en una isla y los asuntos de los demás son tus asuntos. Pero no te preocupes, la mayoría de las veces conseguimos evitarnos. No quedarás atrapada en medio. Me llevaré un par de esas galletas con virutas de chocolate para luego.

—Le sale más barato si lleva tres.

—No se hable más. Me llevaré tres. Le daré una a Zack y quedaré de maravilla.

Nell, más tranquila, metió las galletas en una bolsa e hizo la cuenta. Pero cuando tomó el dinero de Ripley y las manos se rozaron, se quedó boquiabierta por la sacudida. Ripley le lanzó una mirada larga y cargada de impotencia. Agarró las galletas y se fue hacia las escaleras a grandes zancadas.

—Ayudante... —le llamó Nell con la mano muy apretada—. Se deja el cambio.

—Quédatelo —masculló entre dientes mientras bajaba precipitadamente. Al pie de la escalera estaba Mia con las manos cruzadas y las cejas enarcadas. Ripley se limitó a gruñir y siguió adelante.

* * *

Se acercaba una tormenta. Aunque no había ni una nube y el mar estaba en calma, se acercaba una tormenta. De una violencia tal que rugió en los sueños de Nell y la arrastró hacia el pasado. La enorme casa blanca descansaba sobre una alfombra verde de césped. En el interior, las esquinas eran afiladas y las superficies duras. Los colores eran muy pálidos: gris oscuro, gris claro y color arena.

Pero las rosas que él le compró, las que le compraba siempre, tenían el color de la sangre.

En sueños, apartó la cabeza, resistió. No quería volver a ese lugar. Nunca más.

La puerta se abrió, la puerta alta y blanca que daba a un vestíbulo amplísimo. Mármol blanco, madera blanca y los heladores destellos del cristal y los cromados.

Se vio entrar. El pelo largo y pálido le cubría los hombros de un impecable vestido blanco que desprendía un brillo gélido. Tenía los labios rojos, como las rosas.

Él entró justo detrás. Siempre justo detrás de ella. La empujaba con la mano levemente apoyada en la parte baja de la espalda. Aún podía notarla ahí.

Él era alto y delgado. Como un príncipe con un traje oscuro y el pelo como un casco dorado. Ella se había enamorado de su aspecto de héroe de cuento de hadas y se había creído las promesas de felicidad eterna. ¿Acaso no la había llevado a ese palacio en la tierra de la fantasía y la había colmado con todo lo que una mujer podía desear?

¿Cuántas veces se lo había repetido él?

Nell recordaba muy bien lo que pasó después. Se acordaba del vestido blanco y resplandeciente; se acordaba de lo cansada y aliviada que se sentía porque la velada hubiera terminado; se acordaba de que todo había salido bien. No había hecho nada que pudiera irritarlo ni avergonzarlo ni molestarlo.

Al menos, eso creía ella.

Hasta que se volvió para decirle lo agradable que había sido la velada y vio la expresión de su cara.

Había esperado hasta que llegaron a casa, hasta que estuvieron solos, para transformarse. Era una de sus mayores habilidades.

Ella recordaba el temor que le atenazó el estómago mientras se estrujaba la cabeza para pensar qué podía haberle hecho.

—*¿Lo has pasado bien, Helen?*

—*Sí, ha sido una fiesta estupenda. Pero un poco larga. ¿Quieres que te prepare un brandy antes de que nos acostemos?*

—*¿Te ha gustado la música?*

—*Mucho.*

¿Música? ¿Habría dicho algo inapropiado sobre la música? Podía decir muchas tonterías sobre esas cosas. Apenas pudo contener un escalofrío cuando él se acercó para juguetear con un mechón cabello.

—*Ha sido una maravilla poder bailar fuera, junto al jardín.*

Ella dio un paso atrás con la esperanza de poder darse la vuelta hacia las escaleras, pero él la agarró del pelo y la sujetó.

—*Sí, ya me he dado cuenta de lo que has disfrutado bailando, sobre todo con Mitchell Rawlings. Coqueteando con él. Pavoneándote. Humillándome ante mis amigos y mis clientes.*

—*Evan, yo no coqueteaba. Sólo…*

El tortazo con el dorso de la mano la hizo tambalearse y caer y el destello de dolor la cegó. Ella se acurrucó para defenderse y él la arrastró por el suelo de mármol tirándola del pelo.

—*¿Cuántas veces te ha puesto las manos encima?*

Ella negó y gimió pero él siguió acusándola. Hasta que se cansó y permitió que ella gateara hasta una esquina para llorar.

Pero esa vez, en sueños, ella gateó hasta las sombras del bosque donde el aire era suave y el suelo cálido.

Allí, entre el murmullo del arroyo, se durmió.

Se despertó con el retumbar de los truenos y los zigzagueantes resplandores de los rayos. Aterrada. Corría por el bosque y su vestido blanco era como un faro resplandeciente. La sangre le hervía como si fuera una presa perseguida por los mastines. Las ramas de los árboles se quebraban a sus espaldas y el suelo subía y bajaba, como en borbotones, entre la niebla.

Ella seguía corriendo aunque la respiración le rasgaba la garganta y se convertía en gemidos. Se oían alaridos y no todos eran suyos. El miedo la dominó hasta que no sintió nada más, ni razón ni sentido ni respuesta.

El viento la abofeteaba con manos hirientes y maliciosas y los dedos como garras de los arbustos redujeron su vestido a harapos.

Se arrastraba como una lagartija sobre las rocas. El resplandor del faro era como un sablazo plateado entre las tinieblas y, debajo, el mar se batía con fuerza contra las rocas.

Ella seguía avanzando entre llantos y gritos, pero no se volvió, no podía mirar a su alrededor y enfrentarse a aquello que la acosaba.

Prefirió volar a luchar y saltó desde el acantilado. Giró una y otra vez, llevada por el viento mientras caía hacia el agua y las rocas; el faro y los árboles cayeron tras ella.

Cuatro

El primer día que tuvo libre, Nell cambió la distribución de los muebles. Regó las flores y las hierbas aromáticas, hizo la colada y una barra de pan integral.

No habían dado las nueve de la mañana cuando cortó la primera rebanada para desayunar.

Evan detestaba su costumbre de madrugar y se quejaba de que ése era el motivo por el que luego estaba sin ánimo durante las fiestas. En su casa junto al mar, no había nadie que la criticara, ni tenía que moverse sigilosamente. Podía dejar las ventanas abiertas de par en par y era dueña de su tiempo.

Salió a dar un largo paseo por la playa con el pico de la barra de pan en el bolsillo de los pantalones cortos, masticando todavía el trozo que acababa de meterse en la boca.

Los barcos estaban en alta mar y se mecían o avanzaban con suavidad sobre la superficie. El mar estaba en calma y las olas, de un azul de ensueño, rompían formando un encaje en la arena. Las gaviotas sobrevolaban el agua en una elegante danza acompañada por sus penetrantes gritos, y al fondo se oía el rumor constante y sordo del oleaje.

Se giró con un paso de baile de su invención, sacó el pedazo de pan del bolsillo, lo partió en trozos que arrojó al aire para contemplar cómo las aves caían sobre ellos desde las alturas.

Miró al cielo y pensó que estaba sola, pero no solitaria. Dudó que volviera a sentirse sola.

Oyó las campanas y se volvió hacia el pueblo. Se miró los pantalones cortos y desgastados y las zapatillas llenas de arena y decidió que no iba vestida apropiadamente para ir a la iglesia, pero que podía rezar por su cuenta una oración en muestra de su agradecimiento.

Se sentó en la orilla mientras las campanas repicaban. Pensó que había encontrado la paz y la felicidad. Nunca, nunca daría por sentadas ninguna de las dos cosas. Todos los días se acordaría de compensarlo de alguna manera. Aunque sólo fuera con unas migajas de pan para las gaviotas. Cuidaría lo que había plantado. Se acordaría de ser amable y de ofrecer una mano a quien la necesitara.

Mantendría sus promesas y no esperaría nada que no fuera llevar una vida tranquila que no hiciera daño a nadie.

Se ganaría lo que le fuera dado y lo guardaría como un tesoro.

Se contentaría con las cosas sencillas y empezaría a hacerlo en ese momento.

Se levantó y comenzó a recoger conchas que fue guardando en los bolsillos. Cuando los tuvo llenos, se quitó las zapatillas y las llenó también. Llegó al final de la playa, donde las rocas emergían de la arena y caían hacia el mar. Había guijarros del tamaño de una mano erosionados por el mar. Recogió uno y luego otro con la idea de hacer un borde para el lecho de hierbas.

Notó un movimiento a su izquierda, cerró la mano sobre una piedra y se volvió precipitadamente. El corazón le latió con violencia al ver a Zack que se acercaba por unos escalones de madera.

—Buenos días.

—Buenos días.

Instintivamente, se volvió a la defensiva y comprobó con intranquilidad lo lejos que estaba del pueblo. La playa ya no estaba vacía, pero los bañistas se encontraban a cierta distancia.

—Un día precioso para dar un largo paseo por la playa —comentó Zack mientras se apoyaba en la barandilla y la observaba—. Seguro que has disfrutado.

Él había visto su baile con las gaviotas. Era una pena, pensó, lo rápido que un rostro podía pasar de la alegría al recelo.

—No me había dado cuenta de lo lejos que estaba.

—En realidad, nada está muy lejos en una isla de este tamaño. Va a ser un día caluroso —comentó con desenfado—. La playa estará abarrotada antes de mediodía. Es agradable aprovecharla cuando aún no está llena de toallas.

—Sí, bueno...

—Sube.

—¿Cómo?

—Sube a casa. Te daré una bolsa para las conchas y las piedras.

—Ah, no te preocupes. No hace falta…

—Nell. ¿Qué te preocupa? ¿Los policías en general, los hombres en particular o yo en concreto?

—No estoy preocupada.

—Demuéstralo —Zack se quedó donde estaba, pero alargó un brazo.

Ella lo miró a los ojos. Eran unos ojos bondadosos. Inteligentes, pero pacientes también. Se acercó con lentitud y llevó su mano hacia la de él.

—¿Qué piensas hacer con las conchas?

—Nada —tenía el pulso desbocado, pero se obligó a subir los escalones con él—. Bueno, nada interesante. Las tiraré por ahí, supongo.

Él le sujetaba la mano con suavidad, pero, aun así, Nell notaba que era una mano enérgica y curtida. No llevaba anillo ni reloj en la muñeca.

Pensó que no era dado a los caprichos ni a los adornos.

Iba descalzo, como ella, y llevaba unos vaqueros cortados por la rodilla con el borde deshilachado. Tenía el pelo quemado por el sol y la piel tostada; parecía más un dominguero indolente que un sheriff. Ello consiguió aplacar en parte su ansiedad.

Al llegar al final de las escaleras, giraron y siguieron avanzando por una ladera poco inclinada. Al otro lado de las rocas, había una ensenada donde un barquito rojo se mecía perezosamente amarrado a un muelle desvencijado.

—Todo esto parece sacado de un cuadro —murmuró Nell.

—¿Has navegado alguna vez?

—Sí. Un poco —aclaró rápidamente—. ¿Es tuyo ese barco?

—Sí, es mío.

Se oyó un súbito chapoteo en el agua y una cabeza oscura y delgada emergió entre las rocas. Nell se quedó mirándola hasta que una enorme perra negra saltó a la orilla y se sacudió frenéticamente.

—Ella también es mía —afirmó Zack—. ¿Te gustan los perros? Dime. Puedo mantenerla alejada y hacer que las cosas empiecen bien.

—No, me gustan los perros —Nell parpadeó y lo miró—. ¿Qué quieres decir con que las cosas empiecen bien?

Zack no se molestó en contestar, se limitó a sonreír mientras el animal subía la ladera a grandes zancadas. Se abalanzó sobre el joven, moviendo el rabo y salpicando, y le lamió la cara con entusiasmo. Dio dos ladridos breves y profundos, tensó los músculos, y habría dado el mismo trato a Nell si Zack no llega a sujetarla con fuerza.

—Se llama *Lucy*. Es cariñosa, pero maleducada. Abajo, *Lucy*.

Lucy se bajó con todo el cuerpo en constante movimiento. Incapaz de controlar la felicidad y el cariño, volvió a saltar sobre Zack.

—Tiene dos años —le explicó mientras se la quitaba de encima con firmeza y le empujaba los cuartos traseros contra el suelo—. Es un labrador negro. Me han dicho que se calman con los años.

—Es preciosa —Nell le acarició la cabeza y la perra se tumbó en el suelo patas arriba.

—Tampoco tiene orgullo —empezó a decir Zack antes de ver con sorpresa cómo Nell se ponía de cuclillas y acariciaba el vientre del animal hasta hacerle completamente feliz.

—No se necesita orgullo cuando se es tan bonita, ¿verdad, *Lucy*? No hay nada como un perro grande y hermoso. Yo siempre… ¡Ay!

Lucy, presa del placer, se había dado la vuelta, se había apoyado sobre Nell y la había tumbado. Zack estuvo rápido, pero no lo suficiente como para evitar que la lamiera y la arrollara.

—¡No, *Lucy*! ¡No! Lo siento —Zack apartó a la perra y levantó a Nell con una mano—. ¿Te ha hecho daño?

—No. Estoy bien.

La había dejado sin aliento, pero ése era sólo uno de los motivos por los que no podía respirar. Zack la limpiaba, mientras la perra se sentó cabizbaja, moviendo el rabo con precaución. Nell notó que él estaba contrariado y preocupado, pero no enfadado.

—No te has dado en la cabeza, ¿verdad? Este maldito animal pesa casi tanto como tú. Te has hecho daño en el codo —añadió antes de darse cuenta de que Nell se reía entre dientes—. ¿Qué es lo que te parece tan gracioso?

—Nada, de verdad. Es enternecedor ver cómo finge sentir vergüenza. Está claro que la tienes aterrorizada.

—Claro, le doy una paliza un par de veces por semana, lo merezca o no —recorrió los brazos de Nell con las manos—. ¿De verdad que estás bien?

—Sí —Nell se dio cuenta de que estaban muy cerca el uno del otro, tanto que casi se abrazaban; que él tenía las manos sobre ella y que su piel estaba demasiado caliente por el contacto—. Sí —repitió mientras daba intencionadamente un paso atrás—. No hay daños.

—Eres más fuerte de lo que parece —Zack comprobó que esos brazos tenían músculos largos y esbeltos. Ya se había fijado en los de las piernas—. Pasa adentro. Tú, no —añadió señalando a la perra—. Estás castigada.

Recogió del suelo las zapatillas de Nell y se dirigió hacia el amplio porche. La joven, llena de curiosidad y sintiéndose incapaz de encontrar una excusa convincente, cruzó la puerta que él había abierto y entró en una espaciosa cocina, luminosa y desordenada.

—La doncella tiene una década de permiso —cómodo en aquel ambiente caótico, dejó las zapatillas de Nell en el suelo y abrió la nevera—. No puedo ofrecerte limonada casera, pero tenemos algo de té helado.

—Está bien, gracias. Es una cocina maravillosa.

—La usamos sobre todo para calentar la comida que compramos precocinada.

—Es una pena.

Había metros y metros de encimeras imitando el granito y unos preciosos armarios de madera tallada con los frentes de cristal emplomado. La ventana de encima del hermoso fregadero doble daba al mar y a la ensenada.

Nell pensó que había abundante espacio para cocinar y almacenar provisiones. Con un poco de imaginación y de organización, sería una fantástica...

«¿Tenemos, usamos?» Zack había empleado el plural. ¿Estaba casado? No lo había pensado, ni siquiera se le había pasado por la cabeza esa posibilidad. No era que le importase, naturalmente, pero...

Él había coqueteado con ella. Quizá Nell hubiera perdido algo de práctica, pero sabía perfectamente cuándo un hombre estaba coqueteando.

—Te rondan demasiadas cosas por la cabeza —Zack sacó un vaso—. ¿Quieres compartir alguna?

—No. Quiero decir, estaba pensando que es una cocina preciosa.

—Estaba mucho más presentable cuando mi madre se ocupaba de ella. Ahora que Ripley y yo estamos solos, no le hacemos mucho caso, la verdad.

—Ripley. Ah, entiendo.

—Te preguntabas si estaba casado o si vivía con alguien que no fuera mi hermana. Eres muy discreta.

—No es asunto mío.

—No he dicho que lo fuera, sólo he dicho que eres discreta. Te enseñaré el resto de la casa, pero seguramente esté peor que la cocina. Y tú eres muy ordenada. Vamos por aquí.

Volvió a tomarla de la mano y salieron fuera.

—¿Dónde? Yo debería volver.

—Es domingo y nos hemos encontrado en nuestro día libre. Tengo algo que te gustará —dijo Zack mientras tiraba de ella a través del porche.

Dieron la vuelta a la casa, bordeada por un jardín cubierto de maleza y un par de árboles nudosos. Unos escalones desgastados por el tiempo conducían a otro porche en el segundo piso que miraba al mar.

Zack los subió con ella de la mano.

El viento y el sol la bañaron de la cabeza a los pies y ella pensó en lo agradable que sería dejarse caer en una tumbona de madera y limitarse a dejar pasar el tiempo.

Había un telescopio junto a la barandilla.

—Tenías razón —ella se inclinó sobre la barandilla y tomó aire—. Me gusta.

—Estás mirando hacia el oeste. Cuando el día está claro, puedes ver tierra firme.

—No tienes el telescopio apuntando hacia el oeste.

En ese momento, Zack concentraba toda su atención en las hermosas piernas de la joven.

—Supongo que no.

—¿Qué miras entonces?

—Lo que me llame la atención en cada momento.

Nell se apartó y echó un vistazo alrededor. Él la miraba a ella; de hecho, con una mirada intensa e inquisitiva, y ambos lo sabían.

—Me dan ganas de pasarme el día aquí —dijo Nell mientras doblaba la esquina y miraba hacia el pueblo—. Viendo las idas y venidas.

—Yo te he visto esta mañana mientras dabas de comer a las gaviotas.

Zack se apoyó en la barandilla y bebió té helado.

—Está mañana, al despertarme, pensé que tenía que buscar alguna excusa para dejarme caer por la casita amarilla y volver a verte, luego salí a tomar el café y allí estabas. De modo que no tuve que inventarme ningún motivo.

—Sheriff…

—Es mi día libre —le recordó. Fue a levantar la mano para acariciarle el pelo, pero ella se apartó y él se metió la mano en el bolsillo—. ¿Por qué no pasamos un par de horas en el mar? Podemos ir a navegar.

—No puedo. Tengo que…

—No hace falta que busques excusas. Otra vez será.

—Sí —se le soltó el nudo que se le había formado en el estómago—. Otra vez. Tengo que irme de verdad. Gracias por el té y las vistas.

—Nell… —volvió a tomarle la mano y aunque no la apretó la de ella se crispó—. Hay un límite entre poner un poco nerviosa a una mujer y asustarla. Es un límite que yo no quiero traspasar. Lo creerás cuando me conozcas mejor.

—Por el momento estoy conociéndome mejor a mí misma.

—Me parece bien. Te traeré la bolsa con las piedras y las conchas.

* * *

Zack decidió pasar todas las mañanas por el café. Una taza de café, un bollo y cuatro palabras.

Pensaba que ella se acostumbraría a verlo, a hablar con él, y que la próxima vez que se las apañara para estar a solas con ella, Nell no se sentiría apremiada a buscar una escapatoria.

Era perfectamente consciente de que no era la única que se había dado cuenta de su nueva costumbre matutina. Al sheriff no le importaban los comentarios jocosos, los guiños maliciosos ni las risitas. La vida de la isla tenía su ritmo y todo el mundo se daba cuenta si alguien añadía un compás.

Dio un sorbo del delicioso café de Nell mientras escuchaba en el muelle las maldiciones que Carl Macey dedicaba a los pescadores furtivos de langostas.

—Ya van tres días esta semana con las nasas vacías y no te creas que por lo menos vuelven a cerrar las cestas. Sospecho de esos universitarios que han alquilado el Boeing. Ajá —escupió—. Son ellos. Como los pille, esos malcriados gamberros universitarios van a acordarse de mí.

—Muy bien, Carl, todo apunta a que los culpables son veraneantes y, sobre todo, chicos jóvenes. ¿Por qué no me dejas que hable con ellos?

—No se justifica que jueguen de esa manera con el sustento de un hombre.

—No, pero ellos no lo verán igual.

—Pues deberían empezar a hacerlo —el curtido rostro del pescador se tornó sombrío—. He ido a ver a Mia Devlin y le he pedido que haga un conjuro a mis nasas.

Zack hizo una mueca.

—Vamos, Carl...

—Será mejor eso a que les llene sus pálidos traseros de perdigones, ¿no? Te juro que pienso hacerlo si siguen así.

—Deja que yo me ocupe.

—¿Te he dicho acaso que no lo hagas? —Carl frunció el ceño y meneó la cabeza—. Prefiero jugar todas las cartas. Cambiando de tema, ya me he fijado en la nueva forastera cuando he ido a la librería —en el rostro feo y arrugado de Carl se dibujó una sonrisa burlona—. Ahora entiendo que seas un cliente tan habitual. Ajá. Seguro que unos ojazos azules como esos hacen que un hombre empiece su día libre con buen pie.

—No te diré yo que no. Tú guarda la escopeta en el armario, Carl. Yo me ocuparé.

Volvió a la comisaría para buscar la lista de veraneantes. El Boeing estaba lo suficientemente cerca como para ir andando, pero decidió llevar el todoterreno para dar un aire más oficial.

El Boeing era un edificio de espaldas a la playa que se alquilaba en verano y que tenía un amplio porche en un costado. Las toallas y los bañadores colgaban lánguidamente de una cuerda que había entre dos columnas. La mesa rebosaba de latas de cerveza y de los restos de la cena.

Zack sacudió la cabeza y pensó que ni siquiera habían tenido la prudencia de eliminar las pruebas. Los caparazones vacíos de las langostas estaban esparcidos por encima de la mesa como insectos gigantes. El sheriff sacó la placa del bolsillo y la dejó a la vista.

Llamó a la puerta y siguió haciéndolo hasta que ésta se abrió. El muchacho que le recibió tendría unos veinte años. Entrecerró los ojos, cegado por el sol; estaba despeinado, llevaba unos calzoncillos de rayas y lucía el típico bronceado dorado de veraneante.

—Ugh —dijo.

—Soy el sheriff Todd, de la policía de la isla. ¿Le importa si entro?

—¿Paaqué? ¿Horaes?

Zack decidió que eso se llamaba resaca y juerga.

—Para hablar con usted. Son alrededor de las diez y media. ¿Sus amigos están por aquí?

—Estarán. ¿Algún problema? Ay, Dios mío.

Tragó saliva, hizo una mueca de malestar, y fue tambaleándose hasta el fregadero. Abrió el grifo y metió la cabeza debajo del chorro de agua.

—Una fiesta, ¿eh? —comentó Zack cuando el muchacho reapareció con la cabeza empapada.

—Eso parece —se secó la cara con unas toallas de papel—. ¿Hemos hecho demasiado ruido?

—No ha habido quejas. ¿Cómo te llamas, hijo?

—Josh, Josh Tanner.

—Muy bien, Josh, ¿por qué no despiertas a tus amigos? No quiero robaros mucho tiempo.

—Sí, vale. De acuerdo.

Zack esperó y escuchó. Oyó juramentos, algunos ruidos sordos, agua corriendo y la cisterna del retrete.

Los tres muchachos que entraron detrás de Josh tenían un aspecto lamentable. Permanecieron de pie, en distintos grados de desnudez, hasta que uno se dejó caer en una butaca y sonrió afectadamente.

—¿De qué se trata?

Zack pensó que aquello era pura chulería.

—¿Te llamas?

—Steve Hickman.

Zack percibió el acento de Boston. De clase alta, casi *kennedyniano*.

—Muy bien Steve. Se trata de lo siguiente: la pesca furtiva de langostas se multa con mil dólares. El motivo es que, aunque puede resultar muy divertido vaciar las nasas y cocer un par de langostas, hay gente que vive de su captura. Lo que para ti es una diversión, para algunas personas supone una pérdida de dinero.

Zack vio que los muchachos se movían incómodos, mientras los sermoneaba. El que había abierto la puerta estaba sonrojado por la culpabilidad y miraba hacia otro lado.

—Lo que os comisteis anoche en el porche costaría unos cuarenta dólares en el mercado. De modo que buscad en el muelle a un hombre que se llama Carl Macey, dadle los cuarenta dólares y asunto zanjado.

—No sé de lo que habla. ¿Ese Macey pone acaso etiquetas en sus langostas? —Steve volvió a sonreír afectadamente y se rascó la tripa—. No puede demostrar que nosotros hayamos pescado furtivamente.

—Muy cierto —Zack miró alrededor y echó una ojeada a las caras de los chicos. Nervios y algo de vergüenza—. Este sitio cuesta unos mil doscientos en plena temporada de verano y el barco que habéis alquilado otros doscientos cincuenta.

Si le añadimos la diversión, las cervezas y la comida, pasar una semana aquí suma una bonita cifra.

—Que va a parar directamente a la economía de la isla —dijo Steve con una sonrisa sarcástica—. Es una tontería molestarnos de esta forma por un par de langostas que dice que hemos pescado furtivamente.

—Quizá. Pero es una tontería mayor no poner diez dólares cada uno para facilitar las cosas. Pensadlo. Es una isla pequeña —concluyó Zack mientras se ponía en marcha hacia la puerta—. Las cosas se saben enseguida.

—¿Es una amenaza? Amenazar a un ciudadano puede ser delito.

Zack se volvió para mirarlo y sacudió la cabeza.

—Estudias derecho, ¿verdad?

Salió y se montó en el todoterreno. No tardaría en salirse con la suya.

***

Ripley bajaba por la calle principal y se encontró con Zack en la puerta de la Posada Mágica.

—La tarjeta de crédito de los muchachos de las langostas se ha atascado en el bar de las pizzas —empezó a contarle—. Al parecer la conexión falló o algo así y los chicos han tenido que rascarse los bolsillos para pagar.

—¿De verdad?

—Sí. Y todos los vídeos que han querido alquilar estaban ya alquilados.

—Qué mala suerte.

—He oído también que las motos náuticas estaban reservadas o estropeadas.

—Una pena.

—Y el colmo de las coincidencias, el aire acondicionado de la casa que han alquilado ha dejado de funcionar.

—Y hoy hace calor de verdad. Esta noche hará bochorno. Van dormir francamente mal.

—Eres un maldito hijo de perra, Zachariah —Ripley se puso de puntillas y le dio un breve y sonoro beso en los labios—. Por eso te quiero.

—Voy a tener que esforzarme un poco. Ese Hickman es duro de pelar. Los otros tres se rendirán antes, pero él va a necesitar un poco más de persuasión —Zack pasó el brazo por los hombros de Ripley—. ¿Vas al café a comer algo?

—A lo mejor, ¿por qué lo dices?

—He pensado que podías hacerme un pequeño favor ya que me quieres y todo eso.

Su cola de caballo se movió de un lado a otro cuando Ripley se dio la vuelta para mirar a su hermano.

—Si quieres que hable con Nell para organizarte una cita, olvídalo.

—Puedo organizarme mis propias citas, gracias.

—Con poco éxito, por el momento.

—Estoy en el dique seco todavía —replicó Zack—. Quiero que le digas a Mia que estamos ocupándonos del asunto de las langostas y que ella... que no haga nada.

—¿Qué quieres decir con que no haga nada? ¿Qué tenía que hacer ella? —Ripley se calló con un arrebato de ira—. Maldita sea.

—No te pongas furiosa. Carl ha hablado con ella. Estamos a tiempo de que nuestra bruja local no haga un conjuro o algo así —Zack apretó el brazo alrededor de los hombros de Ripley—. Se lo diría yo mismo, pero esos chicos van aparecer por aquí dentro de unos minutos y quiero que me vean con toda mi autoridad.

—Hablaré con ella.

—Sé amable, Rip. Recuerda que fue Carl quien se lo pidió.

—Sí, sí, sí.

Se soltó del brazo de Zack y cruzó la calle.

Brujas y conjuros. Un montón de tonterías para idiotas. Un hombre como Carl Macey debía saberlo. Estaba bien para que los crédulos turistas compraran los típicos recuerdos de Tres Hermanas; era uno de los atractivos que los llevaba hasta allí. Pero no podía soportarlo cuando alguien de la isla caía en semejante superstición.

Y Mia lo fomentaba. Sólo con ser Mia.

Ripley entró en el café y miró con el ceño fruncido a Lulú, quien estaba llamando por teléfono a un cliente.

—¿Dónde está Mia?

—Arriba. Muy ocupada.

—Ya, es una abejita muy atareada —dijo Ripley antes de subir las escaleras.

Vio que Mia estaba con un cliente en la sección de libros de cocina. Ripley sonrió. Mia parpadeó.

Ripley, presa de la impaciencia, fue a la barra, esperó su turno y pidió bruscamente un café.

—¿Nada de comer?

Nell, que estaba sofocada por el gentío de mediodía, se lo sirvió de una cafetera recién hecha.

—He perdido el apetito.

—Es una pena —intervino Mia zalameramente desde detrás de Ripley—. La ensalada de langosta está especialmente buena.

Ripley se limitó a levantar un pulgar, pasó detrás de la barra y entró en la cocina, donde, con los brazos en jarras, encaró a Mia.

—Zack y yo estamos ocupándonos de ese asunto. Quiero que te quedes al margen.

Un tazón de nata montada habría sido menos suave que la voz de Mia.

—No se me ocurriría obstaculizar la labor de las autoridades de la isla.

—Perdón —Nell dudó un instante y se aclaró la garganta—. Sandwiches. Tengo que preparar unos cuantos.

—Adelante —Mia hizo un gesto—. Supongo que la dócil ayudante y yo casi hemos terminado.

—Ahórrate tus ingeniosos comentarios de mierda.

—Ya lo hago. Los guardo todos para ti.

—Quiero que no hagas nada y que le digas a Carl que no has hecho nada.

—Demasiado tarde —Mia estaba disfrutando y sonrió—. Ya está hecho. Un conjuro muy sencillo; incluso alguien con unas facultades tan escasas como las tuyas podría haberlo hecho.

—Rómpelo.

—No. ¿Qué te importa? Tú dices que no crees en la Hermandad.

—Y no creo, pero sé cómo funcionan los rumores por aquí. Si les pasa algo a esos chicos…

—No me insultes —el humor desapareció como por ensalmo de la voz de Mia—. Sabes muy bien que no haría nada que pudiera hacerles daño. Sabes, ésa es la esencia. Eso es lo que tú temes. Temes que si dejaras salir lo que hay en ti, no serías capaz de controlarlo.

—No temo nada y no vas a llevarme a ese terreno —señaló a Nell que intentaba denodadamente mantenerse muy ocupada haciendo sandwiches—. Tampoco tienes derecho a arrastrarla a ella.

—Yo no concedo los dones, Ripley, sólo los reconozco. Como tú.

—Hablar contigo ha sido una pérdida de tiempo —Ripley salió precipitadamente de la cocina.

Mia suspiró, fue su único gesto de cansancio.

—Las conversaciones con Ripley nunca resultan especialmente productivas. No debes permitir que eso te preocupe, Nell.

—No tiene nada que ver conmigo.

—Puedo notar tu ansiedad. La gente discute y a veces lo hace con acritud. No todos resuelven los conflictos con los puños. Vamos… —le pasó las manos por los hombros—. Olvídate, la tensión es mala para la digestión.

Nell sintió que aquel contacto era como una oleada de calor que derretía la gelidez que se había apoderado de su estómago.

—Os aprecio a las dos. Detesto que os llevéis tan mal.

—Ripley no me disgusta. Me irrita, me contraría, pero no me disgusta. Te preguntas de qué hablábamos, pero no vas a preguntármelo, ¿verdad?

—No. No me gustan las preguntas.

—A mí me fascinan. Tú y yo tenemos que hablar —Mia se apartó y esperó a que Nell preparara el pedido—. Tengo cosas que hacer esta tarde. Mañana. Te invito a tomar algo. Vamos a quedar pronto. A las cinco en la Posada Mágica, en el bar. Se llama El Aquelarre. Si quieres, puedes olvidarte de las preguntas —dijo Mia mientras salía—. En cualquier caso, yo llevaré las respuestas.

Cinco

Todo sucedió como Zack había previsto. El tal Hickman estaba deseando medirse con él. Los otros tres se habían doblegado y Zack supuso que Carl recibiría el dinero a la mañana siguiente. Pero Hickman tenía que demostrar que era más listo, más valiente y muy superior al insignificante sheriff de una isla.

Zack observó desde el muelle que el bote alquilado avanzaba hacia las nasas de langostas y mientras seguía comiendo pipas de girasol pensó que ya se había colocado en el lado equivocado de la ley. Le saldría caro navegar sin luces después de anochecer.

Pero nada comparado con los mil dólares que aquel pequeño desafío iba a costarle al padre del universitario.

Suponía que el chico le crearía problemas cuando lo detuviera, lo que significaría que aquella noche pasarían unas cuantas horas en la comisaría. Uno de ellos, entre rejas.

Aprendería una lección, decidió Zack, mientras dejaba los binoculares y se agachaba para recoger la linterna. El chico estaba levantando una de las nasas.

El grito sonó agudo y algo afeminado, y dio un susto de muerte a Zack. Encendió la linterna y barrió la superficie del agua con el destello. Había una ligera neblina y el bote apareció entre la niebla. El muchacho estaba de pie con la nasa entre las manos y la miraba con cara de terror.

Antes de que Zack pudiera llamarlo, alzó la cesta todo lo alto que pudo, la tiró al agua y acto seguido se arrojó él mismo al mar.

—Maldita sea —dijo Zack furioso ante la perspectiva de terminar empapado su jornada de trabajo.

Fue hasta el extremo del muelle y cogió un salvavidas. El chico estaba más ocupado en gritar que en nadar, pero avanzaba algo hacia la orilla.

—Ahí va, Steve —Zack lanzó el salvavidas—. Ven hacia aquí, no quiero tener que meterme en el agua para ir a buscarte.

—Ayúdeme —el chico se agitaba, tragaba agua y se asfixiaba, pero se mantenía a flote—. ¡Están comiéndome la cara!

—Ya casi está —Zack se agachó y alargó un brazo—. Arriba. Sigues de una pieza.

—¡Mi cabeza! ¡Mi cabeza! —Steve se encaramó al muelle y se tumbó boca abajo temblando—. He visto mi cabeza dentro de la trampa. ¡Estaban comiéndose mi cara!

—Sigues teniendo la cabeza sobre los hombros —Zack se puso de cuclillas—. Recupera el aliento. Has tenido una alucinación, eso es todo. Has bebido un poco, ¿verdad? Eso y algo de remordimiento.

—Lo he visto… lo he visto —se sentó y se llevó las manos temblorosas a la cara para cerciorarse de que estaba entera; después empezó a respirar aliviado.

—La niebla, el agua, la oscuridad. Es una situación bastante propicia, sobre todo si te has bebido un par de cervezas. Vas a sentirte mucho mejor cuando le des los cuarenta dólares a Carl. Es más, ¿por qué no te secas un poco, coges la cartera y te acercas a su casa ahora? Dormirás mejor.

—Claro. Sí. Vale.

—Muy bien —Zack lo ayudó a levantarse—. Yo me ocuparé de devolver el bote, no te preocupes.

«Esta Mia», pensó Zack mientras acompañaba al dócil muchacho. Había que reconocer que tenía buenas ideas.

***

El muchacho tardó un rato en tranquilizarse, como también tardaron en hacerlo los otros cuatro cuando Zack llevó de vuelta a Steve. Después tuvo que ocuparse de Carl y del bote. Por lo que Zack acabó echándose una cabezada en la comisaría un poco antes de las tres de la madrugada.

Se despertó dos horas después, rígido como una tabla y enfadado consigo mismo. Salió dando tumbos hacia el todoterreno y decidió que Ripley haría el primer turno. Pensaba haberse ido directamente a casa, pero había adquirido la costumbre de pasar por la casita amarilla al terminar el turno. Sólo para estar seguro de que todo estaba como debía estar.

Giró y vio que las luces estaban encendidas. La preocupación y una buena dosis de curiosidad le hicieron parar y bajarse del coche. Al ver la luz de la cocina, fue hacia la puerta trasera. Iba a llamar cuando la vio de pie con un cuchillo enorme y de hoja muy afilada entre las manos.

—Si te digo que pasaba por aquí por casualidad, no me destriparás con eso, ¿verdad?

A Nell empezaron a temblarle las manos y lanzó un suspiro mientras dejaba caer el cuchillo sobre la mesa.

—Siento haberte asustado. Vi las luces cuando iba… eh… eh

La joven se tambaleó y Zack entró precipitadamente, la agarró de los brazos y la sentó en una silla.

—Siéntate. Respira. Pon la cabeza entre las rodillas. Dios mío, Nell. Lo siento.

Le acarició el pelo y le dio unas palmadas en la espalda, pero no estaba seguro de que no fuera desplomarse si la soltaba para ir a por un vaso de agua.

—No pasa nada. Estoy bien. He oído pasos en la oscuridad. Está tan silencioso que se oye todo y te he oído acercarte a la casa.

Había querido salir corriendo como un conejo y no parar. No recordaba haber cogido el cuchillo, no sabía que fuera capaz de hacerlo.

—Voy a traerte un poco de agua.

—No, estoy bien, humillada, pero bien. No esperaba que nadie viniera a la puerta.

—Me lo imagino. Son casi las cinco y media —Zack se sentó sobre los talones y ella levantó la cabeza. Iba recuperando el color—. ¿Qué hacías levantada?

—Suelo levantarme a las... —se incorporó de un salto al oír el timbre del horno—. ¡Qué horror! —Se puso una mano sobre el corazón, en su rostro se dibujó una leve sonrisa—. A este paso, tendré suerte si llego viva al amanecer. Los bollos.

Los sacó del horno y metió otra hornada.

—No sabía que empezaras tan pronto.

Miró alrededor y se dio cuenta de que llevaba un buen rato trabajando. Algo hervía a fuego lento en la cocina y olía de maravilla. En la encimera había un cuenco enorme lleno de masa. Junto a los fuegos había otro cuenco, tapado con un trapo. Sobre la mesa había un tercero, en el que, evidentemente, había estado mezclando algo antes de que él le quitara diez años de vida con el susto.

Los ingredientes estaban dispuestos y ordenados como si fueran un batallón.

—Yo no sabía que tú trabajaras hasta tan tarde.

Nell mezcló un poco de manteca con la masa para tranquilizarse.

—No suelo hacerlo. Anoche tuve un trabajillo y cuando lo dejé resuelto me quedé dormido en la butaca del despacho. Nell, si no me das una taza de café, me echaré a llorar y será muy embarazoso para los dos.

—Ah. Perdona. Mmm.

—Tú sigue con lo que estás haciendo. ¿Tazas?

—En el armario a la derecha del fregadero.

—¿Tú también quieres?

—Supongo.

Zack sirvió una taza y llenó la de ella que estaba junto al fregadero.

—Sabes… me parece que estos bollos no están bien del todo.

Nell se dio la vuelta de golpe, sosteniendo el cuenco. Su rostro expresaba con toda claridad la preocupación y la ofensa.

—¿Qué quieres decir?

—No me parecen perfectos. ¿Quieres que pruebe uno para comprobarlo?

La miró con una sonrisa traviesa y ella frunció los labios.

—Por el amor de Dios, ¿por qué no me lo pides?

—Es más divertido de esta manera. No, no te molestes. Yo lo cojo —se quemó las yemas de los dedos. El aroma le dijo que iba a merecer la pena mientras se lo pasaba de una mano a otra para que se enfriara—. Tengo debilidad por tus bollos de arándanos, Nell.

—El señor Bigelow, Lancefort Bigelow, prefiere los buñuelos de crema. Dice que si se los hiciera todos los días, se casaría conmigo y nos iríamos a vivir a Bimini.

Zack, sonriendo, abrió el bollo por la mitad y se dejó embriagar por el olor.

—Es una competencia muy dura.

Bigelow, un soltero vocacional, tenía noventa años.

Él observó cómo removía la masa y hacía una bola con ella.

Nell vació la bandeja de bollos, los puso a enfriar en una balda y rellenó las tazas. Cuando volvió a sonar el reloj del horno, cambió las bandejas y se volvió para pasar el rodillo a la masa.

—Tienes un método perfecto —comentó él—. ¿Dónde aprendiste?

—Mi madre… —se detuvo para poner en orden sus ideas. En esa cocina, con todos esos aromas tan familiares, era demasiado fácil sentirse cómoda y hablar más de la cuenta—. A mi madre le gustaba la repostería —dijo—. Yo he ido aprendiendo técnicas y recetas de aquí y allá.

Zack no quiso ponerse pesado y no insistió.

—¿Has hecho alguna vez rollitos de canela? Ya sabes… esos con azúcar glaseada por encima.

—Mmm.

—Yo los hago a veces.

—¿En serio? —Nell empezó a cortar la masa para las tartaletas y lo miró. Parecía tan… masculino apoyado en la encimera con los tobillos cruzados y una taza de café en la mano—. No sabía que cocinaras.

—De vez en cuando. Compras unos tubos de esos en la tienda, los llevas a casa, les das unos golpecitos contra la encimera, sacas el bollo, lo metes en el horno y le echas un poco de azúcar por encima. No tiene misterio.

Ella se echó a reír.

—Tengo que intentarlo alguna vez.

Fue a la nevera y sacó el cuenco con el relleno.

—Te enseñaré algunos trucos —Zack vació la taza y la dejó en el fregadero—. Será mejor que me vaya a casa y te deje tranquila. Gracias por el café.

—De nada.

—Y el bollo. Estaba muy bueno.

—Es un alivio.

Nell seguía junto a la mesa metiendo el relleno en la masa para hacer las tartaletas. Cuando él se acercó, se puso un poco tensa, pero siguió trabajando.

—¿Nell?

Ella alzó la vista y se le cayó un poco de relleno cuando Zack le puso la mano en la mejilla.

—Espero que no te moleste —dijo mientras se inclinaba y posaba los labios sobre los de ella.

Nell sintió que aquellos labios eran cálidos y más suaves de lo que parecían. Zack no la tocó. Ella sabía que se habría muerto del susto si él le hubiera puesto las manos encima. Pero sólo era la boca, ligera y tranquila sobre la de ella.

Zack esperaba que ella se enfadara o se mostrara fría, pero no que se asustara. Y eso fue lo que sintió, una rigidez que fácilmente podía convertirse en miedo. Por eso no la tocó, como habría deseado, ni siquiera le rozó los brazos con las puntas de los dedos.

Si Nell se hubiera apartado, él no habría hecho nada para detenerla, pero la quietud absoluta era la defensa que tenía ella. Fue Zack quien se apartó y bromeó a pesar de la punzada que sentía en el estómago y que era algo más que mero deseo, era rabia reconcentrada contra quien la había hecho tanto daño.

—Me parece que tengo debilidad por algo más que tus bollos —se metió los pulgares en los bolsillos del pantalón—. Hasta luego.

Salió con la esperanza de que el beso y la tranquila despedida le hicieran pensar a Nell.

* * *

No iba a pegar ojo. Resignado, le dio una alegría a *Lucy* y la llevó a darse un baño al amanecer en la ensenada. Los juegos y las locuras de la perra aliviaron parte de su agarrotamiento y su contrariedad.

Observó a su hermana mientras corría y acababa dándose un baño en el mar. Pensó que era tan fiable como el amanecer. Quizá no siempre supiera lo que había en esa cabeza ni cómo había llegado hasta allí, pero casi nunca tenía que preocuparse por Ripley Todd.

Podía arreglárselas sola.

Lucy corrió a su encuentro cuando ella salió del agua y las dos jugaron y echaron una carrera. Se encontraron todos en el porche del piso de arriba; *Lucy* se tumbó agotada y feliz y Ripley bebió una botella de agua.

—Mamá llamó anoche —Ripley se dejó caer en una de las tumbonas—. Han ido al Gran Cañón. Nos han mandado seis millones de fotos con la cámara digital de papá. Me da miedo bajar los correos electrónicos.

—Siento haberme perdido la llamada.

—Les dije que tenías una misión —dijo ella abultando la mejilla con la lengua—. Les puse al tanto del asunto de las langostas. ¿Alguna noticia?

—Sí.

Zack se sentó en el brazo de la butaca y le contó lo sucedido. Su hermana levantó la cara hacia el cielo y silbó.

—Sabía que tenía que haber ido contigo. Maldito capullo borracho. El de las langostas, no tú.

—Lo suponía. No estaba tan borracho, Rip.

Ripley levantó la mano y la sacudió.

—No empieces. Estoy de muy buen humor para que tú lo estropees con comentarios sobre el segundo trabajo de Mia y esas cosas.

—Haz lo que quieras.

—Es lo que suelo hacer. Voy a darme una ducha. Haré el primer turno, debes estar machacado.

—Estoy bien. Escucha… —se detuvo para pensar cómo expresar lo que quería decir.

—Estoy escuchando.

—Pasé por la casita amarilla de camino a casa. Las luces estaban encendidas y entré un momento.

—Ya… —dijo Ripley burlona.

—Malpensada. Tomé una taza de café y un bollo.

—Vaya, Zack. Siento mucho oír eso.

Normalmente, él se habría reído, pero entonces se levantó y fue hacia la barandilla.

—Pasas a verla casi todos los días. Os lleváis bien, ¿no?

—Supongo que bastante bien. Es difícil que una mujer como ella no te guste —replicó su hermana.

—Las mujeres soléis a contarles las cosas a las amigas, ¿no?

—Seguramente. ¿Quieres que le pregunte si le gustas lo suficiente como para acompañarte al baile del colegio? —Ripley empezó a reírse disimuladamente, pero dejó de hacerlo cuando se volvió y vio la cara de su hermano—. Perdona, no sabía que fuera tan grave. ¿Qué pasa?

—Creo que la han maltratado.

—Tío —Ripley se quedó mirando la botella de agua—. Eso es muy fuerte.

—Algún hijo de perra la ha fastidiado, estoy seguro. No sé si habrá recibido ayuda, pero creo que le vendría bien... ya sabes, una amiga. Alguien con quién hablar de eso.

—Zack, ya sabes que a mí no se me dan bien esas cosas, a ti sí.

—Pero yo tengo algunos defectos de fabricación para ser su amiga, Rip. Simplemente... intenta pasar algún tiempo con ella. Podéis ir a navegar o de compras o... —hizo un gesto ambiguo—. Pintaos las uñas de los pies.

—¿Cómo dices?

—No sé lo que hacéis en vuestras guaridas cuando no hay hombres delante.

—Hacemos guerras de almohadas en ropa interior.

A Zack se le iluminó el rostro porque sabía que eso era lo que ella quería.

—¿De verdad? Temía que sólo fuera un mito. Sé su amiga, ¿de acuerdo?

—¿Empiezas a sentir algo por ella?

—Sí. ¿Qué pasa?

—Que supongo que seré su amiga.

* * *

Nell entró en El Aquelarre a las cinco en punto. No era un sitio oscuro y misterioso como había temido, sino bastante acogedor. La luz azulada teñía delicadamente las flores blancas que había en el centro de cada mesa.

Las mesas eran redondas y estaban rodeadas por unas butacas profundas y pequeños sofás. Las copas brillaban sobre la barra lustrosa. Nell apenas se había sentado cuando una camarera joven, con un elegante y discreto vestido negro, dejó un cuenco de plata con aperitivos delante de ella.

—¿Desea tomar algo?

—Estoy esperando a alguien. De momento, un agua mineral. Gracias

Los únicos clientes que había, aparte de ella, eran una pareja que ojeaba un folleto de las excursiones por la isla mientras bebían vino blanco y picaban un poco de queso. La música estaba baja y se parecía mucho a la que Mia solía poner en la librería. Nell intentó ponerse cómoda y lamentó no haberse llevado un libro.

Mia apareció como un torbellino diez minutos después, la falda se le arremolinaba alrededor de sus larguísimas piernas. Llevaba un libro en una mano y levantó la otra en un gesto hacia la barra.

—Una copa de Cabernet, Betsy.

—La primera copa la paga Carl Macey —Betsy le guiñó el ojo a Mia—. Me ha dado instrucciones.

—Dile que me ha encantado —Mia se sentó enfrente de Nell—. ¿Has venido en coche?

—No, andando.

—¿Bebes alcohol?

—De vez en cuando.

—Pide una copa. ¿Qué quieres?

—El Cabernet está bien. Gracias.

—Dos Cabernets, Betsy. Me encantan estas chuminadas —empezó a picar del cuenco—. Sobre todo las cositas de queso que parecen símbolos chinos. Te he traído un libro. Un regalo —Mia le pasó el libro a Nell—. He pensado que te gustaría leer algo sobre el sitio que has elegido para vivir.

—Sí, tenía intención de hacerlo. *Leyendas y tradiciones de Tres Hermanas* —leyó en voz alta—. Gracias.

—Estás asentándote, empiezas a conocer el terreno. Antes de nada, quiero decirte que no podría estar más contenta con tu trabajo.

—Me alegra oírlo. Me encanta trabajar en el café y la tienda. No creo que haya un trabajo más hecho a mi medida.

—Ah, tú eres Nell —dijo Betsy con una sonrisa, pues había oído el comentario de Nell mientras servía el vino—. Siempre te has marchado cuando yo llego al café. Procuro pasar antes de abrir el bar. Unas galletas maravillosas.

—Gracias.

—¿Has sabido algo de Jane, Mia?

—Sí, precisamente hoy: Tim ha tenido la audición y tiene esperanzas. Pagan el alquiler con lo que ganan en una pastelería en Chelsea.

—Espero que sean felices.

—Yo también.

—Os dejaré solas. Llamadme si necesitáis algo.

—Muy bien —Mia levantó la copa y brindó con Nell—. *Slainte*.

—¿Cómo dices?

—Es un brindis gaélico —Mia se llevó la copa a los labios y sin dejar de mirar a Nell le preguntó—: ¿Qué sabes de las brujas?

—¿De qué tipo? ¿De las que son como Elizabeth Montgomery en *Embrujada* o de las que ven en bolas de cristal, encienden velas y venden botellitas con pociones de amor?

Mia se echó a reír y cruzó las piernas.

—La verdad es que no estaba pensando en las pseudobrujas de Hollywood.

—No quería ser ofensiva. Sé que hay mucha gente que se lo toma muy en serio. Como una especie de religión. Yo lo respeto.

—Aunque sean unos chalados —dijo Mia con una leve sonrisa.

—No. Tú no eres una chalada. Ya entiendo… Bueno, lo mencionaste el primer día y tu conversación con Ripley ayer…

—Bien. Entonces partimos de la base de que soy una bruja —Mia dio otro sorbo—. Eres un encanto, Nell. Te esfuerzas por comentar este asunto con mesura e inteligencia cuando piensas que soy… digamos que una excéntrica. Dejaremos eso a un lado por el momento y nos remitiremos a la historia para sentar unas bases. Seguramente habrás oído hablar de los juicios a las brujas de Salem.

—Claro. Por culpa de unas chicas histéricas, puritanas fanáticas y adocenadas, quemaron a las brujas.

—Un momento —le corrigió Mia—. En 1692 colgaron a diecinueve personas, todas ellas inocentes. A una de ellas la mataron al negarse a declararse inocente o culpable. Otras murieron en prisión. Ha habido cazas de brujas a lo largo de toda la historia. Aquí, en Europa y en otros lugares del mundo. Ha habido persecuciones incluso cuando la mayoría de la gente había dejado de creer en la brujería, o de reconocer que creía en ella. El nazismo, el mackartismo, el Ku Klux Klan, etcétera. Sólo son fanáticos con poder que quieren imponer su propio criterio y encuentran a suficientes personas sin personalidad que hacen el trabajo sucio —Mia tomó aliento y pensó que mejor sería no lanzarse a hablar.

»Pero hoy nos centraremos en una parte microscópica de la historia —se reclinó en la butaca y golpeó ligeramente con el dedo la cubierta del libro—. Los puritanos vinieron a esta tierra, según ellos, en busca de la libertad religiosa. Naturalmente, muchos sólo buscaban un sitio donde imponer a otros sus creencias y temores. En Salem, la persecución y los asesinatos se hicieron a ciegas. Tanto que ninguna de las diecinueve almas que segaron de los cuerpos era el alma de una bruja.

—Los prejuicios y el miedo nunca han destacado por su clarividencia.

—Bien dicho. Había tres brujas entre ellos. Mujeres que habían elegido aquel lugar para vivir sus vidas y su hermandad. Mujeres poderosas que ayudaron a los enfermos y a los afligidos. Las tres sabían que no podían permanecer mucho tiempo allí sin que las acusaran y condenaran. Así se creó la isla de las Tres Hermanas.

—¿Se creó?

—Se dice que se encontraron en secreto e hicieron un conjuro. Un trozo de tierra se separó de tierra firme. Vivimos en lo que se segregó en aquel momento. Un refugio. ¿Acaso no has venido buscando eso?

—He venido buscando trabajo.

—Y lo has encontrado. Las llamaban Aire, Tierra y Fuego. Vivieron tranquilas y en paz durante algún tiempo. Y solas. La soledad las debilitó. La llamada Aire, anhelaba el amor.

—Todos lo hacemos —dijo Nell con serenidad.

—Quizá. Soñaba con un príncipe dorado y hermoso que la llevara consigo a un palacio donde vivir llena de felicidad y tener hijos que la confortaran. Fue irreflexiva con su deseo, como suelen serlo las mujeres cuando anhelan algo. Él apareció y ella sólo vio el resplandor y la hermosura. Fue con él y abandonó el refugio. Intentó ser una esposa buena y cumplidora y tuvo unos hijos a los que amó. Pero eso no fue suficiente para él. Debajo del oro había oscuridad. Ella llegó a temerlo y él se alimentaba de ese temor. Una noche, loco por esa ansia, la mató por ser lo que era.

—Es una historia triste —Nell tenía la garganta seca, pero no tomó la copa.

—Hay más, pero es suficiente por ahora. Todas son tristes y tienen un final trágico. Y todas han dejado un legado. Un hijo que ha tenido un hijo que ha tenido un hijo y así sucesivamente. Se decía que llegaría un día en el que un descendiente de cada una de ellas coincidirían en la isla. Cada una tendría que encontrar la forma de liberarse y de romper la pauta de conducta fijada hace trescientos años. Si no lo hacían, la isla se hundiría en el mar. Se perdería, como la Atlántida.

—Las islas no se hunden en el mar.

—Las islas no suelen haber sido creadas por tres mujeres, normalmente —replicó Mia—. Si crees en lo primero, creer lo segundo no es muy difícil.

—Tú lo crees —Nell asintió con la cabeza—. Crees también que eres una de las descendientes.

—Sí. Como lo eres tú.

—Yo no soy nadie.

—El que habla es él, no tú. Lo siento —Mia se arrepintió al instante y la agarró de la mano antes de que se levantara—. Dije que no iba a entrometerme y no voy a hacerlo, pero me fastidia que digas que no eres nadie. Oír que lo dices y que lo crees. Olvídate de todos los demás por el momento, si crees que eso es lo que debes hacer, pero no te olvides de quién eres y qué eres. Eres una mujer inteligente con suficiente temple como para valerse por sí sola. Y con un don: la magia en la cocina. Te admiro.

—Lo siento —Nell alcanzó la copa de vino mientras intentaba aclararse las ideas—. No puedo hablar.

—Tuviste el valor de romper con todo, de venir a un lugar desconocido y de hacerte un sitio.

—El valor no tiene nada que ver con eso.

—Estás equivocada. Él no te destrozó.

—Lo hizo —los ojos de Nell se llenaron de lágrimas aunque intentó evitarlo—. Yo sólo recogí los trozos y salí corriendo.

—Recogiste los trozos, escapaste y te reconstruiste. ¿No te sientes orgullosa de eso?

—No puedo explicar lo que era aquello.

—No hace falta, pero, antes o después, tendrás que reconocer tus poderes. Nunca te sentirás completa hasta que lo hagas.

—Sólo busco una vida normal.

—No puedes olvidarte de las posibilidades que tienes.

Mía alargó una mano con la palma hacia arriba y esperó. Nell, incapaz de resistirse, puso su palma sobre la de Mia. Sintió calor, una quemadura de energía que no le hizo daño.

—Lo tienes dentro. Yo te ayudaré a encontrarlo. Te enseñaré —declaró Mia mientras Nell miraba atónita al resplandor que había entre las palmas de las manos—. Cuando estés preparada.

* * *

Ripley echó una ojeada a la playa y no vio nada fuera de lo normal. Un niño tenía una rabieta y sus gritos agudos y caprichosos llenaban el aire.

Pensó que alguien se habría quedado sin siesta.

116

La gente estaba dispersa por la arena y marcaba su territorio con toallas, mantas, sombrillas, neveras portátiles o equipos de música. Ya nadie se limitaba a bajar a la playa. Hacían un equipaje como si se fueran de vacaciones a Europa.

Aquel espectáculo no dejaba de divertirle. Todos los días, parejas y grupos de personas sacaban todas sus pertenencias de las casas alquiladas o de las habitaciones de los hoteles y plantaban sus nidos temporales a la orilla del mar. Y, todos los días, volverían a recogerlo todo y se lo llevarían con un poco más de arena.

Veraneantes nómadas. Los beduinos del verano.

Los dejó con sus asuntos y se dirigió hacia el pueblo. Ella no llevaba nada más que su equipo habitual, una navaja multiusos y unos cuantos dólares. La vida era mucho más sencilla así.

Entró en la calle principal con la intención de gastarse esos dólares en una comida. Estaba fuera de servicio, al menos todo lo fuera de servicio que ella o Zack podían estar, y le apetecía una cerveza fría y una pizza.

Dudó al ver a Nell de pie a la puerta del hotel y con aire perplejo, pero enseguida pensó que era un momento tan bueno como otro cualquiera para romper el hielo.

—Eh, Nell.

—¿Qué? Ah, hola, Ripley.

—Pareces perdida.

—No —Nell pensó que en ese momento sólo estaba segura de saber dónde estaba—. Sólo un poco distraída.

117

—Un día agotador, ¿eh? Mira, yo voy a cenar algo. Es un poco pronto, pero me muero de hambre. ¿Por qué no compartimos una pizza? Invito yo.

—Ah —Nell seguía parpadeando como si acabara de salir de un sueño.

—En el Surfside hacen las mejores pizzas de la isla. Bueno, es el único sitio donde las hacen, pero aun así… ¿Qué tal van las cosas en el café?

—Bien —no podía evitar acompañarla. Le costaba pensar con claridad y juraría que aún sentía un hormigueo en los dedos—. Me encanta trabajar ahí.

—Le has dado categoría a ese sitio —comentó Ripley mientras torcía la cabeza para ver el libro que llevaba Nell—. ¿Estás leyendo sobre el vudú en la isla?

—¿Vudú? ¡Ah! —Nell se metió el libro debajo del brazo con una risa nerviosa—. Supongo que si vivo aquí debería saber… algunas cosas.

—Claro —Ripley abrió la puerta de la pizzería—. A los turistas les encantan todos esos disparates míticos sobre la isla. Cuando llegue el solsticio, la isla se inundará de aficionados al *New Age*. ¡Eh, Bart!

Ripley saludó al hombre que estaba detrás de la barra y cogió un taburete vacío.

Era pronto, pero el local ya estaba abarrotado.

La gramola atronaba y dos juegos de vídeo que había en un rincón no paraban de destellar y hacer ruidos.

—Este sitio lo llevan Bart y su mujer Terry —Ripley se acomodó en el taburete—. Tienes pasta y un poco de todo, pero el plato estrella es la pizza —dijo Ripley mientras le pasaba un menú a Nell—. ¿Te apetece?

—Claro.

—Estupendo. ¿Hay algún ingrediente que no te guste?

Nell echó una ojeada a la carta, pero no podía pensar con claridad y no sabía por qué.

—No.

—Mucho mejor. Pediremos una grande y bien cargada. Lo que sobre, se lo llevaré a Zack. Le quitará la cebolla y los champiñones y nos lo agradecerá —se bajó del taburete—. ¿Quieres una cerveza?

—No. No, gracias. Agua.

—Ahora vuelvo.

Ripley, que no veía motivos para esperar al camarero, se acercó a la barra e hizo el pedido. Nell la observó mientras bromeaba con el hombre alto y delgado que la atendía. La vio colocarse las gafas en el cuello de la camisa y alargar los brazos bronceados y musculosos para coger las bebidas. Vio cómo le ondeó el pelo oscuro cuando se dio la vuelta para volver al taburete.

El ruido se fue desvaneciendo como si fuera el eco en un sueño hasta que fue barrido por un sonido blanco que arrastraba un rugido creciente. Como una rompiente de olas. Ripley volvió a sentarse y Nell vio que movía la boca, pero no oyó nada. Nada en absoluto. Luego, todo desapareció como si se lo hubiera tragado una puerta abierta.

— ...en un día laborable —terminó Ripley antes de coger su cerveza.

—Eres la tercera —Nell se agarró con las manos temblorosas a la mesa.

—¿Mmm?

—La tercera. Eres la tercera hermana.

Ripley abrió la boca y volvió a cerrarla hasta formar una línea fina y larga.

—Mia —lo dijo lentamente y se bebió media cerveza de un trago—. No me vengas con esas cosas.

—No entiendo.

—No hay nada que entender. Olvídalo —dejó de golpe la cerveza en la mesa y se inclinó hacia delante—. Este es el trato. Mia puede pensar y creer lo que quiera. Puede hacer lo que quiera mientras no infrinja la ley. Yo no tengo que comulgar con sus ideas. Si tú quieres hacerlo, es asunto tuyo. Yo he venido a tomar pizza y a beber cerveza.

—Yo no sé con lo que comulgo. Te enfurece. Me aturde.

—Mira, tú me consideras una mujer sensata. Las mujeres sensatas no van por ahí diciendo que son brujas que descienden de un trío de brujas que crearon una isla a partir de un trozo de Massachussets.

—Sí, pero…

—No hay peros que valgan. Existe la realidad y la fantasía. Vamos a atenernos a la realidad porque si no se me va a amargar la pizza. Entonces, ¿vas a salir con mi hermano?

—Salir… —Nell, desconcertada, se paso la mano por el pelo—. ¿Podrías repetir la pregunta?

—Zack está buscando la forma de salir contigo. ¿Te interesa? Antes de que contestes, te diré que ha tenido sus historias, que su higiene personal es buena y que, aunque tiene algunas manías fastidiosas, es fácil convivir con él. Así que piénsatelo. Voy a por la pizza.

Nell respiró hondo y se relajó. Se dijo que tenía que pensar en demasiadas cosas para una noche tan corta.

Seis

Ripley tenía razón sobre el solsticio. Iba tanta gente a Libros & Café, que Mia había contratado dos empleados a media jornada para la librería y otro para la barra del café.

Nell estaba muy nerviosa después de pasarse dos días haciendo platos vegetarianos.

—Nos estamos quedando sin berenjenas ni alfalfa —le dijo a Peg cuando empezó su turno—. Creía que había calculado... Maldita sea —se quitó el delantal—. Voy al mercado a ver qué encuentro. Quizá tenga que cambiar el menú para el resto del día.

—Haz cualquier cosa. No te agobies.

Nell pensó que para ella era muy fácil decirlo. Se había quedado sin bollos de avellanas a media mañana y las galletas de chocolate no durarían mucho si seguían pidiéndolas al mismo ritmo. Era su responsabilidad hacer que todo marchara en el café como Mia esperaba. Si cometía un error...

Estuvo a punto de arrollar a Lulú en su carrera hacia la puerta trasera.

—Lo siento. Lo siento. Soy una idiota. ¿Estás bien?

—Sobreviviré —Lulú se sacudió melindrosamente la camisa. La chica había trabajado bien durante tres semanas, pero no por eso iba a confiar en ella—. Tranquila. No hace falta que salgas corriendo como si hubiera un incendio sólo porque hayas terminado tu turno.

—No, lo siento. Es por Mia, ¿podrías decirle que lo siento y que volveré enseguida?

Salió disparada y no paró de correr hasta que llegó al mercado. El pánico y la preocupación le oprimían el estómago. ¿Cómo había podido ser tan estúpida? Comprar provisiones era una parte esencial de su trabajo. ¿Acaso no le habían avisado que debía contar con la llegada de multitudes durante el fin de semana del solsticio? Cualquier imbécil podría haberlo planificado mejor que ella.

La presión en el pecho le impedía pensar con claridad, pero se obligó a estudiar las posibilidades y a elegir. Llenó rápidamente la cesta y esperó con angustia en la cola mientras iban pasando los minutos.

Dorcas se puso a charlar con ella y Nell consiguió darle algunas respuestas mientras su cerebro no paraba de gritar: «¡deprisa!».

Asió las tres bolsas y, después de maldecirse por no haber llevado el coche, emprendió el camino de vuelta todo lo rápido que pudo.

—¡Nell! ¡Nell!, espera —Zack cruzó la calle sacudiendo la cabeza al ver que ella no le contestaba—. Déjame que te eche una mano.

A Nell le sorprendió no salir volando cuando él le cogió dos de las bolsas.

—Yo puedo. Tengo mucha prisa.

—Irás más deprisa si no cargas con peso. ¿Cosas para el café?

—Sí. Sí.

Casi había echado a correr otra vez. Podía preparar otra ensalada. Diez minutos, quince combinaciones. Y preparar los ingredientes para los sandwiches. Luego se ocuparía de los dulces. Si se ponía manos a la obra enseguida, a lo mejor nadie tendría que esperar.

—Pareces muy ocupada.

A Zack no le gustó el aspecto de Nell. Estaba muy seria, sombría. Como alguien que se iba a la guerra.

—Debería haberlo previsto. No tengo excusa.

Entró precipitadamente por la puerta trasera de la tienda y subió las escaleras de dos en dos. Cuando Zack llegó a la cocina, ella ya estaba sacando las cosas de las bolsas.

—Gracias. Ya puedo ocuparme yo. Sé lo que tengo que hacer.

Zack pensó que se movía como un zombi, con los ojos vidriosos y la cara pálida.

—Creía que salías a las dos, Nell.

—¿A las dos? —ni se molestó en levantar la vista. Siguió cortando, rayando y mezclando—. No. He cometido un error y tengo que arreglarlo. No va a pasar nada. Nadie va a enfadarse ni a preocuparse. Debía haberlo planificado mejor. Lo haré la próxima vez. Lo prometo.

—Necesito dos sandwiches especiales y una pita vegetal… ¡Por Dios, Nell! —murmuró Peg mientras entraba en la cocina.

Zack le puso la mano en el brazo.

—Ve a buscar a Mia —le dijo en voz baja.

—Dos especiales y un vegetal. Muy bien, muy bien.

Nell dejó a un lado la ensalada de alubias y pepino y sacó los ingredientes de los sandwiches.

—He comprado un poco más de berenjena. Perfecto.

—Nadie está enfadado, Nell. No tienes por qué preocuparte. ¿Por qué no te sientas un minuto?

—Sólo necesito media hora. Veinte minutos. Los clientes no lo notarán —cogió las comandas, se dio la vuelta y se quedó clavada al ver entrar a Mia—. No pasa nada. De verdad, no pasa nada. Tendremos de todo en un momento.

—Yo me llevaré eso —Peg se acercó y le quitó los platos de las manos—. Tienen un aspecto sensacional.

—Estoy preparando otra ensalada —sentía que le oprimía el pecho y la cabeza—. No tardo nada. Luego hago lo demás. Yo me ocupo. No te enfades.

—Nadie está enfadado, Nell. Creo que deberías tomarte un descanso.

—No lo necesito. Ya termino —agarró una bolsa de nueces en un gesto de desesperación—. Ya sé que debería haberlo planificado mejor y lo siento muchísimo, pero voy a asegurarme de que todo salga perfectamente.

Zack no podía soportarlo, no podía soportar el verla allí, temblorosa y pálida.

—¡Ya está bien! —exclamó Zack mientras se acercaba a ella.

—¡No lo hagas! —Nell se tambaleó y retrocedió, dejó caer la bolsa y levantó las manos como si quisiera protegerse de un golpe. Después, el terror dio paso a la vergüenza.

—Cariño —la voz de Zack estaba llena de compasión.

Ella no pudo hacer otra cosa que darle la espalda.

—Quiero que me acompañes —Mia se acercó a ella y la tomó de la mano—. ¿De acuerdo? Acompáñame.

Nell, completamente abochornada y aturdida, dejó que la llevara fuera. Zack se metió las manos en los bolsillos y se sintió inútil.

* * *

—No sé qué me ha pasado —lo cierto era que tenía medio borrada la última hora.

—Yo diría que te ha dado un ataque de pánico monumental.

Mia cruzó el despacho y abrió lo que Nell creía que era un archivador y resultó ser una pequeña nevera con botellas de agua y zumo.

—No tienes por qué hablar conmigo —dijo Mia mientras volvía y le daba una botella de agua—, pero creo que deberías pensar en hablar con alguien.

—Lo sé —Nell, en vez de beberse el agua, se pasó la botella fría por la cara y comprendió al fin que era completamente absurdo desmoronarse por unas berenjenas—. Pensé que lo había superado. No me había pasado desde hacía mucho tiempo. Meses. Teníamos mucho trabajo y nos estábamos quedando sin provisiones. Me fui agobiando cada vez más hasta que llegué a creer que si no conseguía más berenjenas, el mundo se vendría abajo —bebió un buen trago de agua—. Una estupidez.

—No es una estupidez si antes estabas acostumbrada a que te castigaran por una cosa tan nimia.

Nell dejó la botella.

—Él no está aquí. No puede hacerme nada.

—¿Tú crees? Hermanita, él no ha dejado de hacerte daño.

—Si eso es verdad, es mi problema. Ya no soy un saco de entrenamiento para recibir golpes ni un felpudo.

—Me alegra oír eso.

Nell se puso las manos en las sienes. Comprendió que tenía que soltar algo. Quitarse un peso de encima. Si no lo hacía, volvería a desmoronarse.

—Una vez organizamos una fiesta y me quedé sin aceitunas para los martinis. Fue la primera vez que me pegó.

El rostro de Mia no reveló ninguna sorpresa, ningún juicio.

—¿Cuánto tiempo estuviste con él?

La pregunta no expresaba censura ni la más leve compasión o una suficiencia encubierta. La formuló con un tono enérgico y práctico y Nell contestó igual.

—Tres años. Si me encuentra, me matará. Lo sabía cuando me fui. Es un hombre importante, rico y con contactos.

—¿Está buscándote?

—No, cree que estoy muerta. Desde hace casi nueve meses. Y preferiría estarlo a llevar la vida que llevaba. Suena melodramático, pero...

—No, no suena melodramático. Los impresos que me rellenaste para el contrato, ¿son seguros?

—Sí. Es el nombre de soltera de mi abuela. Infringí algunas leyes. Piratería informática, mentiras, documentos falsos para conseguir una identidad nueva, un permiso de conducir, un número de la Seguridad Social...

—¿Piratería informática? —Mia sonrió con una ceja enarcando—. Nell, no dejas de sorprenderme.

—Se me dan bien los ordenadores. Solía...

—No hace falta que me lo cuentes..

—No importa. Hace mucho tiempo ayudé a mi madre a llevar un negocio de comidas a domicilio. Usaba un ordenador para las facturas y la contabilidad, como tú, e hice algunos cursos. Cuando empecé a planear la fuga, investigué mucho. Sabía que sólo tendría una oportunidad. Dios mío. Hasta ahora no había sido capaz de contárselo a nadie, creía que nunca podría.

—¿Quieres contarme el resto?

—No estoy segura. Se me atasca en algún punto. En este preciso lugar —dijo mientras se daba un pequeño golpe con el puño en el pecho.

—Si decides que quieres hacerlo, pásate esta noche por mi casa. Te enseñaré mi jardín. Mis acantilados. Mientras tanto, date un respiro, date un paseo, échate una siesta.

—Mia, me gustaría terminar lo que queda pendiente. No porque esté preocupada o agobiada, sólo porque me gusta terminar las cosas.

—De acuerdo.

* * *

La subida por la costa resultaba impresionante. La carretera estaba llena de giros sorprendentes. El mar rugía y el viento soplaba como una música de fondo constante. Aunque los recuerdos que le provocaron deberían haberla alterado, Nell se sintió más viva que nunca mientras intentaba que su cochambroso coche cogiera algo de velocidad. Era como si estuviera desprendiéndose de un lastre que se iba quedando tirado en cada giro de la carretera.

Quizá fuera por la visión de la torre blanca recortada contra el cielo de verano y la melancólica casa de piedra que había junto a ella. Parecían sacadas de un libro de cuentos. Firmes y antiguas y maravillosamente misteriosas.

El cuadro que vio no las hacía justicia. El óleo y el lienzo no habían podido captar la intensidad del viento, la textura de las rocas y la expresividad de los árboles retorcidos y nudosos.

Además, pensó mientras daba la última curva, en el cuadro faltaba Mia que allí estaba entre dos manchas de flores de brillantes colores con un vestido azul y la larguísima melena roja agitada por el viento.

Nell dejó su maltrecho coche detrás del reluciente descapotable plateado de Mia.

—Espero que no me malinterpretes —le dijo Nell.

—Siempre interpreto bien las cosas.

—Estaba pensando que si yo fuera un hombre, te prometería cualquier cosa.

Mia se rió y Nell ladeó la cabeza para intentar asimilar toda la casa de golpe; la piedra austera, los hastiales extravagantes, el encanto de las balaustradas.

—Es maravillosa. Muy propia de ti.

—Lo es.

—Pero, ¿no te sientes sola tan alejada de todo y de todos?

—Disfruto con mi compañía. ¿Te dan miedo las alturas?

—No. En absoluto.

—Echa una ojeada desde el borde del acantilado. Es impresionante.

Nell caminó tras ella entre la casa y la torre hasta el escarpado promontorio que se asomaba sobre el océano. Incluso allí había flores. Flores pequeñas y resistentes que se abrían paso entre las grietas y sobresalían entre los desaliñados penachos de hierbas silvestres.

Debajo, las olas rompían y se revolvían contra la base de los acantilados para retroceder y volver a embestirlos. Más allá, el agua se tornaba de un azul muy profundo hasta desaparecer en el infinito.

—Cuando era niña solía sentarme aquí y quedarme maravillada. A veces todavía lo hago.

Nell se quedó mirando el perfil de Mia.

—¿Te criaste aquí?

—Sí. En esta casa. Siempre ha sido mía. A mis padres les gustaba el mar y ahora se dedican sólo a navegar. En estos momentos están en el Pacífico Sur, creo. Siempre fuimos más una pareja y una niña que una familia. Nunca se adaptaron del todo a mí, ni yo a ellos. Aunque nos llevábamos lo suficientemente bien —se giró con un leve gesto de los hombros—. El faro lleva aquí desde hace unos trescientos años sin dejar de mandar sus señales para guiar a los barcos. A pesar de todo, ha habido naufragios y se dice, como cabe esperar en sitios así, que algunas noches, cuando el viento sopla de determinada forma, se pueden oír los gritos desesperados de los ahogados.

—No es una historia muy confortante para conciliar el sueño.

—No. El mar no siempre lo es.

Sin embargo, Mia estaba rendida a él, no podía dejar de observar sus antojos, su encanto y su violencia. El fuego sometido por el agua.

—Lo primero fue la casa —continuó Mia—. Fue la primera que se construyó en la isla.

—Un conjuro mágico a la luz de la luna —añadió Nell—. He leído el libro.

—Bueno, sea por arte de magia o de la argamasa, ahí está. Los jardines son mi pasión y no me he privado de ningún antojo.

Nell se volvió para mirar hacia la casa y se quedó boquiabierta. La parte de atrás era una explosión de flores, formas, árboles y senderos. El contraste entre los acantilados desnudos y semejante exhuberancia la dejó casi aturdida.

—¡Dios mío! Es increíble, impresionante. Es como un cuadro. ¿Lo haces todo tú sola?

—Mmm. De vez en cuando busco la ayuda de una buena espalda, pero en general me apaño sola. Me relaja —contestó Mia mientras se dirigía hacia el primer laberinto de setos—. Además, me resulta gratificante.

Parecía como si hubiera montones de lugares secretos, de recodos inesperados. Enrejados de hierro cubiertos por glicinas, una riada de flores blanquísimas que se retorcían como si fueran lazos de satén. Un pequeño estanque donde flotaban nenúfares y los juncos se elevaban como lanzas alrededor de la estatua de una diosa.

Había hadas de piedra y lavanda fragante, dragones de mármol y capuchinas trepadoras. Hierbas que florecían en un jardín de piedras y que se derramaban hacia una alfombra de musgo cubierto con flores resplandecientes.

—No me extraña que no te sientas sola aquí.

—Exactamente —Mia avanzó por un sendero sinuoso hasta llegar a un empedrado. La mesa era también de piedra y le servía de base una gárgola alada y risueña—. Vamos a tomar champán para celebrar el solsticio.

—Nunca había conocido a nadie como tú.

Mia sacó la botella de un cubo de cobre reluciente.

—Eso espero. Hago todo lo posible por ser singular —sirvió dos copas, se sentó, estiró las piernas y movió los dedos de los pies que tenían las uñas pintadas—. Cuéntame cómo moriste, Nell.

—Me tiré con el coche por un acantilado —tomó la copa y dio un sorbo—. Vivíamos en California. Beverly Hills y Monterrey. Al principio fue como ser una princesa en un palacio. Me colmó de caprichos.

No podía estar sentada y caminó por el empedrado embriagándose con el aroma de las flores. Oyó un tintineo y vio que Mia tenía las mismas campanillas de viento que ella se había comprado el primer día.

—Mi padre era militar y cambiábamos mucho de sitio; fue difícil. Pero él era maravilloso. Era guapo, valiente y fuerte. Era estricto, pero siempre fue cariñoso. Me encantaba estar con él. No podía estar siempre con nosotras y lo echábamos de menos. Me encantaba cuando volvía con el uniforme y se le iluminaba el rostro al vernos a mí y a mi madre ir a su encuentro. Lo mataron en la guerra del Golfo. Todavía lo echo de menos —respiró hondo—. A mi madre le costó mucho, pero lo superó. Fue entonces cuando empezó con el negocio de comidas a domicilio. Lo llamó Una Fiesta Móvil.

—Ingenioso —reconoció Mia—. Elegante.

—Era las dos cosas. Siempre fue una cocinera excepcional y le encantaba hacer disfrutar a la gente. Ella me enseñó... era algo que nos gustaba hacer juntas.

—Un vínculo entre las dos —comentó Mia—. Un vínculo muy fuerte y encantador.

—Sí. Nos mudamos a Chicago y se labró una reputación impresionante. Mientras yo iba a la universidad, me ocupaba de la contabilidad y echaba una mano cuando me lo permitían las clases. Cuando cumplí veintiún años empecé a trabajar exclusivamente con ella. Ampliamos el negocio y nos hicimos con una lista de clientes muy selectos. Así conocí a Evan, en una fiesta que servíamos en Chicago. Una fiesta exclusiva con gente muy importante. Yo tenía veinticuatro años. Él tenía diez años más y todo lo que yo no tenía. Sofisticación, brillantez y cultura.

Mia levantó un dedo.

—¿Por qué dices eso? Eres una mujer que ha viajado, que tiene una formación y un talento envidiable.

—Yo no sentía nada de eso cuando estaba con él —Nell suspiró—. En cualquier caso, no me movía en los mismos círculos. Yo cocinaba para los ricos, los poderosos, los sofisticados. No compartía la mesa con ellos. Él hacía que me sintiera… agradecida de que me prestara atención. Como si eso fuera un halago extraordinario. Sólo me daba cuenta de eso —sacudió la cabeza—. Coqueteó conmigo y me pareció muy emocionante. Al día siguiente, me mandó dos docenas de rosas. Siempre eran rosas rojas. Me pidió que saliera con él y me llevó al teatro, a fiestas y a restaurantes fabulosos. Se quedó dos semanas en Chicago; cambió todas sus citas, dejó de visitar a clientes, alteró su trabajo y su vida, y dejó claro que lo hacía por mí. Estaba hecha para él —murmuró Nell mientras se frotaba los brazos que se le habían quedado repentinamente fríos—. Estábamos hechos el uno para el otro. Cuando me lo dijo entonces, me pareció emocionante. Después, no mucho después, resultó aterrador. Me dijo cosas que entonces parecían románticas. Que estaríamos siempre juntos. Que no nos separaríamos nunca. Que jamás dejaría que me marchara. Me abrumó y cuando me pidió que nos casáramos, no lo dudé. Mi madre tenía reparos y me pidió que esperara un poco, pero yo no la escuché. Me fui a California con él. La prensa lo llamó el idilio de la década.

—Ah, es verdad —Mia asintió con la cabeza mientras Nell se daba la vuelta—. Me suena. Tenías otro aspecto. Parecías más un gatito mimado.

—Tenía el aspecto que él me dictaba y me comportaba como él decía que lo hiciera. Al principio me pareció bien. Él era mayor y tenía más experiencia, además, yo era nueva en su mundo. Él hacía que pareciera lógico, hacía que pareciera… educativo cuando me llamaba torpe o tonta. Él sabía lo que había que hacer, de modo que si me ordenaba que me cambiara de vestido antes de salir, lo hacía por mi bien y por la imagen de los dos. Al principio, las pullas y las exigencias eran sutiles y cuando yo le complacía, me daba una pequeña recompensa. Como si estuviera adiestrando a un perrito. Toma una pulsera de diamantes, me decía, anoche hiciste muy bien tu papel de acompañante. Dios mío, me indigna darme cuenta ahora de cómo me manipulaba.

—Estabas enamorada.

—Lo quise. Quise al hombre que creía que era, pero era tan inteligente y despiadado… La primera vez que me pegó, fue una impresión tremenda, pero nunca pensé que no lo mereciera. Me había lavado el cerebro. Las cosas fueron a peor, pero lentamente, poco a poco. A mi madre la mató un conductor borracho apenas un año después —dijo Nell con la voz entrecortada.

—Y te quedaste sola. Lo siento mucho.

—Él fue tan amable… fue un gran apoyo. Se ocupó de todo y canceló todas sus citas durante una semana para ir conmigo a Chicago. Hizo todo lo que habría hecho un marido enamorado. El día que volvimos a California, se volvió loco. Esperó a que estuviéramos en casa y ordenó a todos los sirvientes que se retiraran. Luego me tiró al suelo, se puso hecho una furia, me abofeteó. Nunca empleó los puños, me golpeaba con la mano abierta. Yo pensaba que eso era más degradante. Me acusó de haber tenido una aventura con un hombre de la funeraria. Un hombre que había sido un buen amigo de mis padres. Un hombre amable y decente al que yo consideraba como un tío.

»Bueno —sorprendida de que la copa estuviera vacía, se levantó, fue a la mesa y se sirvió otra. Los pájaros cantaban alegremente entre las flores—. No hace falta que te dé más detalles. Me maltrató —levantó la copa, bebió y se tranquilizó un poco—. Fui una vez a la policía. Él tenía muchos amigos allí y mucha influencia. No me tomaron en serio. Sí, tenía algunos moratones, pero no eran un riesgo para mi vida. Él se enteró y me explicó de forma que yo lo entendiera que si volvía a humillarlo de esa manera, me mataría. Me escapé una vez, pero me encontró. Me dijo que le pertenecía y que nunca me dejaría escapar. Me lo dijo mientras me agarraba del cuello con las manos. Que si intentaba abandonarlo, me encontraría y me mataría. Que nadie lo sabría nunca. Yo lo creí.

—Pero lo abandonaste.

—Lo planeé durante seis meses, paso a paso y con mucho cuidado de no molestarlo, de no darle motivos de sospecha. Nos divertimos, viajamos juntos y dormíamos en la misma cama. Éramos la imagen de la pareja perfecta y compenetrada. Él seguía pegándome. Siempre había algo que no hacía completamente bien, pero yo siempre le pedía perdón. Me quedaba con algo de dinero siempre que podía y lo escondía en una caja de compresas. Estaba completamente segura de que él no miraría ahí. Conseguí un permiso de conducir falso y lo escondí también. Ya estaba preparada.

»Él tenía una hermana en Big Sur. Iba a dar un té por todo lo alto. Muy femenino. Yo debía ir. Esa mañana, me quejé de un dolor de cabeza, lo cual, naturalmente, le irritó. Dijo que buscaba excusas, que una serie de clientes suyos irían y que yo sólo quería abochornarlo al no presentarme. Le dije que iría, naturalmente, que me tomaría un par de aspirinas y que todo se solucionaría. Pero sabía que haber manifestado mi desgana garantizaría que él me dejara salir de la casa —Nell pensó que a esas alturas ella también había aprendido a engañar y fingir—.

Ya ni siquiera estaba asustada. Él se fue a jugar al golf y yo metí todo lo que necesitaba en el maletero del coche. Paré por el camino y compré una peluca negra. Recogí la bicicleta de segunda mano que había comprado una semana antes y la metí en el maletero. Volví a parar antes de llegar a la fiesta de mi cuñada y escondí la bicicleta en un sitio que había previsto. Fui al té —Nell se sentó y habló con tranquilidad mientras Mia la escuchaba en silencio—. Me cercioré de que una serie de personas se dieran cuenta de que no me encontraba muy bien. Incluso su hermana Barbara me dijo que me tumbara un rato. Esperé a que casi todos lo invitados se hubieran ido y le di las gracias por lo bien que lo había pasado. Ella estaba preocupada por mí, le parecía que estaba pálida. Me la quité de encima y me monté en el coche —Nell hablaba con un tono tranquilo, casi inexpresivo, como si estuviera contando una historia moderadamente desagradable que le había pasado a otra mujer—. Ya había oscurecido. Eso era fundamental. Llamé a Evan desde mi teléfono móvil y le dije que estaba de camino. Él insistía siempre en que lo hiciera. Llegué al tramo de carretera donde había dejado la bicicleta, no había más coches que el mío. Supe que podía conseguirlo. Que tenía que hacerlo. Me quité el cinturón de seguridad. No pensaba lo que hacía. Lo había ensayado mil veces en mi cabeza y no tenía que pensarlo. Abrí la puerta, el coche seguía en marcha y cada vez iba más deprisa. Lo dirigí hacia el precipicio. Si no lo conseguía, tampoco sería mucho peor. Salté. Fue como si volara. El coche se elevó como un pájaro y luego se estrelló contra las rocas con un estrépito espantoso. Rodó hasta caer en el agua. Volví corriendo hasta donde había dejado la bicicleta y la bolsa. Me quité el vestido lujoso que llevaba y me puse unos vaqueros, una camiseta y la peluca. Seguía sin tener miedo —efectivamente, en ese momento no tuvo miedo, pero la voz empezó a quebrársele al revivirlo, después de todo, aquello no le había pasado a otra mujer—. Subí y bajé las colinas hasta que llegué a Carmel. Fui a la estación de autobuses y compré un billete de ida a Las Vegas. Sentí miedo cuando el autobús empezó a salir de la estación conmigo dentro. Miedo de que él llegara y lo parara; de que yo perdiera. Pero no ocurrió. En Las Vegas tomé otro autobús a Alburquerque y allí leí en un periódico la trágica muerte de Helen Remington.

—Nell —Mia alargó una mano y la puso encima de la de Nell. Creía que Nell no era consciente de que llevaba diez minutos llorando—. Yo tampoco he conocido a nadie como tú.

Nell levantó la copa y brindó mientras las lágrimas le rodaban por las mejillas.

—Gracias.

Se quedó a pasar la noche en la casa, ante la insistencia de Mia. Parecía lo más sensato que se dejara llevar a una enorme cama con dosel después de haber bebido bastantes copas de champán y de semejante catarsis. No protestó, se puso un camisón de seda prestado, se metió entre las delicadas sábanas de lino y se quedó dormida al instante.

Se despertó en medio de una oscuridad iluminada por la luz de la luna.

Tardó un momento en situarse, en recordar dónde estaba y en comprender por qué se había despertado. Era el cuarto de invitados de Mia, pensó aturdida, y había gente cantando.

No, no cantaban. Parecía una letanía. Era un sonido melodioso y encantador que apenas se oía. Se levantó y, todavía embotada por el sueño, fue a las puertas de la terraza y las abrió dejando que entrara un viento cálido. Salió a la luz perlada de la luna y se encontró inmersa en el aroma de las flores hasta que la cabeza le dio vueltas como lo había hecho antes a causa del viento.

El mar golpeaba las rocas con un ritmo acelerado, casi furioso, y los latidos de su corazón quisieron seguir ese mismo ritmo.

Entonces vio a Mia con un vestido largo que, a la luz de la luna, parecía hecho de plata. Salía del bosque donde los árboles se agitaban como si fueran bailarines.

Se dirigió al acantilado en el remolino de plata de su vestido y de fuego de su cabello. Allí, sobre las rocas, miró al mar y elevó los brazos a la luna y las estrellas.

El aire se llenó de voces que parecían estar llenas de júbilo. Nell, deslumbrada por el asombro, y con los ojos rebosantes de lágrimas provocadas no sabía bien por qué, observaba trémulos destellos de luz que descendían del cielo para acariciar las yemas de los dedos de Mia y las puntas de su cabello peinado por el viento.

Por un momento, su amiga pareció una vela encendida que, erguida, esbelta e incandescente, iluminaba el límite del mundo.

Después, sólo quedó el rumor de la marea, la luz color perla de la luna menguante y una mujer que permanecía de pie y sola en el acantilado.

Mia se dio la vuelta y empezó a caminar hacia la casa. Levantó la cabeza y sus ojos se encontraron con los de Nell. Aguantó la mirada.

Sonrió con serenidad, entró en las sombras de la casa y desapareció.

Siete

Estaba oscuro todavía cuando Nell entró de puntillas en la cocina de Mia. La casa era enorme y le costó un poco encontrarla. No sabía a qué hora se levantaba Mia, pero le hizo un puchero de café y le escribió una nota de agradecimiento.

Nell, conducía a la tenue luz previa al amanecer, pensó que pronto tendrían que hablar de una serie de cosas. Y decidió que lo harían en cuanto supiera por dónde empezar.

Casi podía convencerse de que lo que había visto a la luz de la luna había sido sólo un sueño inducido por el champán. Casi. Sin embargo, lo recordaba con demasiada claridad como para que fuera un sueño.

La luz que se derramaba de las estrellas como plata líquida. El viento que se levantaba envuelto en una melodía. Una mujer que brillaba como una antorcha.

Todo eso parecía producto de la fantasía. Pero no lo era... Y si era real y ella había participado en ello, tenía que saber lo que significaba.

Por primera vez en cuatro años Se encontraba completamente segura y tranquila. Por el momento, eso era suficiente.

* * *

A mediodía estaba demasiado ocupada como para pensar en otra cosa que no fuera el trabajo que tenía entre manos. Tenía el cheque con su salario en el bolsillo y un día libre a la vuelta de la esquina.

—*Capuccino* helado con avellana, grande. —El hombre que lo pidió estaba apoyado en la barra. Nell le echó treinta y tantos años, dedujo que era un asiduo al gimnasio y de fuera de la isla. Ser capaz de deducir este último dato la llenó de orgullo. Se sintió casi una isleña—. ¿Cuánto afrodisíaco pones en las galletas? —le preguntó el hombre.

Ella lo miró.

—¿Cómo dices?

—No he podido olvidarme de ti desde que probé la galletita integral de pasas.

—¿De verdad? Yo juraría que había puesto todo el afrodisíaco en las de nueces de macadamia.

—Entonces, me llevaré tres —replicó el hombre—. Me llamo Jim y me has seducido con tus dulces.

—Entonces, será mejor que no pruebes la ensalada de tres legumbres. Si lo haces, no volverás a mirar a ninguna otra mujer.

—Si me llevo toda la ensalada, ¿te casarás conmigo y serás la madre de mis hijos?

—Lo haría, Jim, pero he jurado solemnemente no comprometerme con nadie para poder cocinar para todo el mundo —le puso la tapa al vaso de café y lo metió en una bolsa—. ¿Quieres esas galletas?

—Cómo no. Comparto una casa con unos amigos y esta noche vamos a hacer almejas. ¿Quieres venir?

—Esta noche unas almejas y mañana una casa en una zona residencial y un cocker spaniel —le cobró con una sonrisa—. Más vale prevenir que curar. Pero gracias de todas formas.

—Me estás rompiendo el corazón —el joven suspiró profundamente y se marchó.

—Caray, está muy bien —Peg alargó el cuello para verlo hasta que desapareció por las escaleras—. ¿De verdad no te interesa?

—No.

Nell se quitó el delantal y se encogió de hombros.

—Entonces, ¿no te importa si yo le tiro los tejos?

—Es todo tuyo. Hay un montón de ensalada de legumbres en la nevera. Ah, Peg. Gracias por haber sido tan comprensiva por lo de ayer.

—Vamos, cualquiera tiene un día malo. Venga, nos vemos el lunes.

«Hasta el lunes», pensó Nell. Era así de sencillo. Formaba parte del equipo, tenía amigas. Había esquivado la proposición de un hombre atractivo sin que le entrara el pánico.

En realidad, le había divertido, como solían divertirle antaño ese tipo de cosas. Quizá llegara el día en el que no se vería impulsada a esquivarlos.

Quizá un día fuera a tomar almejas con un hombre y sus amigos. Charlar, reírse y disfrutar de la compañía. Una amistad superficial y sencilla. Eso era algo que podría llegar a hacer. Sin embargo, no podría entablar un compromiso más serio en el futuro, aunque aprendiera a manejarse emocionalmente.

Después de todo, seguía legalmente casada.

En ese preciso momento, se lo tomaba más como una red de seguridad que como la pesadilla que había vivido. Ella era libre de ser quien quisiera ser, pero no lo suficientemente libre como para volver a comprometerse, no con un hombre.

Decidió premiarse con un helado y un paseo por la playa. La gente la llamaba por su nombre y eso era emocionante.

Al bajar a la arena, vio a Peter Stahr y a su perro infame. Zack estaba junto a ellos, con las manos apoyadas en las caderas, y tanto el animal como su amo parecían muy dóciles.

Zack no llevaba nunca sombrero, aunque le hubiera recomendado a ella que no dejara de ponérselo cuando se dedicara a la jardinería. Eso hacía que su pelo fuera más claro en las puntas y que estuviera siempre despeinado por la brisa del mar. Tampoco solía llevar insignia, aunque su arma reglamentaria le colgara de la cintura dentro de la pistolera con un aire casi displicente.

Pensó que si Zack se hubiese pasado por el café para invitarle a unas almejas, tal vez no se hubiera desecho de él.

El perro levantó la pata esperanzadoramente, pero Zack sacudió la cabeza y señaló a la correa que llevaba Pete en la mano. En cuanto se la pusieron, el perro y el hombre se alejaron apesadumbrados.

Zack se giró y el sol destelló en las gafas oscuras. Nell supo instintivamente que estaba mirándola; reunió fuerzas y se dirigió hacia él.

—Sheriff.

—Hola, Nell. Pete ha vuelto a dejar el perro suelto. *Mutt* huele a pescado. Te gotea el helado.

—Hace calor —Nell lamió el cucurucho y decidió ir al grano—. Respecto a ayer…

—¿Estás mejor?

—Sí.

—Me alegro. ¿No vas a darme un poco?

—¿Cómo? Ah, claro —le acercó el helado y sintió un cosquilleo cuando él lo lamió justo encima de donde ella tenía el dedo. Pensó que era curioso que el tipo de las almejas no le hubiera producido ningún cosquilleo—. ¿No vas a preguntarme nada?

—No, porque tú prefieres que no lo haga —efectivamente, sólo con mirarla había notado que Nell cogía aire antes de acercarse a él—. ¿Por qué no me acompañas un rato? Viene una brisa muy agradable del mar.

—Me preguntaba… ¿qué hace todo el día *Lucy* mientras tú velas por la ley y el orden?

—De todo un poco. Cosas de perros.

Ella se rió.

—¿Cosas de perros?

—Claro. Hay días en los que un perro tiene que quedarse en casa, revolverse en la hierba y meditar profundamente. Otras veces, viene conmigo a la oficina, cuando está de humor. Se baña, me muerde los zapatos. Estoy pensando en comprarle un hermano o una hermana.

—Yo estaba pensando en comprarme un gato. No creo que fuera capaz de adiestrar a un cachorro. Con un gato sería más fácil. He visto en un anuncio en el tablón del mercado que regalan gatos.

—Los gatitos de los Stuben. He oído que todavía les quedan uno o dos. La casa está junto a la bahía. Es de madera blanca con contraventanas azules.

Ella asintió con la cabeza y se paró. Se recordó que seguir sus impulsos le habían funcionado muy bien hasta aquel momento. ¿Por qué iba a dejar de hacerlo?

—Zack, voy a probar una receta nueva esta noche. Atún con *linguini*, tomates secos y queso feta. Me vendría muy bien un conejillo de indias.

Él le levantó la mano y volvió a lamer el helado.

—Bueno, da la casualidad de que esta noche no tengo ningún plan urgente y como sheriff estoy obligado a hacer todo lo que pueda para atender las necesidades de la comunidad. ¿A qué hora?

—¿Te parece bien las siete?

—Perfecto.

—Muy bien, hasta luego. Ven con apetito —dijo ella mientras se alejaba precipitadamente.

—Estate segura —replicó Zack, mientras se bajaba las gafas para ver cómo se iba corriendo hacia el pueblo.

* * *

A las siete, los aperitivos estaban ya preparados y el vino enfriándose. Nell se había comprado una mesa de segunda mano y había pensado pasar parte del día lijándola y pintándola, pero para la ocasión se conformó con tapar con una tela la madera arañada y la pintura verde desconchada. La había puesto en el césped de la parte de atrás de la casa con las dos butacas viejas que había comprado por cuatro duros. En ese momento no eran nada del otro mundo, pero tenían posibilidades.

Y eran suyas.

Había puesto la mesa con dos platos, dos cuencos y dos copas de vino; todo ello comprado en el todo a cien de la isla. Nada hacía juego, pero le pareció que el conjunto era alegre y encantador.

Lo opuesto a la porcelana y la plata de su pasado.

El jardín iba quedando cada vez mejor y a la mañana siguiente pensaba plantar los tomates, los pimientos, las calabazas y los calabacines.

Volvía a estar al borde de la ruina y completamente satisfecha.

—Vaya, qué bonito.

Nell se volvió y se encontró con Gladys Macey que estaba en el borde del césped agarrando un bolso enorme.

—Es tan precioso como un cuadro.

—Hola, señora Macey.

—Espero que no te importe que me presente de esta manera. He llamado por teléfono, pero no has contestado.

—No, claro que no. Mmm, ¿le apetece algo de beber?

—No, no, no te molestes. Es una visita de negocios.

—¿Negocios?

—Sí, así es —el pelo oscuro cuidadosamente peinado apenas se movió cuando asintió con un movimiento brusco de la cabeza—. Carl y yo celebramos nuestro treinta aniversario a finales de julio.

—Enhorabuena.

—No es para menos. Que dos personas pasen tres décadas juntas no es ninguna tontería. Por eso quiero hacer una fiesta y le he dicho a Carl que, además, no va a librarse de ponerse un traje. Me preguntaba si tú podrías ocuparte de organizarla.

—Bueno...

—Quiero que me lo preparen todo —dijo rotundamente—. Y quiero que salga estupendamente. Cuando se casó mi hija, hizo dos años el abril pasado, contratamos un servicio de *catering* de fuera de la isla. Fue demasiado escaso para mi gusto y demasiado caro para el de Carl, pero no teníamos mucho donde elegir. No creo que tú vayas a escatimar conmigo ni a cobrarme un riñón por un cuenco de gambas frías.

—Señora Macey, le agradezco que se haya acordado de mí, pero yo no me dedico a eso.

—Bueno, tienes tiempo, ¿no? Tengo una lista con los invitados y sé cómo quiero que sea —sacó una carpeta del enorme bolso y se la dio a Nell—. He pensado hacerlo en mi casa y que podría sacar la porcelana buena de mi madre y esas cosas. Échale una ojeada y hablaremos mañana. Pásate por casa por la tarde.

—Me encantaría ayudarla. Quizá pudiera… —miró la carpeta y vio que Gladys había escrito «Treinta Aniversario» y dibujado un corazón con sus iniciales y las de Carl en el centro. Conmovida, se metió la carpeta debajo del brazo—. Veré lo que puedo hacer.

—Eres una chica encantadora, Nell —Gladys miró por encima del hombro al oír el motor de un coche y arqueó las cejas al reconocer el todoterreno de Zack—. Y tienes buen gusto. Ven mañana y hablaremos. Ahora, que tengas una buena cena.

Fue hacia su coche y se paró a intercambiar unas palabras con Zack. Le dio una palmada en la mejilla y se fijó en las flores que llevaba. Cuando se sentó tras el volante, empezó a pensar a quién llamaría primero para comunicarle la noticia de que Zachariah Todd estaba rondando a la buena de Nell Channing.

—Llego un poco tarde. Lo siento. Ha habido un pequeño accidente automovilístico en el pueblo.

—No pasa nada.

—He pensado que te podían gustar estas flores para tu jardín.

Ella sonrió al ver el tiesto con margaritas.

—Son perfectas. Gracias. —Las cogió y las dejó junto a las escaleras que llevaban a la cocina—. Iré por el vino y los aperitivos.

Él la siguió a la cocina.

—Ummm… huele de maravilla.

—Ya metida en faena he probado un par de recetas diferentes. Te he multiplicado el trabajo.

—Estoy preparado. ¿Qué es esto?

Se puso de cuclillas y acarició un gatito gris que estaba hecho un ovillo en un cojín.

—Es *Diego*. Vivimos juntos.

El gatito maulló, se estiró y se puso a jugar con los cordones de los zapatos de Zack.

—Qué ocupada has estado: has cocinado, has comprado muebles y te has buscado un compañero de piso —tomó en brazos a *Diego* y se volvió hacia ella—. No eres de las que se quedan cruzadas de brazos, Nell.

Zack permanecía de pie, grande y atractivo, con un gatito gris que se acurrucaba en el hombro. Le había traído margaritas blancas en un tiesto de plástico.

—Maldita sea —Nell volvió a dejar la bandeja con los aperitivos en la mesa y tomó aire—. Más vale que te lo diga ahora. No quiero que saques una conclusión equivocada de la cena… y todo eso. Me gustas mucho, pero no estoy en condiciones de dar rienda suelta a mis sentimientos. Me parece justo decírtelo. Tengo buenos motivos, pero no voy a entrar en ellos. De modo que si prefieres irte, no lo tendré en cuenta.

Él escuchó sin alterarse mientras acariciaba las sedosas orejas del gatito.

—Te agradezco que me expliques todo eso, pero me parece una pena desperdiciar tanta comida —cogió una aceituna rellena de la bandeja y se la metió en la boca—. Me quedaré, si no te importa. ¿Llevo fuera el vino?

Tomó la botella y empujó la puerta con la cadera y con *Diego* en brazos todavía.

—Ah, y hablando de justicia y juego limpio, te diré que voy a sacarte de donde estás metida —abrió la puerta—. ¿Te importa sacar eso?

—No soy tan fácil de mover como tú te crees.

—Querida, nada de lo que tiene que ver contigo es fácil.

Ella tomó la bandeja y salió con paso majestuoso junto a él.

—Me lo tomaré como un halago.

—Es lo que pretendía ser. ¿Por qué no tomamos un poco de vino, nos ponemos cómodos y me cuentas lo que quería Gladys Macey?

Se sentaron. Nell sirvió el vino y él se puso el gatito en el regazo.

—Yo creía que el sheriff siempre sabía lo que se cuece en la isla.

—Bueno —se inclinó sobre la bandeja y eligió un ñoqui—. Puedo deducir, dada mi práctica como observador, que sobre la encimera hay una carpeta con unas palabras escritas por Gladys que me llevan a pensar que está preparando una fiesta de aniversario. Y, dado que lo que acabo de meterme en la boca, sea lo que sea, está a punto de provocarme el éxtasis, y como sé que a Gladys no se le escapa nada, creo que quiere que le organices esa fiesta. ¿Qué tal?

—Diana.

—¿Vas a hacerlo?

—Voy a pensarlo.

—Lo harías muy bien —tomó otra pieza de la bandeja y la miró con recelo—. ¿Tiene setas? Me espantan las setas.

—No, esta noche no hay setas. ¿Por qué crees que lo haría bien?

—He dicho muy bien —se lo metió en la boca. Era queso cremoso con especias sobre una especie de hojaldre—. Porque cocinas como si fueras una bruja, tienes aspecto de ángel y eres más organizada que un ordenador. Sacas las cosas adelante y tienes estilo. ¿Por qué no comes nada de todo esto?

—Quiero comprobar si sobrevives —Zack sonrió y siguió comiendo y ella dio un sorbo de vino—. Soy buena cocinera. Dame una cocina y gobernaré el mundo. Soy presentable, pero no parezco un ángel.

—Eso lo diré yo.

—Soy organizada porque llevo una vida sencilla.

—Lo cual es otra forma de decirme que no vas a complicártela conmigo.

—Diana otra vez. Voy por la ensalada.

Zack esperó a que se hubiera dado la vuelta para bromear un poco.

—Es fácil desconcertarla si sabes cuáles son sus puntos débiles —le dijo a *Diego*—. Te diré una cosa: con los años he aprendido algunas cosas de las mujeres. Si cambias de ritmo constantemente, no saben a qué atenerse.

Ella volvió y Zack le contó la historia del pediatra de Washington y el corredor de Bolsa de Nueva York que habían chocado delante de la farmacia de la calle principal.

Consiguió que se riera y que volviera a tranquilizarse. Antes de que ella se diera cuenta, estaba contándole las inquinas que había presenciado en las cocinas de varios restaurantes en los que había trabajado.

—Personalidades fuertes y utensilios afilados —dijo Nell—. Una combinación peligrosa. Tuve un jefe de cocina que me amenazó con una batidora eléctrica.

Estaba oscureciendo y él encendió una maciza vela roja que Nell había dejado en la mesa.

—No sabía que hubiera tantos peligros e intrigas detrás de esas puertas batientes.

—Y tensión sexual —añadió ella mientras enrollaba unos *linguini* con el tenedor—. Miradas ardientes por encima de cazuelas humeantes de salsa, corazones destrozados que flotan en crema batida. Es un caldo de cultivo para la pasión.

—La comida tiene toda esa sensualidad. Sabor, textura, aroma. El atún está poniéndome a tono.

—De modo que el plato pasa la prueba.

—Es fantástico —pensó que estaba muy favorecida a la luz de la vela. Reflejaba destellos dorados en los pozos azules—. ¿Cómo lo haces? ¿Te inventas las cosas o buscas recetas?

—Las dos cosas. Me gusta experimentar. Cuando mi madre... —se detuvo, pero él se limitó a rellenar las copas—. Le gustaba cocinar —siguió—. Y hacer disfrutar.

—Mi madre... bueno diremos que la cocina no era su fuerte. Yo tenía veinte años cuando descubrí que una chuleta de cerdo no tiene por qué rebotar si la dejas caer. Vivió en una isla casi toda su vida, pero para ella el atún salía de una lata. Sin embargo, es una fiera con los números.

—Números.

—Es contable; bueno, ya se ha jubilado. Ella y mi padre se compraron una de esas grandes latas rodantes y llevan un año recorriendo las autopistas de Estados Unidos. Se lo están pasando de maravilla.

—Es fantástico —como lo era el cariño que expresaba su voz—. ¿No les echas de menos?

—Sí. No voy a decir que eche de menos la cocina de mi madre, pero sí añoro la compañía de los dos. Mi padre solía sentarse en el porche de atrás a tocar el banjo. Lo echo de menos.

—El banjo —le pareció encantador—. ¿Tú lo tocas?

—No. Nunca conseguí que mis dedos colaboraran.

—Mi padre tocaba el piano. Solía... —volvió a callarse mientras ponía en orden sus ideas y se levantaba—. Yo tampoco conseguí nunca que mis dedos colaboraran. Hay tarta de fresa de postre. ¿Puedes con ella?

—Seguramente podré con un poco, aunque sólo sea por quedar bien. Déjame que te ayude.

—No —hizo un gesto para que no se levantara—. Está ya preparada. No tardaré ni… —miró hacia abajo mientras retiraba el plato de Zack y vio a *Diego* boca arriba en su regazo y completamente extasiado—. ¿Le has dado comida a escondidas al gato?

—¿Yo? —Zack, todo él inocencia, levantó la copa y bebió—. No sé por qué dices eso.

—Vas a malcriarlo y a empacharlo —fue a recoger el gato, pero se dio cuenta de que, dada la situación de *Diego*, hacerlo iba a resultar un poco embarazoso—. Déjalo en el suelo para que corra un poco y baje el atún antes de que vuelva a meterlo en casa.

—A sus órdenes, señora.

Nell ya había preparado el café y estaba a punto de cortar la tarta cuando Zack entró en la cocina con un cuenco.

—Gracias, pero los invitados no recogen.

—En mi casa sí lo hacían —miró la tarta. Era de un blanco espumoso y un rojo suculento. Luego la miró a ella—. Querida, tengo que decirte que es una obra de arte.

—La buena presentación es la mitad del éxito —replicó ella complacida.

Se quedó inmóvil cuando él le pasó la mano por la espalda y casi volvió a relajarse cuando se limitó a tomarle la mano para que hiciera más grande el trozo de tarta que iba a cortar.

—Soy un profundo admirador de las artes.

—A este paso, *Diego* no va a ser el único en empacharse —protestó pero le cortó un trozo el doble de grande que el suyo—. Llevaré el café.

—Te diré otra cosa —dijo Zack mientras sujetaba la puerta—. Tengo pensado tocarte. Mucho. Así que vete acostumbrándote.

—No me gusta que me pongan las manos encima.

—No había pensado empezar así —Zack fue a la mesa dejó los platos con el postre y se sentó—. Aunque ponerse las manos encima, si es recíproco, puede tener resultados satisfactorios. No dejo marcas en las mujeres, Nell. No uso las manos para eso.

—No voy a hablar de ese asunto —replicó secamente.

—No te pido que lo hagas. Hablo de mí y de ti y de cómo están las cosas en este momento.

—En este momento, las cosas no están de ninguna manera... así.

—Van a estarlo —probó un poco de tarta—. Caray, si vendieras esto por tu cuenta, te harías millonaria en seis meses.

—No tengo ningún interés en hacerme rica.

—Otra vez esa soberbia —comentó Zack mientras seguía comiendo—. A mí me da igual. Hay hombres que buscan mujeres sumisas —se encogió de hombros y se comió una fresa enorme—. Yo eso no lo entiendo. Me parece que sólo conduce a que las dos partes se aburran pronto. No hay chispa, sabes lo que quiero decir.

—Tampoco necesito chispas.

—Todo el mundo las necesita. Sin embargo, la gente que las apaga cada vez que se las encuentra, acaba agotándose. —Algo le dijo que ella no era de las que se agotaban fácilmente—. Pero si no enciendes una chispa de vez en cuando —continuó—, te pierdes el calor que produce. Si tú cocinaras sin especias o condimentos, conseguirías hacer algo comestible, pero no resultaría placentero.

—Todo eso es muy ingenioso, pero para muchos, lo más sano es una dieta suave.

—Mi tío abuelo Frank —dijo Zack antes de volver a clavar el tenedor en la tarta—. Úlcera. Hay quien dice que de pura mezquindad y no es una afirmación fácil de rebatir. Era un yanqui cabezota y desgraciado. No se casó nunca. Prefería meterse en la cama con su libro de cuentas antes que con una mujer. Vivió hasta los noventa y ocho años.

—¿Y cuál es la moraleja?

—No estaba pensando en moralejas sino en mi tío abuelo Frank. Cuando yo era niño, íbamos a comer a casa de mi abuela todos los terceros domingos del mes. Hacía el guiso de carne más impresionante que te puedas imaginar; ya sabes ése con patatas y zanahorias. Mi madre no heredó el talento para hacer ese plato. En cualquier caso, el tío abuelo Frank llegaba y comía arroz blanco mientras los demás nos atiborrábamos. Ese hombre me aterraba. No puedo ver el arroz blanco sin que me dé un escalofrío.

Nell decidió que si no podía relajarse cuando estaba con un tipo como Zack, debía ser culpa de algún tipo de hechizo.

—Creo que exageras mucho.

—Ni una palabra. Puedes comprobarlo en el registro de la Iglesia Metodista. Francis Morris Bigelow. Mi abuela se casó con un Ripley, pero era Bigelow de nacimiento y la hermana mayor de Frank. Vivió lo justo para cumplir los cien años. Mi familia es bastante longeva, por eso la mayoría no nos casamos y formamos una familia hasta haber cumplido los treinta.

—Entiendo —Zack había terminado su trozo de tarta y Nell le acercó su plato. No se sorprendió lo más mínimo cuando vio que él cortaba un gran trozo con el tenedor—. Siempre había pensado que los yanquis de Nueva Inglaterra eran unos taciturnos. Ya sabes: ajá, no, quizá…

—En mi familia nos gusta hablar. Puede que Ripley sea de pocas palabras, pero tampoco es que le entusiasme la especie humana. Es la mejor comida que he tomado desde que iba a casa de mi abuela los domingos.

—Es el halago definitivo.

—El final perfecto sería dar un paseo por la playa.

A ella no se le ocurrió ningún motivo para decir que no. Quizá fuera que no quería encontrarlo.

Estaba oscureciendo y una línea fina y brillante como una aguja recorría el horizonte mientras el oeste se teñía de un resplandor rosado. La marea había bajado y había dejado un paseo amplio y oscuro de arena mojada. Las olas se entrometían de vez en cuando dejando su rastro de espuma y pájaros de cuerpos estrechos y patas como zancos picoteaban en busca de su cena.

Había otros paseantes en la playa. Nell comprobó que casi todos eran parejas, que iban agarradas de la mano o del brazo. Ella, como precaución, se metió las manos en los bolsillos después de haberse quitado los zapatos y de haberse remangado los pantalones.

Por todos lados había montones de leña que se convertirían en hogueras cuando oscureciera del todo. Se preguntó qué se sentiría al estar sentado junto a las llamas con un grupo de amigos, al reír y hablar de cosas intrascendentes.

—No te he visto dentro todavía.

—¿Dentro?

—Del agua —le explicó Zack.

No tenía traje de baño, pero no veía el motivo para decirlo.

—Me he metido un par de veces.

—¿No sabes nadar?

—Claro que sé nadar.

—Vamos.

La tomó en brazos tan rápidamente que se le subió el corazón a la garganta. Apenas podía respirar y mucho menos gritar. Estuvo en el agua mucho antes de que el pánico la dominara del todo. Se cayó, rodó e intentó ponerse de pie cuando él la sujetó por la cintura y la levantó de nuevo.

—No puedes vivir en Tres Hermanas sin haberte bautizado.

Zack se apartó el pelo mojado de la cara y la arrastró más adentro.

—Está congelada.

—Tonificante —corrigió él—. Tu sangre no tiene consistencia todavía. Ahí viene una buena. Agárrate a mí.

—No quiero...

Quisiera o no, el mar tenía sus ideas propias. La ola la arrolló, la tumbó y le enredó las piernas con las de él.

—Idiota —le espetó, pero se reía. Notó el viento sobre la piel y volvió a meterse en el agua hasta el cuello—. El sheriff debería tener el sentido común suficiente como para no meterse en el mar completamente vestido.

—Me habría desnudado, pero no nos conocemos lo suficiente todavía —se tumbó de espaldas y quedó flotando a merced del océano—. Están saliendo las primeras estrellas. Nunca has visto nada parecido. No hay nada igual en el mundo. Ven.

El mar la mecía, hacía que se sintiera ingrávida mientras miraba el color cambiante del cielo. Las estrellas cobraban vida a medida que el firmamento se oscurecía poco a poco.

—Tienes razón, no hay nada igual, pero el agua sigue estando congelada.

—Después de un invierno en la isla te habrás curtido —la tomó de la mano. Fue un contacto delicado mientras la corriente los separaba la distancia de un brazo—. Nunca he estado más de tres meses seguidos fuera de la isla y eso fue mientras iba a la universidad. Fue hace tres años y no volvería a repetirlo. Sabía lo que quería y es lo que he conseguido.

El ritmo de las olas, la extensión del cielo, el suave sonido de la voz de Zack en la oscuridad.

—Es una forma de magia, ¿verdad? —suspiró al notar la brisa fría y húmeda sobre la cara—. Saber lo que quieres, sencillamente saberlo, y conseguirlo.

—La magia no viene mal. El trabajo ayuda. Como la paciencia y todo ese tipo de cosas.

—Yo sé lo que quiero ahora y lo estoy consiguiendo. Eso es magia para mí.

—A esta isla nunca le ha faltado de eso. Supongo que será porque la fundaron unas brujas.

—¿Crees en esas cosas? —no pudo evitar que la sorpresa tiñera su voz.

—¿Por qué no iba a hacerlo? Esas cosas están ahí, crea la gente en ellas o no. Anoche hubo unas luces en el cielo que no eran estrellas. Si se quiere, se puede mirar hacia otro lado, pero las luces estuvieron ahí.

Él volvió a ponerse de pie y la levantó hasta que la tuvo de frente con el agua por la cintura. La noche había caído y la luz de las estrellas salpicaba la superficie del agua.

—Puedes dar la espalda a algo como esto —le apartó el pelo de la cara y dejó la mano en su rostro—, pero no por eso va a dejar de existir.

Nell le puso la mano en el hombro y él bajo los labios hasta encontrarse con los de ella. Ella quiso marcharse de allí, se dijo que debía irse donde todo fuera seguro, sencillo y ordenado.

Pero la chispa de la que Zack había hablado se encendió en su interior dándole luz y calor. Agarró con los dedos su camisa mojada y se dejó llevar por las sensaciones.

Estaba viva. Sentía frío donde el viento le rozaba la piel y calor en las entrañas, donde el deseo empezaba a dominarla. Nell se puso a prueba, se inclinó hacia él y separó los labios.

Zack se lo tomó con calma, tanto por sí mismo como por ella. Se deleitó. Ella sabía a mar. Olía a mar. Por un momento, se dejó cubrir por las olas cubiertas de estrellas.

Después, se apartó y le recorrió con las manos los hombros y los brazos hasta entrelazar las manos con las de ella.

—No es tan complicado —volvió a besarla con delicadeza, aunque no le resultó fácil esa suavidad—. Te acompañaré a casa.

Ocho

—Mia, ¿puedo hablar contigo?

Faltaban todavía diez minutos para abrir cuando Nell bajó corriendo del café. Lulú ya estaba facturando pedidos por correo y le lanzó una de sus típicas miradas recelosas mientras Mia terminaba de dar los últimos toques al escaparate.

—Claro. ¿Qué se te ha ocurrido ahora?

—Bueno. Yo… —la tienda era pequeña y estaba vacía así que Lulú oiría todo lo que dijera—. Si te parece, podríamos subir a tu despacho un minuto.

—Aquí estamos bien. No te dejes amilanar por la cara de ajo de Lulú —Mia hizo una pequeña torre con las novedades del verano—. Le preocupa que vayas a pedirme un préstamo. Como soy fácil de engatusar y un poco tonta, dejaré que me robes y acabaré muriéndome sola y arruinada en alguna cuneta apestosa. ¿Verdad, Lulú?

La aludida se limitó a resoplar y dio un golpe seco con las llaves en la caja registradora.

—No, no se trata de dinero. Nunca te pediría… has sido tan… maldita sea —Nell se tiró del

164

pelo hasta sentir verdadero dolor. Se volvió para mirar a Lulú.

—Comprendo que quieras proteger a Mia y que no tengas motivos para fiarte de mí. He aparecido de repente y sin nada y apenas llevo un mes aquí. Pero no soy una ladrona ni me aprovecho de nadie. He traído mi cruz hasta aquí y seguiré llevándola. Y si Mia me pide que sirva sandwiches a la pata coja y cantando *Yankee Doodle Dandy*, yo lo intentaría hacer por todos los medios. Porque, aunque he aparecido de repente y sin nada, ella me ha dado una oportunidad.

Lulú volvió a resoplar.

—No me importaría ver semejante cosa con mis propios ojos. Quizá eso atrajera a más clientes. No dudo de que no lleves tu cruz, pero no por eso voy a dejar de vigilarte.

—Me parece muy bien. Lo entiendo.

—Tanto sentimentalismo está estropeándome el maquillaje —Mia se dio unos golpecitos en los párpados—; se apartó del escaparate y asintió con la cabeza—. ¿De qué querías hablarme, Nell?

—La señora Macey va a hacer una fiesta de aniversario el mes que viene. Le gustaría organizar algo bonito y bien servido.

—Sí, lo sé —Mia se dio la vuelta para colocar bien unos libros en las estanterías—. Te volverá loca con sugerencias, preguntas y cambios, pero puedes hacerlo.

—No he aceptado… Lo comentamos ayer. No sabía que tú ya lo supieras. Quería hablarlo primero contigo.

—Es una isla pequeña y todo se sabe. No tienes que hablar conmigo sobre los trabajos que te salgan al margen del café, Nell.

Se dijo que tenía que pedir más velas rituales. Se habían vendido muy bien durante el solsticio y muy mal durante la Semana Santa, lo que demostraba, se imaginó, cuáles eran las prioridades de mucha gente.

—Tu tiempo libre es sólo tuyo —añadió.

—Sólo quería decirte que si acepto ese encargo, no interferirá en el trabajo de aquí.

—Eso espero, sobre todo cuando voy a subirte el sueldo —miró el reloj—. Es hora de abrir, Lulú.

—¿Vas a subirme el sueldo?

—Te lo has ganado. Te contraté por un salario mientras estuvieras a prueba. Y has superado la prueba —abrió el pestillo de la puerta y se dio la vuelta para encender el equipo de música—. ¿Qué tal la cena con Zack del otro día? —preguntó con tono de broma—. Ya te he dicho que es una isla pequeña.

—Estuvo bien. Fue una cena de amigos.

—Un muchacho apuesto —dijo Lulú—. Y muy bueno.

—No pretendo hacerle caer en la tentación.

—Entonces es que hay algo que no te funciona bien —Lulú se bajó la montura plateada de las gafas y la miró por encima de ellas. Era una mirada de la que estaba especialmente orgullosa—. Si yo fuera un poco más joven, estaría poniendo en práctica todas mis artimañas. Tiene un buen par de manos. Seguro que sabe cómo utilizarlas.

—Seguro —dijo suavemente Mia—, pero estás avergonzando a Nell. ¿Por dónde íbamos? El aniversario de Gladys, comentado; la subida de sueldo, comentada; la cena con Zack, comentada —se detuvo y se puso un dedo en los labios—. Ah, sí. Quería preguntarte una cosa, Nell. ¿Tienes alguna objeción, religiosa o política, a las joyas y la cosmética?

A ella no se le ocurrió nada mejor que hacer que resoplar profundamente.

—No.

—Es un alivio. Toma —se quitó los pendientes de plata y se los dio a Nell—. Ponte esto. Si alguien te pregunta de dónde los has sacado, son de Todo lo que Brilla, la tienda que hay dos portales más abajo. Nos gusta promocionar a nuestros comerciantes. Devuélvemelos cuando termines el turno. Mañana podrías ponerte un poco de colorete, pintalabios, sombra en los ojos…

—No tengo nada de eso.

—¿Cómo? —Mia levantó una mano, se puso la otra en el corazón y se apoyó en el mostrador para no caerse—. Me parece que voy a desmayarme. ¿Has dicho que no tienes pintalabios?

Nell esbozó una sonrisa y se le dibujaron dos hoyuelos.

—Me temo que no.

—Lulú, tenemos que ayudar a esta mujer. Es nuestra obligación. El equipo de emergencia. Deprisa.

Lulú sacó una bolsa de debajo del mostrador con una mueca que podía ser algo parecido a una sonrisa.

—Tiene buen cutis.

—Una tela negra, Lulú. Una tela negra. Ven conmigo —ordenó a Nell.

—El café; los clientes llegarán en cualquier momento.

—Soy rápida y lo hago muy bien. Vamos —agarró a Nell de la mano y la arrastró escaleras arriba hasta el cuarto de baño.

Diez minutos más tarde, Nell estaba sirviendo al primer cliente con unos pendientes de plata, los labios de color melocotón y una sombra perfecta en los ojos. Decidió que volver a sentirse femenina le proporcionaba algo que le daba seguridad.

* * *

Aceptó el trabajo para servir la fiesta y cruzó los dedos. Cuando Zack le propuso navegar por la noche, también aceptó y se sintió además llena de energía.

Cuando un cliente le preguntó si podría hacer una tarta con forma de bailarina para un cumpleaños, dijo que naturalmente y se gastó el dinero que ganó con ese encargo en un par de pendientes.

Se corrió la voz y se encontró con que había aceptado hacer comida de *picnic* para una fiesta de veinte personas el cuatro de julio y diez cajas con comida para un marinero.

Nell tenía la mesa de la cocina llena de fichas, notas y menús. Miró a su alrededor y se dio cuenta de que estaba empezando a convertirse en su propia empresa, cosa que le pareció muy estimulante.

Oyó un golpe seco en la puerta y levantó la mirada. Le alegró ver que era Ripley.

—¿Tienes un minuto?

—Claro. Siéntate. ¿Quieres algo?

—No, gracias —Ripley se sentó y tomó en brazos a *Diego* que le olisqueaba los pies—. ¿Planificando las comidas?

—Tengo que organizar este asunto. Si tuviera un ordenador… Bueno, todo llegará. Daría mi alma por una licuadora profesional y los dos pies por uno de esos robots de cocina, pero por el momento tendré que conformarme.

—¿Por qué no usas el ordenador de la tienda?

—Mia ya está haciendo bastante por mí.

—Como quieras. Mira tengo una cita para el cuatro de julio. Una cita con posibilidades —añadió—. Nada formal porque Zack y yo estamos más o menos de servicio durante esa noche. Los fuegos artificiales y la cerveza hacen que la gente se anime demasiado.

—Tengo muchas ganas de ver los fuegos artificiales. Todo el mundo dice que son maravillosos.

—Sí. Nos salen muy bien. El asunto es que ese tipo, un asesor de seguridad de fuera de la isla, ha estado tirándome los tejos y yo he dejado que me diera con uno.

—Ripley, qué romántico, me dejas sin habla.

—Además, no está nada mal —siguió Ripley mientras le rascaba las orejas a *Diego*—, de modo que después de los fuegos artificiales hay posibili-

169

dades de que empiecen otro tipo de fuegos artificiales, ya me entiendes. He pasado una época de cierto ayuno sexual. En cualquier caso, hablamos de hacer un *picnic* esa noche y acabé por decirle que yo me encargaría de la comida. Dado que me gustaría un buen revolcón, preferiría no envenenarlo antes.

—Un *picnic* romántico para dos —Nell lo apuntó—. Vegetariano o carnívoro.

—Carnívoro. Algo sencillo, ¿eh? —Ripley se metió una uva en la boca—. No quiero que se interese más por la comida que por mí.

—Recibido. ¿Te lo llevo o vienes a recogerlo?

—Es de lo más moderno —encantada, se metió otra uva en la boca—. Puedo venir a recogerlo. ¿Podrías hacerlo sin pasarte de los cincuenta?

—Por debajo de cincuenta. Dile que elija un buen vino blanco. Si tienes una cesta...

—Teníamos una por algún lado.

—Perfecto. Tráela y lo meteremos todo dentro. De la comida me ocupo yo, la parte del revolcón es cuestión tuya.

—Puedo ocuparme de eso. Si quieres, pregunto por ahí a ver si alguien quiere vender un ordenador de segunda mano.

—Sería fantástico. Me alegro de que hayas venido —se levantó y fue por dos vasos—. No sabía si estabas molesta conmigo.

—No, contigo, no. Ese asunto concreto me molesta. Es un montón de mierda, es como... —frunció el ceño al ver quién se acercaba por la puerta abierta—. Hablando del Rey de Roma...

—Por la puerta asoma —Mia entró y dejó una nota sobre la encimera—. Un mensaje telefónico para ti, Nell. La última idea genial de Gladys para la fiesta.

—Lo siento. No tienes por qué perder el tiempo para venir aquí corriendo. Volveré a hablar con ella y prometo intentar que me pongan el teléfono.

—No te preocupes, me apetecía dar un paseo, si no lo habría dejado hasta mañana. Tomaré un vaso de esa limonada.

—Necesita un ordenador —dijo secamente Ripley—. No quiere usar el de la tienda porque no quiere molestarte.

—Ripley, por favor. Mia, puedo trabajar perfectamente así.

—Puede usar el ordenador de la tienda cuando esté libre, naturalmente —le dijo Mia a Ripley—. Y no necesita que te entrometas entre ella y yo.

—No lo haría si no pretendieras venderle toda esa basura paranormal.

—Basura paranormal, parece el nombre de un grupo de rock de tercera y yo no tengo nada que ver con eso. Pero aun así es mejor que el rechazo ciego y terco. El conocimiento es mejor que la ignorancia.

—¿Quieres un poco de ignorancia? —amenazó Ripley mientras se levantaba.

—¡Alto! —Nell se puso en medio aunque temblaba de miedo por dentro—. Es ridículo. ¿Siempre hacéis lo mismo?

—Sí —Mia cogió un vaso y bebió con delicadeza—. Nos divierte, ¿verdad, ayudante?

—Me divertiría más darte una buena tunda, pero tendría que detenerme después.

—Inténtalo —la retó Mia mientras levantaba la barbilla—. Prometo no acusarte de nada.

—Nadie va a pegar a nadie. No en mi casa.

Mia, arrepentida, dejó el vaso y pasó la mano por el brazo de Nell. Lo tenía rígido como el acero.

—Perdona, hermanita. Ripley yo nos sacamos de quicio la una a la otra. Es una vieja costumbre. Pero no deberíamos meterte en medio. No deberíamos mezclarla en nuestras peleas —le dijo a Ripley—. No es justo.

—En eso estamos de acuerdo. Tengo una idea: si nos encontramos aquí, será una zona neutral. No habrá guerra.

—De acuerdo —tomó otro vaso y se lo pasó a Ripley—. Toma. ¿Ves, Nell?, ejerces una buena influencia sobre nosotras —le dio el tercer vaso a Nell—. Por las influencias positivas.

Ripley dudó y carraspeó un instante.

—De acuerdo, de acuerdo, qué demonios. Por las influencias positivas.

Brindaron formando un círculo con los vasos. Sonó como una campana, como un tañido cristalino, y un chorro de luz surgió del choque de la cristalería de segunda mano.

Mia sonrió lentamente y Nell dejó escapar una risa nerviosa.

—Maldita sea —dijo Ripley antes de tragar la limonada—. Me pone enferma.

Llegó muchísima gente a la isla para celebrar el 4 de julio. Banderas rojas, blancas y azules colgaban de las barandillas de los trasbordadores que hacían el trayecto hasta tierra firme. Las banderolas ondeaban alegremente de los aleros de los escaparates de la calle principal y saludaban a los turistas y los isleños que llenaban el pueblo y las playas.

Para Nell no era un día de fiesta precisamente, pero compartía el ánimo festivo mientras servía los pedidos. No sólo tenía un trabajo que adoraba, sino que tenía un negocio del que podía estar orgullosa.

El Día de la Independencia. Iba a ser también el de su independencia.

Por primera vez en nueve meses, empezó a pensar en un futuro en el que había cuentas bancarias, correo y pertenencias que no le cabrían en una bolsa de lona si tenía que salir corriendo.

Mientras iba pensando que su vida por fin tenía una apariencia normal, que las cosas empezaban a funcionar, se paró delante de un escaparate. El maniquí llevaba unos desenfadados pantalones de rayas azules y blancas y un top blanco que le llegaba justo por debajo de los pechos. Unas sandalias tan divertidas como poco prácticas le cubrían los pies.

Nell se mordió el labio. La paga le estaba quemando en el bolsillo de sus viejos vaqueros.

Se recordó que ése había sido siempre su problema: si tenía diez dólares, encontraba la forma de gastarse nueve.

Había aprendido a ahorrar, a apretarse el cinturón, a aguantar. A conseguir que cinco dólares se estiraran como si fueran de goma. Pero llevaba mucho tiempo sin tener nada nuevo ni bonito. Y Mia le dejaba caer, cada vez menos sutilmente, que debería arreglarse un poco para ir a trabajar. Además, tenía que cuidar su imagen ante sus nuevos clientes. Si quería ser una mujer de negocios, debía vestirse en consonancia. En la isla eso significaba vestir de forma informal, pero lo informal también podía ser atractivo.

Por otro lado, lo más sensato y práctico sería ahorrar e invertir el dinero en utensilios para su trabajo. Necesitaba ese robot de cocina más que las sandalias.

—¿Vas a escuchar al ángel bueno o al malo?

—¡Mia! —Nell se rió ligeramente avergonzada de que la hubiera encontrado soñando despierta con un par de sandalias—. Me has asustado.

—Unas sandalias preciosas. Y muy rebajadas.

—¿Están rebajadas?

Mia golpeó el cristal señalando el cartel de rebajas.

—Es mi palabra favorita. Huelo las oportunidades, Nell. Vamos de compras.

—No debería. Realmente, no necesito nada.

—Realmente, sólo necesitas trabajar —Mia se apartó el pelo de la cara y agarró con firmeza a Nell del codo, como si fuera una madre que quiere llevarse a rastras a una hija tozuda—. Comprar zapatos no tiene nada que ver con la necesidad, y mucho con el placer. ¿Sabes cuántos pares de zapatos tengo?

—No.

—Yo tampoco —dijo Mia mientras arrastraba a Nell dentro de la tienda—. ¿No te parecen preciosos? Estarías fabulosa con esos pantalones rosa palo. ¿Talla seis?

—Sí, pero, de verdad, tengo que ahorrar para uno de esos robots de cocina —a su pesar, alargó la mano para tocar la tela de los pantalones que Mia había sacado de la percha—. Son muy suaves.

—Pruébatelos con esto —Mia le enseñó lo que consideraba la combinación perfecta: una blusa blanca y ceñida sin espalda—. No te olvides de quitarte el sujetador. Tienes los pies pequeños. ¿El seis, también?

—Sí, así es.

Nell echó una ojeada rápida a los precios. Aunque estuvieran rebajadas, era mucho más de lo que se había gastado en ella desde hacía varios meses. Estaba mascullando unas quejas cuando Mia la empujó detrás de la cortina del probador.

—Probármelo no quiere decir que vaya a comprarlo —susurraba mientras se desnudaba hasta quedarse sólo con las cómodas bragas de algodón.

Mientras se ponía los pantalones pensó que Mia tenía razón respecto al rosa. Ese color levantaba el ánimo al instante. Pero la blusa ya era otro cantar. Le parecía… inmoral llevar algo tan ceñido sin sujetador. Y la espalda… se miró por encima

175

del hombro, bueno, en realidad no se podía decir que hubiera mucha tela.

Evan no le habría permitido jamás llevar algo tan sugerente y que mostrara su cuerpo con tanto descaro.

Nell se maldijo en el mismo momento en el que aquel pensamiento se le pasó por la cabeza.

—Muy bien, volvamos al principio —se dijo a sí misma.

—¿Qué tal todo?

—Muy bien, Mia, es una ropa preciosa, pero no creo…

Antes de que pudiera terminar, Mia abrió la cortina y se quedó parada con las sandalias en una mano y un dedo de la otra mano sobre los labios.

—Perfecto. La encarnación de la vecina sexy, alegre y moderna. Ponte las sandalias. He visto un bolso que te quedará precioso. Ahora vuelvo.

Era como si un general veterano la dirigiera por el campo de batalla y ella, un soldado raso, no pudiera hacer otra cosa que obedecer órdenes.

Veinte minutos después, sus vaqueros de todos los días, la camiseta y las zapatillas estaban en la bolsa de la tienda. El dinero que le sobró se fue en un bolso del tamaño de una mano que llevaba alrededor de la cintura, sobre los pantalones nuevos, que ondeaban suavemente alrededor de las piernas movidos por la brisa.

—¿Qué tal te sientes?

—Culpable. De maravilla —Nell no pudo evitar mover los dedos de los pies dentro de las sandalias nuevas.

—Me alegro. Ahora, vamos a comprar unos pendientes que vayan con la ropa nueva.

Nell renunció a toda resistencia. Era el Día de la Independencia, se recordó. Se quedó prendada de las gotas de cuarzo rosa en cuanto las vio.

—¿Qué tendrán los pendientes que hacen que te sientas tan segura?

—Los complementos demuestran que somos conscientes de nuestro cuerpo y que esperamos que los demás también lo sean. Ahora, vamos a dar un paseo por la playa para ver la reacción ante nuestro esfuerzo.

Nell tomó entre los dedos las piedras rosas que le colgaban de las orejas.

—¿Puedo hacerte una pregunta?

—Adelante.

—Llevo un mes aquí y en todo ese tiempo no te he visto con nadie. Un acompañante masculino, quiero decir.

—No me interesa nadie en este momento —Mia se puso la mano de visera y echó un vistazo a la playa—. Sí, una vez hubo alguien, pero eso fue durante otra fase de mi vida.

—¿Lo amaste?

—Sí. Mucho.

—Lo siento. No debería fisgar.

—No es un secreto —dijo Mia sin darle importancia—. Y las heridas cicatrizaron hace tiempo. Me gusta estar sola, dominar mi destino y todas las decisiones y opciones cotidianas. La vida en pareja exige una cierta dosis de falta de egoísmo y yo soy egoísta por naturaleza.

—Eso no es verdad.

—La generosidad tiene grados —Mia empezó a andar dejándose acariciar el rostro por la brisa—, y no es sinónimo de altruismo. Hago lo que me conviene, lo que nace del interés por mí misma. Y además creo que no es nada por lo que deba disculparme.

—Yo conozco bien lo que es el egoísmo. Quizá hagas lo que te conviene, Mia, pero no harías daño intencionadamente a nadie. Te he visto con la gente. Confían en ti porque saben que pueden hacerlo.

—No hacer daño es una responsabilidad que se deriva de lo que me ha sido concedido. Tú eres igual.

—No sé cómo dices eso. Yo no he tenido poderes.

—Y por eso te pones del lado de los que sufren. Todo lo que nos pasa tiene un motivo, hermanita. Lo que hacemos por ello, lo que hacemos con ello, es la clave de lo que somos y de quiénes somos.

Nell miró al mar, los barcos se deslizaban suavemente, las motos náuticas lo hacían a toda velocidad, los bañistas se dejaban arrastrar alegremente por las olas. Pensó que podía darle le espalda a lo que le estaban diciendo y a lo que iban a pedirle. Que podía llevar una vida normal y tranquila allí.

O que podía tener algo más.

—La noche que me quedé en tu casa, la noche del solsticio, pensé que estaba soñando cuando te vi en el acantilado.

Mia no se dio la vuelta, siguió mirando tranquilamente el mar.

—¿Es eso lo que quieres creer?

—No estoy segura del todo. Había soñado con este sitio. Hasta de niña. Durante mucho tiempo despreciaba o reprimía esas imágenes. Cuando vi el cuadro, los acantilados, el faro, tu casa, tuve que venir aquí. Era como si por fin se me permitiera a volver a casa —miró a Mia—. Viví en cuentos de hadas. Hasta que aprendí la lección, y por las malas.

Mia pensó que a ella le había pasado lo mismo. Ningún hombre le había levantado la mano, pero había otras formas de hacer daño o dejar marcas.

—La vida no es un cuento de hadas y, además, el don no te lo regalan.

Nell notó un escalofrío en la espalda. Sería más fácil darle la espalda y salir corriendo.

Desde un barco en alta mar soltaron un cohete; el silbido terminó en una explosión de luz y se fragmentó en pequeñas manchas doradas. La playa se estremeció con un rugido de felicidad. Oyó a un niño que gritaba de asombro.

—Dijiste que me enseñarías.

Mia dejó escapar el aire que inconscientemente había estado conteniendo.

—Y lo haré.

Se volvieron para ver el siguiente cohete.

—¿Vas a quedarte a ver los fuegos artificiales? —le preguntó Nell.

—No, puedo verlos desde el acantilado de casa y hay menos barullo. Además, detesto ser el palo que aguanta la vela.

—¿Qué?

—Señoras —en ese momento apareció Zack. Era una de las pocas veces que llevaba la placa prendida en la camisa—. Voy a tener que pedirles que circulen. Dos mujeres tan hermosas paradas en la playa son un peligro para la seguridad viaria.

—¿No es una monada? —Mia le tomó la cara entre las manos y le dio un sonoro beso—. Cuando yo estaba en bachillerato, pensaba casarme con él y vivir en un castillo de arena.

—Podías haberme dado una pista.

—Tú estabas loco por Hester Burmingham.

—No, lo que pasaba era que me encantaba su bicicleta roja y brillante. Cuando cumplí doce años, Santa Claus me regaló una y Hester dejó de existir en mi mundo.

—Los hombres sois unos cabrones.

—Es posible, pero yo sigo teniendo la bicicleta y Hester tiene gemelas y un monovolumen. Un final feliz, en cualquier caso.

—Hester sigue mirándote el trasero cuando te das la vuelta —le dijo Mia que se quedó encantada al ver que le había dejado boquiabierto—. Dicho lo cual, yo me retiro. Disfrutad con los fuegos artificiales.

—Siempre consigue decir la última palabra —protestó Zack—. Desaparece en cuanto un hombre se suelta la lengua. Hablando de hombres con la lengua suelta, estás sensacional.

—Gracias —Nell levantó los brazos—. He tirado la casa por la ventana.

180

—En los sitios acertados. Déjame que te lleve eso —dijo y le quitó la bolsa de la mano.

—Tengo que llevarla a casa y preparar algunas cosas.

—Puedo acompañarte un rato. Esperaba verte por aquí. He oído que has estado muy ocupada llevando ensalada de patatas por toda la isla.

—He debido de hacer unos setenta kilos, y tanto pollo frito que he debido de acabar con las existencias para los próximos tres meses.

—Me imagino que no te quedará nada.

Al oírle, a Nell le asomaron dos hoyuelos.

—A lo mejor sí.

—Me ha costado encontrar un momento para ir a comer; el tráfico, la patrulla por la playa… Tuve que pararles los pies a un par de niños que encontraban muy divertido meter petardos en los cubos de basura para verlos estallar. He confiscado tantos petardos que podría organizar mi propia insurrección. Todo eso con sólo dos perritos calientes en el estómago.

—No es justo.

—No lo es. Vi un par de tus bolsas de comida. Mi pareció que tenían tarta de manzana.

—Tienes buena vista. A lo mejor me han sobrado un par de muslos de pollo y algo de ensalada de patata. Incluso es posible que pueda cortar un trozo tarta de manzana y donarlo a un esforzado servidor de la ley y el orden.

—Quizá puedas deducirlo de tus impuestos. Tengo que supervisar los fuegos artificiales —se paró al final de la calle—. Suelen empezar sobre las nueve —dejó la bolsa de Nell en el suelo y le pasó las manos por los brazos desnudos—. La gente suele dispersarse sobre las nueve y media o diez menos cuarto. He perdido la pista de Ripley, así que tendré que hacer la última patrulla, un recorrido por la isla para comprobar que nadie haya prendido fuego a su casa. A lo mejor te apetece un paseo en coche.

—A lo mejor.

Le recorrió la espalda con las puntas de los dedos.

—¿Me harías un favor? Pon tus manos en mis hombros. Me gustaría esta vez que me sujetaras cuando te bese.

—Zack… —Nell tomó aire dos veces con mucho cuidado—. A mí me gustaría también que tú me sujetaras.

Él la abrazó y ella le rodeó el cuello. Permanecieron un instante con los labios casi rozándose; Nell se sintió estremecer por un escalofrío que se le avecinaba. Sus labios se rozaron, se apartaron y volvieron a rozarse. Fue ella quien gimió y quien apretó los labios contra los de él en un arrebato de deseo.

Nell no se había permitido desear. Incluso cuando él revolvió su necesidad de vivir que permanecía latente, había tenido la precaución de no desear. Hasta ese momento.

Ella deseaba la fuerza de Zack, la presión de ese cuerpo duro y masculino. Deseaba su sabor maduro y su calor. La sedosa danza de las lenguas, el atormentador mordisqueo de los dientes, el estremecimiento que se apoderaba de todo su ser al sentir los latidos del corazón de Zack que retumbaban contra el suyo. Dejó escapar un leve jadeo de placer al cambiar de posición.

Y volvió a sumergirse en el placer.

Nell le producía deseos que retumbaban con la fuerza de un pulso nuevo por todo su cuerpo. De la garganta de ella brotaban sonidos sordos de deseo puro que a Zack le quemaban en la sangre. Tenía la piel como seda caliente y sólo con acariciarla su mente se inundaba de imágenes eróticas, ardientes ansias que sólo podrían saciarse en la oscuridad.

Vagamente Zack oyó a lo lejos la explosión de otro cohete y los gritos de satisfacción que llegaban de la playa.

Si ella quisiera, tardarían sólo dos minutos en llegar a su casa y tres en tenerla desnuda debajo de él.

—Nell —sin aliento y a punto de perder la cabeza, interrumpió el beso. Ella le sonrió. Tenía los ojos oscuros y llenos de confianza y placer.

—Nell —repitió mientras bajaba la cabeza para apoyar la frente en la de ella. Sabía que había veces en que había que esperar—. Tengo que hacer la ronda.

—De acuerdo.

Zack recogió la bolsa y se la dio.

—¿Volverás?

—Sí. Volveré.

Nell flotaba en el aire cuando se dio la vuelta y se dirigió hacia su casa.

Nueve

—Los poderes —le dijo Mia a Nell— llevan aparejados una responsabilidad, un respeto por la tradición. Deben combinarse con la compasión, la inteligencia, a ser posible, y la comprensión de las flaquezas humanas. Nunca deben emplearse irreflexivamente, aunque hay un margen para el sentido del humor. Sobre todo, nunca deben utilizarse para hacer daño.

—¿Cómo supiste que eras…? ¿Cómo supiste lo que eras?

—¿Una bruja?

Mia se sentó sobre los talones. Estaba quitando las malas hierbas del jardín. Llevaba un vestido amplio de color verde como la hierba con grandes bolsillos en la falda, unos guantes de jardinera estampados con flores y un sombrero de paja con ala ancha. En ese momento, parecía exactamente lo opuesto a la bruja que decía ser.

—Puedes decir esa palabra. No es ilegal ser bruja. No somos esas viejas desdentadas, con sombrero de punta que van montadas en escobas. Somos personas: amas de casa, fontaneras, ejecutivas.

Nuestra forma de vida es siempre el resultado de una elección personal.

—¿Los aquelarres?

—Otra elección personal. Yo nunca he sido muy aficionada a las reuniones. La mayoría de las que se juntan en grupos o estudian la Hermandad buscan pasar el rato o una respuesta. No tiene nada de malo. Una cosa es llamarte bruja y hacer rituales y otra distinta es serlo.

—¿Cómo sabes la diferencia?

—¿Cómo puedo responderte, Nell? —volvió a inclinarse hacia delante para cortar minuciosamente los tallos muertos—. Hay algo que te quema en el interior. Una canción en tu cabeza, un susurro en tus oídos. Tú conoces estas cosas tan bien como yo. Sencillamente, no las habías reconocido —tiró los tallos a la cesta—. ¿No has pensado nunca en que no se rompiera la piel de la manzana cuando la pelabas para que te diera buena suerte? ¿No has tirado el hueso de la suerte? ¿No has cruzado los dedos? Son pequeños hechizos —dijo Mia mientras volvía a sentarse—, viejas tradiciones.

—No puede ser tan sencillo como eso.

—Tan sencillo como un deseo y tan complejo como el amor. Tan peligroso, potencialmente, como un rayo. Hay peligro en los poderes, pero también júbilo.

Agarró un tallo muerto y lo guardó delicadamente entre las manos. Volvió a abrirlas y le ofreció a Nell una hermosa flor amarilla.

Nell, fascinada y encantada, la tomó entre los dedos.

—Si puedes hacer esto, ¿por qué dejas que algunas se mueran?

—Hay un ciclo, un orden natural. Debe respetarse. La evolución es necesaria —se levantó, tomó el cesto con las malas hierbas y flores muertas y lo llevó al compost—. Sin ella no habría progreso, ni renacimiento, ni intuición.

—Una flor muere para dejar sitio a otra.

—En la Hermandad hay mucho de filosofía. ¿Quieres intentar algo más práctico?

—¿Yo?

—Sí, un conjuro sencillo. Agitar un poco el aire, por ejemplo. Además, hace calor y se agradecería un poco de brisa.

—¿Quieres que yo…? —Nell hizo un movimiento circular con el dedo—. ¿Agite el aire?

—Es cuestión de técnica. Tienes que concentrarte. Sentir que el aire se mueve en tu cara, en tu cuerpo. Verlo mentalmente, ver como sopla, como gira. Puedes oírlo, puedes oír su música.

—Mia…

—No. Deja a un lado las dudas y piensa en esas posibilidades. Concéntrate. Es algo sencillo. Lo tienes a tu alrededor. Sólo tienes que usarlo, agotarlo. Tomarlo entre las manos —dijo mientras levantaba las suyas—. Y decir las palabras: «El aliento es aire y el aire aliento. Gira y gira y se forma el viento. Que se levante la brisa y lo haga sin prisa». Que se haga tu voluntad, Nell. Repite tres veces las palabras.

Nell, como hipnotizada, la obedeció. Notó un levísimo aleteo en la mejilla. Volvió a repetirlas y vio que el pelo de Mia se levantaba. La tercera vez, Mia unió su voz a la de Nell.

El aire giró alrededor de ellas en un remolino particular, fresco y fragante que las arrullaba con una melodía alegre y ligera. La misma melodía que Nell oía en su interior, mientras daba vueltas con la corta melena al viento.

—¡Es una maravilla! Lo has hecho tú.

—Yo le he dado el último empujón —Mia se rió mientras se le hinchaba el vestido—, pero lo has empezado tú. Lo has hecho muy bien para ser la primera vez. Ahora, detenlo. Emplea la mente. Visualízalo. Así. Muy bien. Te imaginas bien las cosas.

—Siempre he querido dibujar momentos en mi cabeza —dijo Nell casi sin aliento—. Ya sabes, imágenes que me atraen o que quiero recordar. Es algo así. Caray, estoy mareada —se sentó en el suelo—. Siento un cosquilleo que no es desagradable. Casi como cuando piensas, cuando piensas realmente en el sexo.

—La magia es erótica —Mia se dejó caer al lado de ella—. Sobre todo cuando tienes poderes. ¿Has estado pensando mucho en el sexo?

—Ni una sola vez en ocho meses —Nell, más tranquila, se echó el pelo hacia atrás—. No estaba segura de querer volver a estar con un hombre. Desde el 4 de julio, sin embargo he pensado mucho en el sexo. Esos pensamientos que te hacen sentir muchas ganas.

—Bueno, ya me lo conozco. ¿Por qué no haces algo? ¿Por qué no te quitas las ganas?

—Yo creí, di por supuesto, que después de los fuegos artificiales, Zack y yo acabaríamos en la cama. Me dio un beso de buenas noches en la puerta, unos de esos besos que te vuelven loca, y se fue a casa.

—Me imagino que no se te ocurrió arrastrarlo dentro, tirarlo al suelo y arrancarle la ropa.

Nell se rió.

—No se me ocurren cosas así.

—Hace un minuto tampoco creías que pudieras levantar el viento. Tienes poderes, querida. Zachariah Todd es de esos hombres que están deseando que utilices con él todo ese poder, que tú elijas el momento y el lugar. Si a mí me atrajera un hombre así y yo le atrajera a él, haría algo.

Nell volvió a sentir un hormigueo, esa vez, la agitación estaba en su interior.

—No sabría por dónde empezar.

—Visualízalo, querida, visualízalo —dijo burlonamente Mia.

* * *

A Zack no se le ocurría una forma mejor de pasar una mañana de domingo que bañarse desnudo con la chica a la que amaba. El agua estaba fría, el sol calentaba y la ensenada estaba lo suficientemente apartada como para poder abandonarse a ese tipo de actividades.

Comentaron la posibilidad de ir más tarde a navegar y la devoción que Zack vio en sus ojos marrones le dijo que le seguiría a cualquier parte. Él la acarició y ella se estremeció de placer. Luego se metieron en el mar y nadaron juntos en el agua fresca y tranquila.

Zack pensó que un hombre que tuviera una compañera tan completamente entregada, lo tenía todo.

Ella dio un pequeño ladrido, le salpicó en la cara y fue hacia la orilla. Zack vio cómo su alegre compañera lo abandonaba por la mujer que estaba de pie en las rocas.

Lucy saltó a la playa y se lanzó sobre Nell, haciéndola retroceder dos pasos y cubriéndola de agua salada y besitos de perra.

Zack oyó las risas de Nell y vio cómo pasaba las manos por el pelo mojado de *Lucy*. Decidió que, por preciosa que fuera, un hombre que tuviera una perra no lo tenía todo.

—¡Eh! ¿Qué tal va todo?

—Muy bien —pensó que él tenía unos hombros impresionantes—. ¿Qué tal está el agua?

—Casi perfecta. Ven a comprobarlo por ti misma.

—Gracias, pero no he traído el traje de baño.

—Yo tampoco —sonrió—. Por eso no he seguido el ejemplo de *Lucy*.

—Ah —bajó la mirada y volvió a subirla inmediatamente unos dos metros por encima de la cabeza de Zack—. Bueno. Ya…

Mia le había dicho que lo visualizara, pero aquél no parecía ser el momento más adecuado.

—Prometo no mirar. Ya estás mojada.

—Da igual, creo que me quedaré fuera.

Lucy volvió a meterse en el agua para recuperar una pelota de goma. Trepó la escarpada orilla y dejó la pelota a los pies de Nell.

—Quiere jugar —dijo Zack.

Él también quería jugar.

Nell, complaciente, cogió la pelota y la tiró. *Lucy* se lanzó a por ella antes de que tocara el agua.

—Tienes un buen brazo. Tenemos un partido de béisbol dentro de un par de semanas, a lo mejor te interesa —se acercó a la orilla mientras hablaba.

Nell agarró la pelota que le había llevado *Lucy* y volvió a lanzarla.

—Es posible. Estaba pensando en probar otra receta.

—¿Cómo es eso?

—Lo de servir comidas está convirtiéndose en una verdadera empresa. Si quiero crecer, tengo que poder ofrecer una amplia variedad de platos.

—Soy un ferviente seguidor del capitalismo, de modo que si hay algo que yo pueda hacer…

Ella bajó la mirada. Se concentraría en su hermosa cara y no pensaría en el resto de su cuerpo. Por el momento.

—Te lo agradezco, sheriff. Hasta ahora he ido improvisando, pero creo que ha llegado el momento de hacer una lista de verdad, con precios y servicios. Si lo hago, tendré que solicitar una licencia de actividad empresarial.

Nell sabía que eso no supondría un problema.

—Vas a estar muy ocupada.

—Me gusta estar ocupada. Lo peor es no saber qué hacer con el tiempo o con tus intereses —sacudió la cabeza—. ¿No te parezco aburrida y pesada?

No, pero le había parecido sombría.

—¿Qué te parecería un poco de diversión?

—Muy bien —ella arqueó las cejas al notar que él le agarraba un tobillo—. ¿Qué haces?

—Yo lo llamo el largo brazo de la justicia.

—Eres demasiado caballeroso como para tirarme al agua después de que haya venido hasta aquí a invitarte a comer.

—No, no lo soy —dio un pequeño tirón al pie—. Pero sí estoy dispuesto a darte la oportunidad de que te desnudes primero.

—Es muy amable de tu parte.

—Mi madre me dio una buena educación. Métete a jugar con nosotros —Zack miró a *Lucy* que iba de un lado a otro con la pelota en la boca—. Tenemos una carabina.

¿Por qué no?, pensó Nell. Quería estar con él. Más aún, quería ser del tipo de mujer que podía estar con él. Una mujer lo suficientemente segura de sí misma y abierta de mente como para poder hacer algo tan tonto y divertido como quitarse la ropa y meterse en el agua.

Le lanzó una sonrisa fugaz e irreflexiva. Mientras se quitaba los zapatos él se mantuvo flotando en el agua.

—He cambiado de opinión. Voy a mirar —le avisó Zack—. Dije que no lo haría, pero he mentido.

—¿Dices mentiras?

—No, si puedo evitarlo —bajó la mirada mientras ella se cogía el borde de la camiseta—. De modo que no voy a decirte que no te voy a tocar cuando entres al agua. Te deseo desnuda y mojada, Nell. Sencillamente, te deseo.

—Si no quisiera que me tocaras, no estaría aquí —respiró hondo y empezó a quitarse la camiseta.

—¡Sheriff Todd! ¡Sheriff Todd!

—No es posible —gruñó Zack mientras Nell volvía a cubrirse precipitadamente el trozo de piel cremosa que había llegado a vislumbrar—. Aquí —gritó él—. ¿Eres tú, Ricky? —se volvió hacia Nell—. No te vayas, tardaré sólo un par de minutos en ahogarlo.

—Sí, señor.

Un muchacho con el pelo como de estopa y de unos diez años apareció entre las rocas. Tenía la cara sonrosada por el nerviosismo. Hizo un movimiento brusco con la cabeza para saludar a Nell.

—Señora. Sheriff, mi madre me ha dicho que viniera a decírselo. Los inquilinos de los Abbott están peleándose. No paran de gritar, de romper cosas y de insultarse.

—¿Es en la casa de Dale Abbott o de Buster?

—De Buster, sheriff. La que está enfrente de la nuestra. Mamá dice que parece que el hombre está dando una paliza a la mujer.

—Voy ahora mismo. Tú vuelve allí y quédate en casa.

—Sí, señor.

Nell se quedó donde estaba. Tuvo una visión borrosa del cuerpo musculoso y bronceado de Zack mientras salía del agua.

—Lo siento, Nell.

—Tienes que ir. Tienes que ayudarla —sentía como si tuviera una fina capa de barniz sobre el cerebro mientras veía cómo él se ponía los vaqueros—. Deprisa.

—Volveré en cuanto pueda.

Subió los escalones de dos en dos para hacerse con una camisa; no le hacía ninguna gracia dejarla allí sola agarrándose firmemente una mano con la otra.

A los cuatro minutos, Zack estaba en la casa de los Abbott. Había un grupo de personas en la calle y de la casa salían ruidos de gritos y cristales rotos. Un hombre que Zack no reconoció se le acercó mientras iba hacia las escaleras.

—Usted es el sheriff, ¿no? Soy Bob Delano, he alquilado la casa de al lado. He intentado hacer algo, pero las puertas están cerradas con llave. Pensé romper una, pero me dijeron que estaba usted de camino.

—Yo me ocuparé, señor Delano. Quizá pueda mantener apartada a esa gente.

—Claro. He visto al tipo, sheriff. Es un hijo de perra enorme. Tenga cuidado.

—Gracias. Ahora, váyase —Zack golpeó la puerta con el puño. Hubiera preferido que Ripley estuviera con él, pero no había querido arriesgarse a esperar a que ella oyera el busca—. Soy el sheriff Todd. Abra la puerta ahora mismo —algo se hizo añicos en el interior y se oyó un grito de mujer—.

193

Si no abre la puerta antes de cinco segundos, lo haré yo de una patada.

El hombre apareció en la puerta. Delano tenía razón, era un hijo de perra enorme. De casi dos metros. Parecía tener resaca y estaba hecho una furia.

—¿Qué coño quiere?

—Quiero que se aparte y que deje las manos donde yo pueda verlas.

—No tiene derecho a entrar aquí. He alquilado la casa y la he pagado.

—El contrato de arrendamiento no le da derecho destrozarla. Apártese.

—No va a entrar sin una orden judicial.

—¿Seguro? —dijo en voz baja Zack. Sacó las manos a la velocidad del rayo, agarró al hombre por la muñeca y se la retorció—. Si quiere golpearme —continuó con el mismo tono tranquilo—, añadiremos resistencia a la autoridad y agresión a la denuncia. Es más papeleo, pero me pagan por ello.

—Cuando hable con mi abogado, me quedaré con esta jodida isla.

—Podrá llamarle desde la comisaría —Zack le puso las esposas y vio con alivio que Ripley subía las escaleras.

—Lo siento. Estaba en Broken Shell. ¿Qué ocurre? ¿Una pelea familiar?

—Algo así. Es mi ayudante —le comunicó Zack a su detenido—. Créame, puede tumbarlo con un dedo. Mételo en la parte de atrás del coche, Ripley. Tómale los datos y léele sus derechos.

—¿Cómo se llama?

—Que te jodan.

—Muy bien, señor Que te jodan, está detenido por... —Ripley miró alrededor y vio que Zack se acercaba, entre loza y cristales rotos, a una mujer que estaba sentada en el suelo llorando con la cara entre las manos.

—Daños en la propiedad privada, alteración del orden y agresión. ¿Ha entendido? Ahora, salvo que quiera que le patee el culo delante de toda esta gente tan simpática, va a acompañarme al coche y daremos un pequeño paseo. Tiene derecho a permanecer en silencio —le dijo ella mientras le daba un pequeño empujón para que se pusiera en marcha.

—Señora —Zack calculó que tendría treinta y muchos. Seguramente sería hermosa cuando no tuviera el labio partido ni morados los ojos marrones—. Quiero que me acompañe. Le llevaré al médico.

—No necesito un médico —la mujer se hizo un ovillo. Zack comprobó que tenía algunos cortes en los brazos hechos por los cristales rotos—. ¿Qué le va a pasar a Joe?

—Ya hablaremos de eso. ¿Puede decirme su nombre?

—Diane, Diane McCoy.

—Permítame que le ayude, señora McCoy.

* * *

Diane McCoy se sentó encorvada en una butaca y se puso una bolsa con hielo en el ojo izquierdo. Insistió en rechazar la atención de un médico. Zack le ofreció una taza de café y sacó su butaca de detrás de la mesa con la esperanza de que eso la tranquilizara.

—Señora McCoy, quiero ayudarla.

—Estoy bien. Pagaremos los desperfectos. Basta con que la agencia de alquiler haga una relación de los daños y los pagaremos.

—Eso ya lo hablaremos después. Quiero que me diga qué pasó.

—Tuvimos una discusión, eso es todo. Le puede pasar a cualquiera. No hacía falta que encerrara a Joe. Si hay que pagar una multa, lo haremos.

—Señora McCoy, el labio le sangra, tiene el ojo morado y cortes en los brazos. Su marido le ha agredido.

—No ha sido así.

—¿Cómo ha sido?

—Yo lo provoqué.

Ripley resopló de forma malintencionada, pero Zack le dirigió una mirada de advertencia.

—¿Provocó que le pegara, señora McCoy? ¿Que le tumbara y le partiera el labio?

—Le ofendí. Está sometido a mucha presión —titubeó; el dolor del labio dolorido le impedía hablar con claridad—. Estamos de vacaciones y yo no debería haberle incordiado de esa manera.

Debió de notar el evidente desacuerdo de Ripley, que volvió la cabeza y la miró desafiantemente.

—Joe trabaja como un animal cincuenta semanas al año. Lo menos que puedo hacer es dejarlo en paz cuando está de vacaciones.

—A mí me parece —replicó Ripley— que lo menos que puede hacer él es no golpearle cuando usted está de vacaciones.

—Ripley, trae un vaso de agua a la señora Mc-Coy, y «cállate» —añadió con un gesto elocuente—. ¿Cómo empezó todo, señora McCoy?

—Debí levantarme con el pie izquierdo. Joe se había quedado despierto hasta tarde, bebiendo. Un hombre puede ver la televisión y tomarse unas cervezas cuando está de vacaciones. Dejó la sala patas arriba; latas de cervezas por todos lados y patatas fritas por el suelo. Me puso de muy mal humor y empecé a reprochárselo en cuanto se despertó. Si me hubiera callado cuando me lo dijo, no habría pasado nada.

—¿Y no callarse cuando él se lo dijo le da derecho a golpearle, señora McCoy?

Ella tomó fuerzas.

—Lo que ocurra entre un marido y su mujer sólo es asunto de ellos. No deberíamos haber roto nada y lo pagaremos. Yo misma limpiaré la casa.

—Señora McCoy, en Newark hay centros de asistencia y alojamientos para las mujeres que los necesitan. Puedo hacer un par de llamadas y conseguirle información.

—No necesito información —tenía los ojos hinchados, pero todavía podían destilar ira—. No puede mantener encerrado a Joe si yo no presento una denuncia y no voy a hacerlo.

—Se equivoca. Puedo tenerlo encerrado por alteración del orden y los propietarios pueden presentar una denuncia.

—Eso sólo empeorará las cosas —le cayeron unas lágrimas. Tomó el vaso de papel que le ofreció Ripley y se bebió el agua de un trago—. ¿No se da cuenta? Sólo empeorará las cosas. Es un buen hombre. Joe es un buen hombre, sólo se le cruza un cable de vez en cuando. He dicho que pagaremos. Le haré un cheque. No queremos tener problemas. Fui yo quien lo enfureció. Yo también le tiré cosas. Tendrá que encerrarme con él. ¿Qué sentido tiene?

* * *

¿Qué sentido tenía?, pensó más tarde Zack. No había sido capaz de persuadirla y tampoco era tan soberbio como para pensar que había sido el primero en intentarlo. Él no podía ayudarla si ella rechazaba la ayuda. Los McCoy estaba atrapados en un círculo vicioso que estaba destinado a acabar mal. Lo único que podía hacer era alejar ese círculo de su isla.

Tardó medio día en encauzar el problema. La agencia de alquiler se conformó con un cheque de dos mil dólares. Los McCoy habían hecho ya las maletas, cuando llegó una cuadrilla de limpieza. Zack permaneció en silencio mientras Joe McCoy metía el equipaje en el maletero de un Grand Cherokee último modelo.

La pareja se montó en el coche cada uno por su puerta. Diane llevaba gafas de sol para ocultar los moratones. Ninguno de los dos hizo caso a Zack y éste se montó en el todoterreno para escoltarlos hasta el trasbordador.

Se quedó en el muelle hasta que el Jeep y sus ocupantes no fueron nada más que un punto que se alejaba de la isla.

* * *

No contaba con que Nell estuviera esperándolo y le pareció lo mejor. Estaba demasiado deprimido y enfadado como para hablar con ella. Se sentó en la cocina con *Lucy* y se sirvió una cerveza. Estaba pensando en tomarse la segunda cuando entró Ripley.

—No me cabe en la cabeza. Las mujeres como ésa no me caben en la cabeza. El animal ése la atiza con toda su fuerza, pero dice que la culpa es de ella. Y está convencida. —Ripley sacó una botella de cerveza de la nevera y le apuntó con ella a Zack mientras la abría.

—Quizá necesite hacerlo.

—Claro, Zack, como nada en el mundo. Seguro —se dejó caer en la silla de enfrente de Zack furiosa todavía—. Es joven y tiene cerebro. ¿Qué consigue atándose a un individuo que la muele a palos cuando se le cruzan los cables? Si lo hubiera denunciado, lo habríamos tenido encerrado el tiempo suficiente para que ella hubiera hecho las maletas y se hubiese largado. Deberíamos haberlo retenido en cualquier caso.

—Ella no se habría marchado. Todo habría seguido igual.

—De acuerdo, tienes razón. Lo sé. Me saca de quicio, eso es todo —dio un trago de cerveza mientras lo miraba—. Estás pensando en Nell, ¿crees que ella ha pasado por lo mismo?

—No lo sé. Nunca habla de eso.

—¿Se lo has preguntado?

—Si hubiese querido contármelo, lo habría hecho.

—Mira, no me vengas con cuentos —Ripley puso los pies en la silla que tenía delante. Te lo pregunto porque te conozco, hermanito. Si ella te interesa y la cosa pasa a mayores, no te quedarás tranquilo hasta que no te cuente la historia. Si no la sabes, no podrás ayudarla, y cuando no puedes ayudar, te pones muy nervioso. En estos momentos estás furioso porque no has podido hacer lo que querías por una mujer a la que no conoces y no volverás a ver en tu vida. Es el buen samaritano que llevas dentro.

—¿No hay nadie más en la isla a quien puedas incordiar?

—No, porque te quiero más a ti. Ahora, en vez de tomarte otra cerveza, ¿por qué no te vas a navegar con *Lucy*? Todavía hay mucha luz. Te aclararás las ideas y te pondrás de buen humor. Cuando estás enfadado, no tienes ninguna gracia.

—Quizá lo haga.

—Perfecto. Adelante. Es casi imposible que haya dos líos como éste en un día, pero haré una patrulla por si acaso.

—De acuerdo —se levantó y la besó en la frente después de dudar un instante—. Yo también te quiero más a ti.

—No estoy segura —esperó hasta que su hermano estuvo en la puerta—. ¿Sabes una cosa, Zack? Sea cual sea la historia de Nell, hay una diferencia fundamental entre ella y Diane McCoy: Nell se largó.

Diez

El lunes, todo el pueblo hablaba del incidente en casa de los Abbott. Todo el mundo había tenido tiempo para formarse una opinión, sobre todo aquellos que no lo habían presenciado.

—Buster dice que destrozaron todo lo que encontraron por delante. Nell, querida, tomaré un poco de ensalada de langosta —dijo Dorcas Burmingham antes de seguir cotilleando con su acompañante.

Ella y Biddy Devlin, sobrina segunda de Mia y dueña de Surfside Treasures, comían juntas todos los lunes a las doce y media.

—He oído que el sheriff Todd tuvo que sacar al hombre por la fuerza —comentó Biddy—. A punta de pistola.

—Vamos, Biddy, eso no es verdad. He hablado con Gladys Macey a quien se lo ha contado directamente Anne Potter, que fue quien llamó a Zack, y me ha dicho que no sacó la pistola en ningún momento. ¿Puedes ponerme un poco de café con hielo con la ensalada, Nell?

—Las discusiones familiares son una de las misiones más peligrosas para un policía —le explicó Biddy—. Lo he leído en alguna parte. La sopa huele de maravilla, Nell. Creo que no he tomado gazpacho nunca, pero voy a probarlo, y uno de tus *brownies*.

—Os llevaré la comida si queréis sentaros en una mesa —se ofreció Nell.

—No te preocupes, esperaremos —Dorcas rechazó la oferta con la mano—. Ya tienes bastante trabajo. En cualquier caso, he oído que ella se quedó con él a pesar de que el muy bestia le había dejado el ojo morado y el labio partido. Que no presentó ninguna denuncia.

—Es una verdadera lástima, eso es lo que es. Según he leído, es posible que el padre de ella golpeara a su mujer y que la pobre se criara con la idea de que son cosas que pasan. Es un círculo vicioso. Eso dicen las estadísticas. Los malos tratos engendran malos tratos. Estoy segura de que si esa mujer hubiera crecido en una familia que se quería, no estaría viviendo con un hombre que la trata así.

—Señoras, son treinta y cinco dólares.

A Nell la cabeza le daba vueltas y tenía los nervios a punto de estallar mientras las dos mujeres cumplían con el rito semanal de decidir a quién le tocaba pagar. Solía ser entretenido y a ella incluso le divertía, pero aquel día quería que desaparecieran de su vista. No quería oír ni una palabra más de Diane McCoy.

¿Qué sabían ellas?, se preguntó con amargura. ¿Qué sabían esas dos mujeres agradables con su vida agradable? ¿Qué sabían ellas del miedo y la impotencia? No era siempre un círculo vicioso, quiso gritar. No era siempre una norma. Ella había vivido en una familia donde los padres se adoraban y la adoraban a ella. Había habido discusiones y enfados, pero aunque se dijeran una palabra más alta que otra jamás se levantó una mano.

A ella no le habían pegado nunca antes de conocer a Evan Remington.

Ella no era una cifra más de una estadística.

Nell sentía como bandas de acero que le apretaban la cabeza cuando las dos mujeres se fueron hacia una mesa. Se volvió casi sin ver hacia el siguiente cliente y se encontró con Ripley que la miraba fijamente.

—Pareces un poco nerviosa, Nell.

—Me duele la cabeza. ¿Qué quieres tomar hoy?

—¿Por qué no te tomas una aspirina? Puedo esperar.

—No pasa nada. La ensalada de fruta y repollo está buena. Es una receta escandinava. Ha gustado bastante.

—De acuerdo, me apunto. Tomaré té frío. Esas dos —dijo mientras señalaba con la cabeza a Biddy y Dorcas— hablan como loros. Dan dolor de cabeza a cualquiera. Supongo que todo el mundo habrá estado cotorreando sobre lo que pasó ayer.

—Bueno —lo único que Nell quería era una habitación oscura y una hora para descansar—. Fue un acontecimiento.

—Zack hizo todo lo que pudo para ayudar a esa mujer, pero no quería que la ayudaran. No todo el mundo quiere.

—No todo el mundo sabe qué hacer cuando le ofrecen ayuda, ni si confiar en quien se la da.

—Se puede confiar en Zack —Ripley dejó el dinero en la barra—. Quizá no sea muy expresivo, él es así, pero a la hora de la verdad siempre echa el resto. Deberías hacer algo con ese dolor de cabeza, Nell —añadió antes de llevarse la comida a una mesa.

* * *

No tuvo tiempo para hacer otra cosa que no fuera tomarse un par de aspirinas. Peg llegó tarde, se deshizo en disculpas y Nell vio un brillo en sus ojos que le dejó muy claro que la tardanza se debía a un hombre.

Ella tenía una cita con Gladys Macey para terminar de una vez por todas con el menú de la fiesta de aniversario, así que primero tendría que ir corriendo a su casa para recoger las notas y las fichas.

Cuando llamó a la puerta de Gladys, el dolor de cabeza era de auténtica pesadilla.

—Nell, ya te he dicho que no tienes por qué llamar, puedes darme un grito y entrar —dijo Gladys mientras la invitaba a pasar—. Estoy muy emocionada. El otro día vi un programa en el canal de jardinería y hogar. Me dio muchas ideas que quiero comentar contigo. Creo que deberíamos poner esas pequeñas lucecitas blancas en los árboles y unas bolsas con corazones y una vela dentro por el camino de entrada y el patio. ¿Qué te parece?

—Señora Macey, puede poner lo que le apetezca, yo sólo me encargo de la comida.

—Claro, cariño, pero te considero la coordinadora de la fiesta. Vamos a la sala.

La estancia estaba reluciente, como si en aquella casa el polvo fuera un pecado contra natura. Todos los muebles entonaban con la tapicería del sofá, los zócalos y la estrecha franja de papel pintado que discurría justo por debajo del techo.

Había dos lámparas idénticas, dos butacas idénticas y dos mesas auxiliares idénticas.

La alfombra hacía juego con las cortinas y las cortinas con los cojines.

Todos los muebles estaban hechos de madera de arce, hasta el mueble de la televisión de pantalla gigante, donde estaban dando un programa de cotilleos de Hollywood.

—Tengo debilidad por estos programas. Sale tanta gente famosa… Me encanta ver la ropa que llevan. Siéntate —le ordenó Gladys—. Ponte cómoda. Voy a por un poco de té y luego nos pondremos a trabajar en firme.

Nell se sintió tan perpleja, como la primera vez que Gladys le había enseñado la casa para planificar la fiesta. Todas las habitaciones estaban tan inmaculadas como una iglesia y tan rígidamente ordenadas como si fueran parte de la exposición de una tienda de muebles. Las revistas estaban colocadas escalonadamente sobre la mesa que había delante del sofá; además había un centro de flores de seda en los mismos tonos malva y azul de la tapicería.

Si a pesar de todo, la casa conseguía resultar acogedora, era mucho más mérito de los ocupantes que de la decoración.

Nell se sentó y abrió el fichero. Sabía que Gladys llevaría el té en unas tazas de color verde pálido que entonaban con la vajilla de diario y que las pondría sobre unos salvamanteles azules. Pensó que saber todo eso era, en cierto sentido, reconfortante.

Empezó a repasar las notas hasta que la voz chillona de la televisión le provocó una punzada en el estómago.

—La gala de anoche fue una auténtica exhibición de glamour y esplendor. Evan Remington, el influyente abogado de las estrellas parecía uno de sus clientes en un sensacional traje de Hugo Boss. Si bien Remington niega los rumores de un idilio entre él y su acompañante de anoche, la encantadora Natalie Winston, que estaba resplandeciente con su ceñido Valentino de pedrería, fuentes bien informadas sostienen lo contrario.

»Remington enviudó el pasado septiembre cuando, al parecer, su mujer Helen perdió el control del coche volviendo de Monterrey. El Mercedes se precipitó por el acantilado de la autopista 1. Desgraciadamente, su cuerpo nunca fue encontrado. Nosotros nos alegramos de ver que Evan

207

Remington ha vuelto a la vida social después de tan trágico acontecimiento.

Nell estaba de pie y apenas podía respirar. La cara de Evan llenaba la pantalla con sus hermosos rasgos y sus mechones de pelo dorado. Podía oír con toda nitidez su voz aterradoramente tranquila. «¿Crees que no puedo verte, Nell? ¿Crees que voy a dejarte escapar?»

—Perdona que haya tardado tanto, pero he pensado que te apetecería un pastel hecho por otra persona, para variar. Lo hice ayer, pero Carl ya ha dado cuenta de la mitad. No sé dónde mete la comida ese hombre. Si yo comiera la mitad de la mitad de la mitad… —Gladys se quedó parada con la bandeja en la mano y su alegre cháchara fue dando paso a la sorpresa y la preocupación cuando reparó en la cara de Nell.

—Cariño, estás pálida. ¿Qué te pasa?

—Lo siento. Perdone. No me siento bien —el pánico le atenazaba las entrañas—. Me duele la cabeza. No creo que pueda ocuparme de esto por el momento.

—Claro que no. No te preocupes. Pobrecilla. Te llevaré a casa y te arroparé en la cama.

—No, no. Prefiero dar un paseo y respirar aire puro. Lo siento, señora Macey —Nell recogió torpemente las fichas y estuvo a punto de echarse a llorar cuando se le resbalaron entre los dedos temblorosos—. Le llamaré. Volveremos a concertar la cita.

—No quiero que pienses en eso. Nell, cariño, estás temblando.

—Sólo tengo que ir a casa —echó un último y aterrado vistazo a la televisión y fue hacia la puerta.

Hizo un esfuerzo por no correr. Si corría, la gente se fijaría en ella y se preguntaría el motivo. Le harían preguntas. Lo fundamental era pasar desapercibida. No hacer nada que pudiera llamar la atención. Aunque hacía todo lo posible por respirar lenta y profundamente, el aire le entraba con dificultad y luego no podía expulsarlo hasta que se atragantaba.

«¿Crees que voy a dejarte escapar?»

Sintió un sudor frío y pudo oler su propio miedo. Miró aterrada por encima del hombro y la vista se le nubló.

Nada más cruzar la puerta de su casa, sintió una náusea y una penetrante punzada de dolor.

Se tambaleó hasta llegar al cuarto de baño, estaba espantosamente enferma. Vomitó y se tumbó en el estrecho espacio que quedaba en el suelo al lado de la taza a esperar a que se le pasaran los temblores.

Cuando pudo volver a levantarse, se quitó la ropa y la dejó en un montón antes de meterse en la ducha. Abrió el agua caliente, todo lo caliente que pudo soportar, quería que los chorros le atravesaran la piel y le calentaran los huesos congelados.

Se arropó con una toalla, se metió en la cama, se tapó hasta cubrirse la cabeza y se dejó llevar por el olvido.

Diego subió de un salto y se tumbó junto a ella, quieto y silencioso como un centinela.

* * *

No sabía bien cuánto tiempo había dormido, pero se despertó como si saliera de una enfermedad que la había dejado frágil y cansada y con el estómago revuelto. Estuvo tentada de darse media vuelta y de volver a dormirse, pero eso no solucionaría nada.

Había salido adelante gracias a la acción, siempre lo había hecho.

Se sentó en el borde de la cama, como una anciana que probara la firmeza de sus huesos y el equilibrio. La imagen de Evan podría volver a adueñarse de su mente si lo permitía. Cerró los ojos y dejó que se presentara.

Eso era también una especie de prueba.

Ella podía mirarlo, lo miraría cara a cara. Recordaría lo que había sido y lo que era. Se enfrentaría a lo que había pasado.

Se puso el gato en el regazo y lo acarició.

Había vuelto a ocurrir. Casi un año después, la imagen de su marido en la televisión le había aterrado hasta el punto de hacerla salir corriendo sin mirar adónde iba. Le había puesto enferma y le había arrancado la coraza que se había hecho con tanto esfuerzo, le había dejado temblando como una masa informe presa del pánico.

Porque ella lo había permitido. Había permitido que se apoderara de su ser. Sólo ella podía cambiar las cosas. Había tenido el valor suficiente para huir y tendría que reunir el valor para quedarse.

No sería libre hasta que pudiera pensar en él y decir su nombre sin miedo. Dibujó en su mente la imagen de su enemigo y se imaginó que la destrozaba, como si su voluntad fuera un martillo que golpeaba el cristal.

—Evan Remington —susurró—, ya no puedes tocarme. No puedes hacerme daño. Tú estás acabado y yo estoy empezando.

El esfuerzo la agotó, pero dejó a *Diego* en el suelo, se levantó y se puso una camiseta y unos pantalones cortos. Volvería a trabajar, se concentraría en sus planes. Iba siendo el momento de pensar en cómo montar una oficina en el dormitorio pequeño.

Si Gladys Macey quería una coordinadora para su fiesta, la tendría.

Se le había caído el fichero cuando entró en la casa. Recogió las notas, los recortes de revistas y los menús cuidadosamente escritos y entró en la cocina. Se llevó cierta sorpresa al ver que el sol brillaba todavía. Se sentía como si hubiera dormido durante horas.

El reloj del horno le dijo que no habían dado las seis. Tenía tiempo para reconsiderar la propuesta de trabajo de Gladys Macey y de elaborar una extensa lista de menús y servicios que ofrecería *Catering* Las Hermanas, su nueva empresa.

Aceptaría la oferta de Mia de utilizar el ordenador de la tienda y diseñaría los folletos y las tarjetas de la empresa. Tendría que calcular un presupuesto y llevar las cuentas.

Nadie la tomaría en serio si no se tomaba en serio a sí misma.

Sin embargo, cuando dejó las fichas y miró alrededor, se preguntó por qué le parecía tan imposible la idea de poner agua en la cafetera.

Cuando llamaron a la puerta principal, se giró precipitadamente. Al ver acercarse a Zack, lo primero que pensó fue que no era el momento. Todavía no. No había tenido tiempo de recuperarse y de volver a ser lo que tenía que ser. Era demasiado tarde, él la estaba observando desde la corta distancia que había entre la entrada de la casa y la parte de atrás.

—¿Te pasa algo, Nell?

—No.

—No tienes buen aspecto.

Ella podía imaginarse qué aspecto tendría.

—Hace un rato, no me encontraba bien —se pasó tímidamente una mano por el pelo—. Me dolía la cabeza y me he echado una siesta. Ahora ya estoy bien.

A Zack le pareció que estaba ojerosa y pálida, que su aspecto no era nada bueno. No podía darse la vuelta y abandonarla, como no podría abandonar a un cachorrillo que estuviera perdido en la cuneta de una carretera.

Diego salió de una esquina y se abalanzó sobre los zapatos de Zack. Él lo tomó en brazos y le acarició mientras se acercaba a Nell.

—¿Has tomado algo?

—Sí.

—¿Has comido?

—No. No necesito un enfermero, Zack. Sólo ha sido un dolor de cabeza.

Un dolor de cabeza no hacía que una mujer saliera disparada de la casa de alguien como alma que llevaba el diablo. Que fue exactamente lo que le dijo Gladys.

—Tienes un aspecto espantoso, cariño, de modo que voy a prepararte el tradicional reconstituyente de la familia Todd.

—Te lo agradezco, pero iba a trabajar un rato.

—Tú a lo tuyo —le dio el gato y fue a la nevera—. No paso mucho tiempo en la cocina, pero puedo apañarme con esto; como hacía mi madre cuando alguno de nosotros no se encontraba bien. ¿Tienes mermelada?

La tenía delante de las narices, pensó ella bastante enfadada. ¿Qué les pasaba a los hombres que se quedaban ciegos en cuanto abrían la nevera?

—En la segunda balda.

—No… ¡Ah, sí! Nosotros la poníamos siempre de uva, pero la de fresa servirá igual. Vete a trabajar. No te preocupes por mí.

Nell dejó a *Diego* junto a su plato de comida.

—¿Qué estás preparando?

—Huevos revueltos y rollitos de mermelada.

—Rollitos de mermelada —estaba demasiado cansada como para discutir y se sentó—. Qué maravilla. Te ha llamado la señora Macey, ¿verdad?

—No. Me encontré con ella y me dijo que estabas contrariada por algo.

—No estaba contrariada. Me dolía la cabeza. Las sartenes están en el armario de abajo, a la izquierda.

—Ya encontraré yo lo que necesite. Este sitio no es tan grande como para no encontrar las cosas.

—¿Haces huevos revueltos y rollitos de mermelada a todo el que le duele la cabeza en la isla?

—Eso depende. Te los hago a ti porque me gustas, Nell. Desde la primera vez que te vi. Me ha preocupado entrar y verte como si te hubiera pasado una apisonadora por encima.

Nell no dijo nada cuando Zack cascó los huevos y los mezcló con leche y demasiada sal. Era un buen hombre. Amable y honrado. Ella no se merecía gustarle.

—Zack, no voy a poder darte lo que quieres. Ya sé que ayer di a entender que podría, que lo haría. No debí haberlo hecho.

—¿Cómo sabes lo que quiero? —batió los huevos en un cuenco—. Además, sea lo que sea es asunto mío, ¿no?

—No es justo que yo te haga creer que puede haber algo entre nosotros.

—Ya soy mayorcito —puso tanta mantequilla en el cazo que Nell no pudo reprimir una mueca de dolor—. No espero que todo sea justo. Y la verdad es que hay algo entre nosotros. Que tú quieras fingir lo contrario no cambia las cosas —se volvió mientras se derretía la mantequilla—. Las cosas tampoco cambian porque no nos hayamos acostado. Lo habríamos hecho ayer si no llegan a llamarme.

—Habría sido un error.

—Si la vida no estuviera llena de errores, sería algo muy aburrido. Si todo lo que yo quisiera fuera un revolcón, te habría llevado a la cama.

—Seguramente tienes razón…, eso es lo que quiero decir.

—¿Tengo razón sobre los errores o sobre el sexo? —preguntó Zack mientras empezaba a extender mermelada sobre el pan.

Ella decidió que aunque tuviera una respuesta iba a dar igual. Era amable y honrado, pero también terco como una mula.

—Hago café.

—No tomes café con esto. Pide té y yo lo haré.

Puso el agua a calentar y echó los huevos en la sartén con un gesto brusco.

—Te has enfadado.

—Al llegar estaba medio enfadado, pero al verte me enfadé del todo. Sin embargo, lo curioso es que puedo echar chispas contra una mujer, pero nunca la pegaría. Tengo un autocontrol asombroso.

Nell dejó escapar un resoplido para tranquilizarse y cruzó las manos sobre la mesa.

—Sé perfectamente que no todos los hombres expresan su genio con violencia. Es para que veas lo asombrosamente inteligente que soy.

—Mejor para nosotros.

Dio un par de vueltas hasta que encontró las bolsitas del té. Era una mezcla de hierbas que a él le pareció más apropiada para unas tazas de porcelana que para los dos tazones de loza que había comprado Nell. Puso los huevos revueltos en unos platos, sacó los tenedores y cortó un poco de papel de cocina a modo de servilletas.

Mientras Zack dejaba los platos en la mesa y se volvía para meter las bolsitas de té en los tazones, Nell pensó que aunque él le había dicho que no pasaba mucho tiempo en la cocina, verlo cocinar

215

tenía cierto atractivo. No hacía ningún movimiento innecesario y se preguntó si aquello era un rasgo de elegancia o puro sentido práctico.

En cualquier caso, funcionaba.

Él se sentó enfrente de ella y dejó que *Diego* le subiera por la pierna y se acurrucara en su muslo.

—Come.

Nell lo probó con el tenedor.

—Están mejor de lo que cabía esperar si tenemos en cuenta que has echado medio kilo de sal por huevo.

—Me gusta la sal.

—No des de comer al gato en la mesa —suspiró y siguió comiendo.

Era conmovedoramente normal estar sentada mientras comía huevos revueltos con sal y mermelada de fresa envueltos en pan.

—No soy el desastre que solía ser —le explicó—, pero tengo rachas. No me consideraré preparada para complicarme la vida, ni la de nadie más, hasta que deje de tener esas rachas.

—Es muy sensato.

—Voy a concentrarme en mi trabajo.

—Todo el mundo debe tener sus prioridades.

—Hay cosas que quiero hacer y cosas que quiero aprender por mis propios medios.

—Ya —Zack terminó los huevos y se reclinó con la taza de té en la mano—. Ripley me ha dicho que necesitas un ordenador. Los de la agencia inmobiliaria están pensando en comprar unos nuevos. Seguramente podrías conseguir uno de segunda mano a buen precio. Prueba a pasarte por allí, pregunta por Marge. Es la directora.

—Gracias. Iré mañana. ¿Por qué ya no estás furioso?

—¿Quién te ha dicho que no lo estoy?

—Sé reconocer la furia.

Él se fijó en su cara. Le había vuelto algo de color, pero parecía agotada.

—Estoy seguro que sabes. No tiene mucho sentido —llevó el plato al fregadero y lo aclaró—. Es posible que más tarde me enfade por algo. Según mi hermana, tengo verdadero talento para eso.

—Yo era la campeona de las caras largas —recogió su plato satisfecha al comprobar que volvían a estar en armonía—. Puedo intentar volver a serlo. Tenías razón sobre la receta tradicional de los Todd. Ha surtido efecto.

—No falla, pero la mermelada de uva es mejor todavía.

—Compraré, por si acaso.

—Perfecto. Te dejaré que vuelvas al trabajo. Dentro de un minuto.

La atrajo contra sí, la levantó hasta ponerla de puntillas y la besó en la boca con pasión y autoridad. Ella notó que la sangre se le acumulaba en la cabeza y luego la abandonaba de golpe, dejándola mareada, débil y anhelante. Dejó escapar un gemido antes apoyar los pies en el suelo y de agarrarse a la encimera para no perder el equilibrio.

—Eso no ha tenido nada de sensato —dijo Zack—, pero es auténtico. Tendrás que incluirlo en tu lista de prioridades. No trabajes hasta muy tarde.

Salió y dejó que la puerta se cerrara suavemente detrás de él.

* * *

Esa noche soñó con un círculo. Una línea muy fina sobre la tierra de color plateado como el brillo de las estrellas. Dentro había tres mujeres con túnicas blancas. Las voces eran melodiosas, pero no entendía lo que decían. Ellas cantaban y unos haces de luz brotaban del círculo; eran como barras de plata contra el telón oscuro de la noche.

Vio una copa, un cuchillo con mango tallado y ramos de hierbas verdes como el verano.

Bebieron de la copa, una detrás de la otra. Ella notó el sabor del vino, dulce y ligero. La que tenía el pelo oscuro dibujó unos símbolos en el suelo con la punta de cuchillo.

Olió a tierra, fresca y oscura.

Una llama de oro puro surgió mientras ellas cantaban en círculo. Notó el calor sobre la piel.

Luego se elevaron por encima del fuego dorado y de los gélidos haces de luz, como si bailaran en el aire.

Ella conoció la libertad y el júbilo cuando el viento la besó en las mejillas.

Once

Nell, encerrada en el despacho de Mia, sudaba peleándose con los hechos y las cifras, la realidad y las posibilidades.

Lo que más le gustaban eran las posibilidades porque entre ellas estaban un ordenador de segunda mano con todos los programas que necesitaba, folletos comerciales, tarjetas de visita, un despacho en casa, acogedor y funcional y un buen robot de cocina. La verdad era que necesitaba todo eso y mucho más para montar un negocio viable y suficientemente rentable.

Según las cifras, podía conseguirlo si se ajustaba a la realidad sin despilfarros, entre los que incluía la comida, la bebida y el vestido, durante unos doce meses.

Sus alternativas eran o vivir como un ermitaño durante un año o renunciar a las herramientas profesionales que le ayudarían a sacar adelante el negocio.

Pensó que llevar una vida de ermitaño no era tan grave. Lo había hecho durante meses antes de llegar a la isla. Si no hubiera bajado la guardia y hubiera malgastado el dinero en campanillas, sandalias y pendientes, no se habría acordado de lo divertido que era malgastar el dinero.

Pero eso debía terminar.

Según sus cálculos podría sacarse el dinero del ordenador en tres semanas, si Marge la de la agencia inmobiliaria tenía suficiente paciencia. Necesitaría algunos cientos de dólares más para la impresora, la línea telefónica, la licencia de actividades empresariales y el material de oficina. Una vez instalada, podría diseñar los folletos comerciales y los menús en el ordenador.

Se reclinó, suspiro y se pasó las manos por el pelo. Se había olvidado del uniforme. No sería muy apropiado servir la fiesta de Gladys en vaqueros y camiseta o con una blusa provocativa. Necesitaba unos buenos pantalones negros, una camisa blanca y unos zapatos negros, cómodos pero elegantes.

Levantó la mirada cuando entró Mia.

—Hola, ya te dejo sitio.

—No hace falta —su amiga la detuvo con un gesto de la mano—. Sólo quiero comprobar una cosa en el catálogo de septiembre —lo sacó de una estantería y observó a Nell mientras pasaba las hojas—. ¿Preocupaciones financieras?

—¿Por qué lo preguntas?

—Vibraciones.

—Más que preocupaciones, obstáculos de distinta envergadura. Me fastidia reconocer que estoy abarcando demasiado y demasiado rápidamente.

—¿Cómo es eso? No es que te fastidie, sino que abarcas demasiado —dijo Mia mientras se sentaba como un gato delante de la chimenea.

—Algunos trabajos, algunas cajas de comidas, una fiesta importante y aquí estoy yo pensando en logotipos y tarjetas, intentando sacar dinero para un ordenador cuando puedo organizarme con un cuaderno. Tengo que controlarme.

—No hay nada tan aburrido como controlarse —afirmó Mia—. Cuando monté este sitio, casi todo el mundo pensaba que no saldría adelante. Había pocos habitantes y el comercio se basaba en la temporada de verano. Las librerías y los cafés sofisticados eran para las ciudades y algunas zonas residenciales. Estaban equivocados. Yo sabía lo que quería y lo que podía conseguir. Como tú.

—Dentro de seis meses o un año —admitió Nell—, pero voy demasiado deprisa.

—¿Por qué vas a esperar? Necesitas capital, pero no puedes arriesgarte a pedir un crédito en un banco. Te harían muchas preguntas engorrosas sobre los prestamos concedidos, historial laboral y todas esas cosas —Mia inclinó la cabeza al oír el suspiro de Nell. Le divertía dar en el centro de la diana con la primera flecha—. Por muy cuidadosa que hayas sido, has podido dejar algún cabo suelto y eres demasiado lista como para correr el riesgo.

—He pensado en eso —reconoció Nell—. Si entrara en ese camino, no descansaría nunca. Nell Channing no ha recibido un crédito jamás y tardará en recibirlo.

—Lo cual es un obstáculo para conseguir capital. Están los conjuros, naturalmente, pero no me gusta hacer conjuros con una fin económico. Me parece… vulgar.

—A mí no me parece nada vulgar cuando estoy intentado estirar el presupuesto para comprar el material básico.

Mia frunció los labios y juntó las puntas de los dedos.

—Tenía una conocida que estaba pasando algunos apuros económicos. Hizo un conjuro para que se le resolvieran los problemas y la semana siguiente ganó cincuenta mil dólares en la lotería.

—¿De verdad?

—De verdad. Pudo pagar las deudas y pasar una semana en un hotel fantástico de Miami. Cuando volvió, se le estropeó el coche, tuvo goteras, se le inundó el sótano y recibió una notificación para una inspección fiscal. Al final, ha ido de problema en problema, aunque pasara una semana en Miami, cosa que no desgrava.

Nell sonrió como reconocimiento al humor de Mia.

—Recibido. La magia no debe usarse según le convenga a cada uno.

—Eres una alumna muy lista, querida. Hablemos del negocio —Mia se quitó los zapatos y cruzó las piernas—. Estoy dispuesta a hacer una inversión.

—Mia, no sabes cuánto te lo agradezco, pero…

—Quieres hacerlo sola y todo eso —Mia desdeñó la protesta de Nell con un movimiento del brazo—. Por favor, vamos a comportarnos como adultas.

—¿Intentas enfadarme o intimidarme para que acepte un préstamo?

—En general, nunca intento ni enfadar ni intimidar a nadie, aunque me han dicho que hago bien las dos cosas. No he dicho nada de un préstamo, he hablado de una inversión.

Se estiró lentamente y fue a la pequeña nevera a por un par de botellas de agua.

—Podría considerar hacerte un préstamo para los gastos iniciales. Digamos diez mil dólares a pagar en cinco años al doce por ciento de interés.

—No necesito diez mil dólares —gruñó Nell mientras giraba el tapón de la botella con un gesto de cansancio—. Además, el doce por ciento es ridículo.

—Un banco te cobraría menos, pero yo no soy un banco y no haría preguntas engorrosas —Mia rodeó la boca de la botella con sus labios rojos—, sin embargo prefiero hacer una inversión. Soy una mujer de negocios y me gustan los beneficios. Tienes un talento que puede ser rentable y que se ha comprobado que tiene mercado en la isla. Con un capital inicial podrías montar un negocio viable que, me parece, puede ampliar el mío en lugar de competir con él. En realidad, tengo algunas ideas, pero podemos comentarlas más tarde. Yo haría una inversión de diez mil dólares y me convertiría en tu socia sin voz ni voto a cambio de una compensación justa de, digamos, el ocho por ciento del beneficio bruto.

—No necesito diez mil —Nell tamborileó con los dedos en la mesa y pensó que hacía mucho tiempo que no negociaba contratos y porcentajes y que era asombroso lo rápido que recuperaba sus habilidades.

Diez mil dólares le vendrían muy bien y le ahorrarían las preocupaciones y el sufrimiento, pero pensó que si eliminaba ambas cosas, se perdería también la satisfacción que producía el triunfo.

—Bastará con cinco mil —decidió Nell—. A cambio del seis por ciento del beneficio neto.

—Entonces que sean cinco mil, por el siete por ciento del beneficio neto.

—De acuerdo.

—Perfecto. Llamaré a mi abogado para que redacte un contrato.

—Yo abriré una cuenta en el banco para la empresa.

—¿No sería más fácil que me ocupara yo de eso y de sacar la licencia de actividades económicas?

—Lo haré yo. En algún momento tendré que dar el primer paso.

—Querida, ya lo diste hace unos meses, pero dejaré que lo hagas tú. Nell —dijo Mia mientras abría la puerta— vamos a conseguirlo.

* * *

Trabajó como una fiera en la preparación, la planificación y la puesta en marcha del negocio. Su cocina era un laboratorio donde experimentaba, triunfaba y fracasaba. Por la noche pasaba su pequeño despacho, donde, gracias al or de segunda mano y a la impresora, había ci propia imprenta y hacía menús, folletos, tarjetas, facturas y todo tipo de papelería con la inscripción *Catering* Las Hermanas y el logotipo que había diseñado en el que aparecían tres mujeres dentro de un círculo y cogidas de la mano.

En todas las tarjetas aparecía Nell Channing como propietaria y su nuevo número de teléfono.

Cuando terminó de hacer el primer folleto comercial, lo llevó junto con la mejor botella de champán que pudo permitirse y lo dejó en la puerta de casa de Mia.

Eran socias.

* * *

El día de la fiesta, Nell permaneció de pie en la cocina de Gladys y estudió el lugar. Llevaba trabajando allí desde las cuatro y faltaba media hora para que empezaran a llegar los invitados.

Era la primera vez que tenía un momento de paz y tranquilidad desde que empezó a trabajar en la fiesta. Sería un milagro que Gladys pasara la velada sin desmayarse por el cansancio y los nervios.

Cada centímetro de la cocina estaba dispuesto según las necesidades de Nell. Dentro de diez minutos, empezaría a sacar los aperitivos. La lista de invitados pasaba de las cien personas y había tenido que emplear todas sus dotes de persuasión para convencer a Gladys de que renunciara a una cena formal con todos los invitados sentados y que era más divertido e interesante situar estratégicamente algunas mesas con comida en distintos puntos de la casa y del patio.

Ella misma se había ocupado de los arreglos florales y había ayudado a Carl con la iluminación. Había velas en candelabros de plata, alquilados para la ocasión, y servilletas de papel que, por indicación de Nell, llevaban un corazón y las iniciales de la feliz pareja. Le conmovió que a Gladys se le empañaran los ojos al verlas.

Satisfecha de que la cocina estuviera preparada para la batalla que se avecinaba, salió para estudiar el terreno y a la tropa.

Había contratado a Peg para que la ayudara a servir y a Betsy, de la Posada Mágica, para que se ocupara del bar. Ella les echaría una mano cuando pudiera abandonar la cocina.

—Está precioso —se dijo mientras se dirigía a la puerta del patio.

Parecía que iba a hacer buen tiempo. Ella y Gladys habían pasado malos momentos ante la posibilidad de que lloviera.

—No te olvides, Peg —Nell se estiró el chaleco negro que había añadido al uniforme—. Debes hacer un recorrido completo cada quince minutos. Cuando se haya terminado la bandeja, o esté a punto de terminarse, vuelves a la cocina. Si yo no estoy, preparas la siguiente bandeja como te he enseñado.

—He practicado un millón de veces.

—Lo sé —Nell le dio una palmada de ánimo—. Betsy, yo intentaré mantener el ritmo según se vayan vaciando los vasos, pero si me quedo rezagada o ves que te falta algo, hazme una seña.

—Entendido. Y todo está precioso.

—Por el momento, todo va bien —y estaba decidida a que fuera mejor—. Carl hijo se encarga de la música y yo no voy a ocuparme de él. Le dejaremos que monte su propio espectáculo—. Peg, las *crudités* de verdura en la mesa uno.

Para Nell era algo más que una fiesta: era volver a empezar. Encendió la última vela y pensó en su madre y en la primera vez que sirvieron juntas una comida.

—He cerrado un círculo, mamá —murmuró—, y haré que resplandezca.

Nell hizo esa promesa mientras tocaba la mecha encendida con dos dedos y pensaba en su madre.

Levantó la mirada y se le iluminó el rostro al ver a Gladys Macey que salía del dormitorio.

—Está guapísima.

—Y nerviosa como una novia —se ahuecó el pelo—. Lo compré en Boston. No es muy recargado, ¿verdad?

El traje era verde pálido con pedrería brillante en las solapas y los puños.

—Es maravilloso y le sienta muy bien. No hay ningún motivo para que esté nerviosa. Diviértase.

—¿Estás segura de que habrá suficiente cóctel de marisco?

—Estoy segura.

—No sé qué le parecerá a la gente ese pollo con salsa de cacahuetes.

—Les encantará.

—¿Qué me dices…?

—Gladys, deja de marear a la chica —Carl salió con el ceño fruncido y colocándose el nudo de la corbata—. Déjale que haga su trabajo.

—Señor Macey, tiene un aspecto fantástico —Nell no se pudo resistir y se acercó a ponerle bien el nudo de la corbata.

—Me obligó a comprarme un traje nuevo.

—Y está muy guapo —le aseguró Nell.

—No ha parado de quejarse desde que llegó a casa después de trabajar.

Nell, que ya estaba acostumbrada a sus disputas, sonrió.

—A mí me gustan los hombres que no se encuentran muy cómodos con traje y corbata. Me parecen muy sexys.

Carl se sonrojó ante la afirmación de Nell.

—No sé por qué no hemos hecho una barbacoa.

Nell levantó una bandeja con aperitivos antes de que Gladys le replicara.

—Creo que lo van a pasar muy bien y van a empezar ahora mismo.

Carl tomó, por educación, uno de los sofisticados bocaditos de salmón. Frunció los labios en cuanto lo probó.

—Tiene un sabor muy bueno —reconoció—. Seguro que va muy bien con una cerveza.

—Si va a la sala, Betsy le servirá una. Creo que he oído a los primeros invitados.

—¡Dios mío! —Gladys empezó a mirar nerviosamente hacia todos lados mientras volvía a ahuecarse el pelo—. Quería comprobar si todo estaba bien antes…

—Todo está perfectamente. Usted reciba a sus invitados y déjeme a mí el resto.

La frialdad inicial de la fiesta desapareció antes de que pasaran quince minutos. La música empezó a sonar y las conversaciones se hicieron más fluidas. Nell hizo su primer recorrido con los pinchos de pollo y comprobó que tenía razón. A la gente les encantaban.

Era divertido ver a los isleños con sus mejores galas charlando en grupos o paseando por el patio. Ella estaba muy atenta a todos los comentarios sobre la comida o el ambiente y sentía un hormigueo con cada alabanza. Pero lo mejor de todo era ver a su cliente que resplandecía como una vela.

Al cabo de una hora, la casa estaba a rebosar y ella trabajaba a todo gas.

—Acaban con las bandejas como hordas hambrientas —le dijo Peg mientras entraba precipitadamente en la cocina—. Parece como si hubieran ayunado durante una semana antes de venir a la fiesta.

—Bajaremos el ritmo cuando empiecen a bailar —contestó Nell que estaba rellenando una fuente a toda prisa.

—Mesa… maldita sea, nunca me acuerdo de los números. Las albóndigas se están acabando. Me dijiste que te avisara.

—Yo me ocuparé. ¿Hay algo que no les guste?

—Que yo sepa, no —Peg levantó la bandeja—. Tal y como van las cosas, yo diría que se comerían hasta las servilletas de papel si les pusieras salsa.

Nell, divertida, sacó del horno los mini-rollitos de huevo. Los estaba poniendo en la bandeja cuando entró Ripley.

—Menuda fiesta.

—Está bien, ¿verdad?

—Sí, muy elegante.

—Tú también estás muy elegante —le comentó Nell.

Ripley se miró el vestido negro que se ponía en todas las ocasiones especiales. Era corto, aceptablemente ceñido y tenía la ventaja de que servía tanto para ir a una fiesta como para llevarlo con una chaqueta o para ir a reuniones.

—Lo tengo en negro y en blanco. Creo que así estoy servida en lo que se refiere a vestidos —echó un vistazo alrededor: en la cocina reinaba un orden absoluto, se oía el zumbido del lavaplatos y olía a especias—. ¿Cómo consigues mantener todo ordenado?

—Soy única.

—Eso parece —Ripley se metió en la boca uno de los rollitos de huevo—. La comida es sensacional —dijo con la boca llena—. No he tenido oportunidad de decírtelo antes, pero el asunto del *picnic* que me organizaste resultó fabuloso.

—¡Ah! ¿Sí? ¿Lo pasasteis bien?

—De primera, gracias.

La sonrisa orgullosa se transformó en un gesto de disgusto cuando entró Mia.

—Quería darte la enhorabuena —vio los rollitos de huevo—. Vaya, otra cosa distinta —tomó
uno y lo mordió—. Delicioso. Hola, Ripley, casi
no te había reconocido vestida de mujer. ¿Cómo
has decidido cuál ponerte esta noche, si el blanco o
el negro?

—Que te den.

—No empecéis. No tengo tiempo para hacer
de árbitro.

—No te preocupes —Ripley se hizo con otro
rollito de huevo—. No puedo desperdiciar mi
energía con esta pitonisa de medio pelo. El sobrino de Gladys acaba de llegar de Cambridge y está
muy bien. Me lo voy a trabajar.

—Es un consuelo saber que hay cosas que no
cambian nunca.

—No toquéis nada —ordenó Nell mientras salía a toda velocidad con la bandeja.

—A ver… —Ripley prefería estar lejos de la
multitud, pero también quería comer. Levantó la
tapa que cubría una bandeja—. Parece que Nell
está muy bien.

—¿Por qué no iba a estarlo?

—No te hagas la tonta, Mia. No va con esa cara de gato que tienes —Ripley tomó un par de galletas glaseadas con forma de corazón—. Yo no necesito un espejito mágico para saber que lo ha
pasado muy mal. Una mujer como ella no se pre-
sentaría en la isla sin más pertenencias que una
mochila y un coche de segunda mano si no estuviera escapando de algo. Zack cree que algún tipo
la ha maltratado.

Mia no dijo nada y Ripley se apoyó en la encimera mordisqueando la galleta.

—Verás, ella me cae bien y a mi hermano le cae mejor todavía. No quiero agobiarla, pero a lo mejor puedo ayudarla.

—¿Con la placa o sin ella?

—Con ella y sin ella. Me parece que está empezando a echar raíces aquí, no sólo trabaja contigo, sino que ha montado este negocio. Está empezando una vida en Tres Hermanas y eso la convierte en una de las mías.

—Dame una —Mia extendió la mano y Ripley le dio una galleta—. ¿Cuál es la pregunta, Ripley?

—Que si mi hermano tiene razón y, si la tiene, si hay alguien que está siguiéndola.

—Tengo que respetar lo que Nell me haya dicho como una confidencia.

Ripley tenía que reconocer que la lealtad estaba a salvo con Mia. Era como una religión para ella.

—No te pido que me reveles ningún secreto.

Mia mordió la galleta.

—No puedes decirlo, ¿verdad? ¡Por Dios Santo!

Ripley volvió a tapar la bandeja con un golpe. Empezaba a ponerse furiosa, pero hubo algo en la felicidad con que Nell había estado trabajando en esa cocina tan ordenada que la detuvo. Se dio la vuelta.

—Dime lo que has visto. Quiero ayudarla.

—Sí. Lo sé —Mia terminó la galleta y se sacudió de migas los dedos—. Hay un hombre que la persigue y la obsesiona. Él es la realidad física de todos sus miedos, dudas y preocupaciones. Si aparece por aquí, si la encuentra, necesitará la ayuda de las dos. Y necesitará además el valor de reunir sus poderes y emplearlos.

—¿Cómo se llama?

—No puedo decírtelo. Eso no lo he visto.

—Pero lo sabes.

—No puedo decirte lo que me haya dicho ella. No puedo traicionar su confianza —la preocupación que había en los ojos de Mia fue como una punzada en el estómago de Ripley—. Si pudiera, y lo hiciera, su nombre sería lo de menos. Esta es la senda de Nell, Ripley. Nosotras podemos guiarla y apoyarla, aleccionarla y aconsejarla, pero, en definitiva, es ella quien tomará las decisiones. Tú conoces la leyenda tan bien como yo.

—No voy a entrar en eso —Ripley hizo un gesto como queriendo apartar el asunto de su vista—. Hablo de la seguridad de una persona. De la seguridad de una amiga.

—Y yo, pero yo hablo también del destino de una amiga. Si quieres ayudarla de verdad, podrías empezar por hacerte responsable de ti misma.

Dicho eso, Mia se fue.

—Responsabilidad, una mierda.

Ripley estaba tan molesta que levantó la tapa para coger otra galleta. Sabía muy bien cuáles eran sus responsabilidades. Tenía que velar por la seguridad de los residentes y visitantes de la isla de Tres Hermanas. Mantener el orden y hacer que se respetara la ley.

Aparte de eso, sus responsabilidades eran una cuestión exclusivamente suya. Ella no tenía la responsabilidad de hacer conjuros y de aferrarse a una leyenda tan ridícula como lo había sido trescientos años antes.

Era la ayudante del sheriff, no una componente de un misterioso trío de salvadoras. No estaba destinada a ser una médium que repartiera una justicia nebulosa.

Había perdido el apetito y las ganas de dedicarse al sobrino de Gladys. Lo tenía merecido por perder el tiempo con Mia Devlin.

Contrariada salió de la cocina; Zack fue al primero que vio en cuanto se unió a la fiesta. Como era característico en él, estaba en medio de la reunión. Parecía que tuviera un imán para atraer a la gente. Sin embargo, aunque estaba charlando en medio de un grupo numeroso, Ripley podía notar que su mirada y sus pensamientos estaban en otra parte.

En Nell.

La agente observó cómo su hermano seguía con la mirada a Nell mientras ésta pasaba la bandeja con rollitos de huevo. Estaba en la luna.

Si bien podía resistirse y no hacer caso de lo que Mia le había dicho sobre los destinos y las responsabilidades cuando se trataba de ella, la cosa era muy distinta cuando tocaba a una amistad reciente y que todavía estaba formándose. Sobre todo si afectaba a su hermano. Habría hecho cualquier cosa por él, incluso si ello implicaba entrelazar las manos con Mia para el sortilegio.

Tendría que prestar mucha atención a la situación y analizarla minuciosamente. Pensar en ello, le resultaba difícil e incómodo.

—Está en el límite —le susurró Mia al oído—. En ese límite difuso justo antes de caer sin aliento.

—Tengo ojos en la cara.

—¿Sabes lo que ocurrirá entonces?

Ripley le quitó a Mia la copa de vino y se bebió la mitad.

—¿Por qué no me lo dices tú?

—Le entregará su vida sin dudarlo un instante. Es el hombre más admirable que conozco —recuperó la copa y dio un sorbo—. Por lo menos, en eso estamos completamente de acuerdo.

Ripley lo sabía y se ablandó.

—Quiero un conjuro que lo proteja. Quiero que te ocupes de eso.

—Yo ya he hecho todo lo que está en mi mano. Al final, tiene que ser un círculo de tres.

—No puedo pensar en eso ahora. No voy a hablar de eso ahora.

—De acuerdo. ¿Por qué no nos quedamos a ver cómo se enamora un hombre fuerte y admirable? No se pueden desperdiciar los momentos de esta pureza —Mia puso la mano en el hombro de Ripley—. Ella no lo nota. Le pasa por encima como un aliento cálido, pero ella está tan herida que no lo percibe.

Mia miró su copa de vino y suspiró con un leve tono de envidia.

—Vamos, te invito a una copa.

* * *

Zack esperó el momento oportuno. Habló con los demás invitados, bailó con las señoras, tomó un vaso de cerveza con Carl, escuchó con aparente interés los comentarios de algunos de sus convecinos y se fijó en el alcohol que tomaban todos los conductores.

Observó a Nell que pasaba bandejas, charlaba con los invitados y rellenaba las copas que se calentaban a la altura del esternón.

Le pareció estar asistiendo a un renacimiento.

Se dispuso a preguntarle si quería que le echara una mano, pero comprendió que sería ridículo. No sólo no tenía ni idea de lo que había que hacer, sino que estaba claro que Nell no necesitaba ninguna ayuda.

Cuando la gente empezó a marcharse, llevó a unos cuantos invitados, para no correr riesgos. Era casi medianoche cuando decidió que ya había cumplido con sus obligaciones y que podía seguir a Nell a la cocina.

Las bandejas vacías se apilaban sobre la encimera de mármol blanco. Los cuencos de servir estaban encajados unos en los otros. El fregadero tenía agua con jabón que dejaba escapar unos hilillos de vapor y Nell iba llenando ordenadamente el lavaplatos.

—¿Cuándo fue la última vez que descansaste?

—Ni me acuerdo —metió un plato en la ranura—, pero el hecho de estar cansada me hace muy feliz.

—Toma —levantó una copa de champán—. He pensado que te la merecías.

—Me la merezco —dio un sorbo rápido y la dejó a un lado—. Han sido semanas de planificación y por fin ha terminado. Además, tengo cinco, cinco compromisos más. ¿Sabías que la hija de Mary Harrison se casa la primavera que viene?

—Lo había oído. Con John Bigelow. Un primo mío.

—Me ha pedido que organice el banquete.

—Voto por que pongas esas albóndigas en el menú. Estaban riquísimas.

—Tomaré nota —era maravilloso poder hacer planes para el futuro. No sólo a un día o una semana vista, sino con meses de antelación—. ¿Has visto cómo bailaban Carl y Gladys juntos? —se irguió y se llevó las manos a la dolorida espalda—. Treinta años y bailaban en el patio mirándose a los ojos como si fuera la primera vez. Para mí, ha sido el mejor momento de la noche. ¿Sabes por qué?

—¿Por qué?

Ella se volvió y lo miró.

—Porque todo esto se trataba de que ellos bailaran juntos mirándose a los ojos. Nada de adornitos ni cócteles de marisco. Se trataba de dos personas que habían conectado y creían en ello. El uno en el otro. ¿Qué habría pasado si hace treinta años uno de los dos se hubiera rajado? Se habrían perdido el baile en el patio y todo lo que hubo en medio.

—No he bailado contigo —le pasó los dedos por la mejilla—. Nell…

—¡Aquí estás! —Gladys irrumpió con los ojos brillantes y húmedos—. Temía que hubieras desaparecido.

—No, claro que no. Tengo que terminar en la cocina y comprobar que todo ha quedado en orden en la casa.

—Ni hablar. Ya has hecho bastante, más de lo que yo esperaba. Jamás en mi vida había tenido una fiesta así. La gente hablará de ella durante años —agarró a Nell por los hombros y le dio un beso en cada mejilla—. He sido una pesadilla y lo sé —abrazó a Nell con toda su alma—. Era un banquete muy importante para mí y no voy a esperar otros treinta años para repetirlo. Quiero que ahora te vayas a casa y descanses.

Le metió un billete de cien dólares en la mano.

—Es para ti.

—Señora Macey, no tiene por qué darme una propina. Peg y...

—Ya me he ocupado de ellas. Me ofenderás si no lo aceptas; vas a comprarte algo bonito a mi salud. Quiero que te largues. Cualquier cosa que haya que hacer, puede esperar hasta mañana. *Sheriff*, ayude a Nell a llevar las bandejas al coche.

—Lo haré.

—Ha sido mejor que la boda —dijo Gladys mientras se dirigía hacia la puerta. Se volvió un instante con expresión burlona—. Veremos si Carl puede mejorar hoy la noche de bodas.

—Me parece que está dispuesto a darte una sorpresa —Zack levantó un montón de bandejas—. Será mejor que nos vayamos y dejemos a la joven pareja en su intimidad.

—Te sigo.

Tuvieron que hacer tres viajes. Carl no dejó de meterles prisa y al final le dio una copa de champán a Nell.

—Toma tu sombrero, ¿por qué tienes tanta prisa? —Zack se rió y metió las últimas bandejas en el maletero del coche de Nell.

—¿Dónde tienes el coche?

—Mmm. Lo ha cogido Ripley para llevar a la última pareja de invitados medio perjudicados. Casi todos vinieron andando, lo que ha facilitado las cosas.

Nell se detuvo a mirarlo. Llevaba traje, pero se había quitado la corbata, notaba el bulto que la corbata formaba en el bolsillo. Se había desabotonado la camisa, dejando al descubierto la línea nítida y bronceada del cuello.

Zack sonrió levemente al ver que las luces de la casa se apagaban todas a la vez. Su perfil no era perfecto. Estaba despeinado y su portura, con los pulgares en los bolsillos del pantalón, era completamente relajada, sin nada de pose.

Cuando sintió un escalofrío de deseo, Nell no hizo nada por reprimirlo. Dio el primer paso.

—Sólo he tomado una copa de champán, no estoy nada afectada, pienso con claridad y mis reflejos son perfectos.

Él se volvió para mirarla.

—Como sheriff, me alegro de saberlo.

Ella, sin dejar de mirarlo, sacó las llaves del bolsillo y las sostuvo en el aire.

—Acompáñame a casa. Tú conduces.

El brillo de los ojos de Zack se hizo tan penetrante como una cuchilla de afeitar.

—No voy a preguntarte si estás segura —tomó las llaves—. Te diré solamente que entres en el coche.

Nell notó que le flaqueaban las rodillas, pero fue a la puerta y se montó en el coche mientras él se colocaba detrás del volante. Cuando la atrajo hacia sí y la besó en la boca impetuosamente, ella se olvidó del temblor de las piernas e hizo todo lo posible por subirse a su regazo.

—Espera, espera. Por Dios.

Giró la llave y el motor se puso en marcha entre quejidos. Zack condujo hasta un cambio de sentido, sin que el coche dejara de hacer extraños ruidos. Nell se rió nerviosamente.

—Si este cacharro se para antes de que lleguemos, tendremos que ir corriendo. Zack... —ella se quitó el cinturón de seguridad y se estiró para morderle la oreja—. Me siento como si fuera a explotar.

—¿Te había dicho alguna vez que siento una debilidad especial por las mujeres con chalecos negros?

—No. ¿Lo dices en serio?

—Me he dado cuenta hoy.

Él alargó el brazo, la agarró del chaleco y volvió a atraerla hacia sí. Distraído, como era de esperar, tomó la curva demasiado cerrada y chocó las ruedas contra el bordillo.

—Un minuto —jadeó Zack—. Sólo un minuto más.

Se paró delante de la casa de Nell entre el chirrido de los frenos. Consiguió apagar el motor a duras penas y volvió a abrazarla. La tumbó sobre su regazo, la beso y dejó que sus manos hicieran lo que quisieran con ella.

Nell se sintió invadida por el deseo, ardiente y bien recibido. Se dejó llevar por él, le tiró de la chaqueta y se estremeció al sentir el roce áspero de sus manos sobre la piel.

—Vamos —Zack se sentía tan excitado e impaciente como un adolescente, y tan torpe que no podía abrir la puerta del coche—. Tenemos que entrar en casa.

La arrastró fuera con la respiración entrecortada, mientras seguían luchando cada uno con la ropa del otro. Se tropezaron y él perdió los botones de la camisa. No le importó: él sólo escuchaba la risa feliz de ella mientras intentaba que los dos llegaran a la casa.

—¡Me encantan tus manos! Quiero sentirlas por todo mi cuerpo.

—Ya me ocuparé de eso. Maldita sea, ¿qué le pasa a la puerta? —se abrió de golpe cuando él descargó toda su impotencia sobre ella en un empujón.

Los dos acabaron en el suelo con medio cuerpo dentro de la casa y medio fuera.

—Aquí mismo. Aquí mismo —repitió Nell como una letanía mientras intentaba desabrocharle el cinturón.

—Espera. Déjame... cerrar... —consiguió darse la vuelta en el suelo y cerrar la puerta de una patada.

La habitación era un juego de sombras y luz de luna. El suelo era duro como una piedra. Ninguno de los dos lo notó mientras se arrancaban la ropa, se abrazaban y rodaban. Zack vislumbró imágenes bellas y eróticas de una piel pálida, unas formas suaves, unas líneas delicadas.

Él quería mirar. Quería revolcarse.

Tenía que tomarla.

Cuando la camisa de ella se frenó en los puños cerrados, él desistió, sucumbió y bajó la boca hasta los pechos. Vibraba debajo de él como un volcán al borde de la erupción; sentía destellos de un calor abrasador y un anhelo punzante.

Ella se arqueó, más como exigencia que como ofrenda, y le clavó las uñas en la espalda. El mundo giraba más deprisa cada vez, como si fuera montada en un tiovivo sin control y lo único que la atara al suelo fuera el fabuloso peso de él sobre ella.

—Ahora —Nell le rodeó las caderas con las piernas—. ¡Ahora!

Él entró, se dejó llevar y se olvidó de todo. Sólo existía una pasión desbordada. Ella se aferraba a su cuerpo con un abrazo ardiente y húmedo y él notaba que se tensaba como un arco justo antes de dejar escapar un grito triunfal.

El clímax de ella lo desbordó como un éxtasis.

El placer la inundó como un torrente, le ahogó los sentidos y le anegó la razón. Nell, sin freno de ningún tipo, lo rodeó con todo su cuerpo y se ciñó a él para arrastrarlo consigo.

Y ese júbilo en estado puro lo llevó al límite.

Doce

Le zumbaban los oídos. O quizá fueran los latidos del corazón que resonaban en sus costillas como unos puños contra las teclas de un piano. Fuera como fuese, Zack no podía aclararse las ideas ni moverse. Habría temido la posibilidad de una parálisis pasajera si hubiera tenido fuerzas para preocuparse por algo.

—De acuerdo —consiguió decir y tomó aire—. Muy bien —dijo, y salió—. Parece que he tropezado.

—Yo, también —Nell estaba encogida, en la posición perfecta para acurrucarse contra su cuello.

—¿Te has hecho daño?

—No. Has amortiguado la caída —le dio un pequeño mordisco en el poderoso cuello—. Eres mi héroe.

—Ya. Puedes estar segura.

—Te he metido prisa. Espero que no te importara.

—Por el momento no debería quejarme. —Reunió fuerzas para darse la vuelta y arrastrarla con él para que quedara encima—. Espero que me des la oportunidad de hacer una exhibición de mi estilo y refinamiento.

Nell levantó la cabeza, se apartó el pelo de la cara y se limitó a sonreírle.

—¿Qué dices?

—Estaba pensando en lo mucho que me gusta tu estilo. En la fiesta, cada vez que te veía se me caía la baba. El atractivo sheriff Todd vestido con un traje que preferiría no llevar y limitándose a tomar sólo una cerveza durante toda la noche para poder llevar a su casa a los demás invitados y que me miraba con esos pacientes ojos verdes hasta que yo estaba tan excitada que tenía que ir a la cocina para calmarme.

—¿Es eso verdad? —le recorrió los brazos con las manos hasta que llegó a los puños de la camisa. Empezó a desabrocharlos cuidadosamente—. ¿Sabes lo que estaba pensando cuando te miraba?

—No exactamente.

—Que parecías una bailarina llena de elegancia y estilo. Intentaba también no pensar en lo que se ocultaría debajo de esa camisa blanca almidonada y ese chaleco tan seductor —volvió a recorrerle los brazos una vez liberadas las muñecas—. Tienes una figura tan delicada y esbelta que llevo semanas loco por ti.

—No sé cómo explicarte lo que me alegra saber eso; sentirme además lo suficientemente bien como para desearlo —echó la cabeza atrás y levantó los brazos—. ¡Dios mío! Me siento tan viva. No quiero que acabe nunca —volvió a inclinarse sobre él y lo besó con fuerza. Luego se levantó—. Quiero champán. Quiero emborracharme y hacer el amor contigo toda la noche.

—Me gusta la idea —se sentó y se quedó con los ojos como platos al ver que ella abría la puerta—. ¿Qué haces?

—Voy al coche a por el champán.

—¡Espera que me ponga los pantalones e iré yo, Nell! —atónito, se levantó de un salto mientras ella salía corriendo como Dios la trajo el mundo—. ¡Por amor de Dios! —agarró los pantalones y fue hasta la puerta—. Vuelve antes de que te detenga por escándalo público.

—No hay nadie que pueda vernos.

Estar desnuda en medio de la noche le parecía maravilloso y lo más adecuado para ese momento. Sentía que el aire fresco le acariciaba la piel que hacía tan poco ardía de pasión. Sintió las cosquillas de la hierba en los pies mientras daba vueltas sobre sí misma con los brazos abiertos.

—Sal, la noche es preciosa. La luna, las estrellas y el sonido del mar.

Estaba increíblemente seductora. Miraba al firmamento y la luz de las estrellas daba un tono plateado a su pelo dorado y un brillo trémulo a la piel casi transparente.

Su mirada se encontró con la de Zack con una energía tan poderosa que le dejó sin respiración. Él habría jurado que toda ella resplandecía.

—Hay algo que flota en el aire —dijo ella con las manos levantadas y las palmas ahuecadas como si en ellas pudiera atrapar el aliento de la noche—. Lo siento dentro de mí, como un latido rítmico.

Cuando noto algo así, me siento como si pudiera hacer cualquier cosa —le alargó una mano con la palma todavía ahuecada—. ¿No quieres besarme a la luz de la luna?

Él no podía resistirlo, ni lo intentó. Se acercó a la mano extendida. El cielo los rociaba de luz y le dio un beso más cálido que ardiente.

La ternura se adueñó del corazón de Nell. Zack la tomó en brazos y ella apoyó la cabeza en su hombro con la seguridad de que allí estaba segura y era bien recibida.

Él la llevó dentro, atravesó la casa hasta llegar a la cama que cedió a su peso.

Mientras se dejaba arrastrar por ella, se dijo que más tarde pensaría en lo que sentía al estarse enamorando de una bruja.

* * *

Antes de amanecer, Nell se despertó de uno de los ratos de sueño que se habían concedido. Sintió el calor de Zack y su peso. La naturalidad, la total normalidad, era confortante y excitante a la vez.

Se grabó en la mente el rostro de su amante, rasgo a rasgo. Cuando lo tuvo completo, se levantó dispuesta a empezar el día.

Se duchó y se puso unos pantalones cortos y una camisa sin mangas. Silenciosamente recogió la ropa que estaba repartida por la sala y se dirigió a la cocina como en una nube.

Nunca había experimentado un deseo como aquél, un deseo que surgía dentro de ella como una fiera y le devoraba entera.

Esperaba volver a sentirlo.

Y la ternura que llegó después, la sed insaciable de más, la oscura y jadeante incertidumbre.

Todo ello.

Nell Channing tenía un amante que estaba durmiendo en su cama.

Él la deseaba y eso era emocionante. La deseaba por ser quien era y no por lo que él hiciera de ella. Eso era tranquilizador.

Dichosa, preparó café, y mientras el aire se llenaba con el aroma del café, preparó una masa para hacer bollos de canela y otra para pan. Cantaba en voz baja y notaba que el nuevo día le sonreía.

Regó el jardín, dio un sorbo a la primera taza de café y metió en el horno una tanda de bollos. Empezó a pensar en el menú de la semana siguiente con la taza en una mano y un lápiz en la otra.

—¿Qué haces?

Saltó como un conejo asustado al oír la voz ronca y somnolienta de Zack y vertió el café sobre el papel.

—¿Te he despertado? Lo siento, he intentado no hacer ruido.

Él levantó una mano.

—Nell, no hagas eso. Me desespera —Zack tenía la voz espesa por el sueño y ella no pudo evitar una punzada de miedo al ver que se le acercaba—. Voy a pedirte una cosa —tomó un sorbo de la taza de ella para aclararse la voz y las ideas—. Nunca me confundas con él. Si me hubieras despertado y eso me hubiese molestado, te lo habría dicho. Pero la verdad es que me he despertado porque tú no estabas y te echaba de menos.

—Hay algunas costumbres que son difíciles de quitarse de encima, por mucho que lo intentes.

—Bueno, sigue intentándolo —dijo Zack desenfadadamente. Se sirvió una taza—. ¿Ya tienes algo en el horno? —olisqueó—. Madre de Dios —lo dijo respetuosamente—. ¿Bollos de canela?

A Nell se le dibujaron dos hoyuelos en las mejillas.

—¿Y si lo fueran?

—Seré tu esclavo.

—Eres pan comido, sheriff —sacó un guante para el horno—. ¿Por qué no te sientas? Te daré de desayunar y te explicaré lo que espero de mis esclavos.

* * *

El lunes por la mañana, Nell entró en el café cargada con cajas llenas de comida, saludó alegremente y subió a toda prisa.

En la barra, Lulú dejó lo que estaba haciendo con una mueca en los labios y Mia se dio la vuelta desde las estanterías.

—Alguien ha tenido suerte este fin de semana —dijo Mia.

—¿Vas a someterla a un interrogatorio para enterarte de todo?

—Por favor —Mia colocó un libro y se sacudió una pelusa de la falda—. ¿No es eso tan de cajón como que las ninfas bailan en el bosque?

Lulú se rió entre dientes.

—Bueno, no te olvides de tenerme al tanto.

Mia entró en el café, donde olía irresistiblemente a bollos de canela caseros.

—Un fin de semana muy ajetreado —comentó mientras echaba una ojeada a las ofertas de la mañana.

—Puedes estar segura.

—Y una fiesta fabulosa la del sábado por la noche. Lo hiciste muy bien, querida.

—Gracias —Nell alineó los panecillos antes de servir el primer café para Mia—. Esta semana tengo algunas citas con posibles clientes que surgieron en la fiesta.

—Enhorabuena. Pero... —Mia olió el aroma del café—. No creo que los posibles encargos sean el motivo de que esta mañana estés resplandeciente. Probaré uno de esos bollos —pasó despreocupadamente detrás del mostrador mientras Nell elegía un bollo para ella—. Tu aspecto dice claramente que este fin de semana has hecho algo más que cocinar.

—Me he ocupado del jardín. Las tomateras están saliendo ya.

—Mmm —dio un mordisco al bollo—. Me imagino al sheriff Todd igual de sabroso. Habla. Abrimos dentro de diez minutos.

—No debería hablar de eso. Es de mala educación, ¿no?

—Desde luego que no. Es lo que se espera de ti. Ten un poco de compasión. Hace bastante tiempo que no… practico actividades sexuales, de modo que tengo derecho a alguna emoción, ¿no? Pareces completamente feliz.

—Lo estoy. Fue maravilloso —Nell dio unos pasitos de baile y cogió un bollo—. Impresionante. Fue tan… vigorizante.

—Ah. Mmm —Mia se pasó la lengua por los labios—. No te calles ahora.

—Creo que batimos varios récords.

—Ahora estás alardeando, pero no importa, estamos entre amigas.

—¿Sabes lo mejor de todo?

—Espero que me lo digas, y lo demás también.

—Él no me trató, no me trata, como si fuera frágil o desvalida o… vulnerable. Y yo no me siento ni frágil ni desvalida ni vulnerable cuando estoy con él. La primera vez, apenas llegamos a entrar en casa. Terminamos en el suelo y nos arrancamos la ropa. Fue completamente normal.

—A todos nos vendría bien un poco de esa normalidad de vez en cuando. Besa muy bien, ¿verdad?

—Caray, y cuando… —Nell se detuvo y palideció.

—Yo tenía quince años —le aclaró Mia antes de dar otro mordisco al bollo—. Me llevó a casa después de una fiesta y los dos satisficimos nuestra curiosidad mutua con un par de besos muy largos y muy intensos. No voy a ofender tu inteligencia diciendo que fue como besar a mi hermano, pero no encajamos y decidimos quedar como amigos. Pero fueron unos besos de primera —se chupó el azúcar glaseado de la mano—. De modo que me hago una idea remota de lo maravilloso que ha sido tu fin de semana.

—Me alegro de no haberlo sabido antes, podía haberme intimidado.

—Eres un encanto. Entonces, ¿qué vas a hacer con Zachariah Todd?

—Disfrutar de él.

—Una respuesta perfecta… por el momento. También tiene unas buenas manos, ¿verdad? —comentó Mia mientras se alejaba.

—Será mejor que te calles.

Mia empezó a bajar las escaleras entre risas.

—Voy a abrir las puertas.

Pensó que Nell había abierto las suyas.

* * *

A Mia no le habría extrañado saber que Zack estaba pasando por el mismo interrogatorio acompañado de café y bollos.

—No te he visto el pelo este fin de semana.

—He tenido cosas que hacer. ¿Acaso no te he traído un regalo?

Ripley atacó con entusiasmo el primer bollo.

—Mmm. Bueno —consiguió farfullar—. Supongo que esas cosas tenían algo que ver con la mejor cocinera de la isla, lo cual yo ya había deducido astutamente cuando te vi entrar con media docena de bollos.

—De los que ya sólo quedan cuatro —mordió el suyo mientras ojeaba los papeles que tenía encima de la mesa—. John Macey no ha pagado las multas de aparcamiento. Habrá que leerle la cartilla.

—Yo lo haré. Así que Nell y tú bailasteis la rumba del colchón…

Zack le lanzó una mirada fulminante.

—Vaya, Ripley, tienes un corazón que es todo romanticismo. No sé cómo puedes ir por la vida con lo que debe pesarte.

—Evitar la pregunta suele significar una respuesta afirmativa. ¿Qué tal todo?

—¿Te pregunto yo por tu vida sexual?

Ella agitó un dedo para indicar una pausa mientras tragaba.

—Sí.

—Sólo porque soy mayor y tengo más experiencia.

—Ya, claro —Ripley cogió otro bollo. No sólo porque estaban increíblemente buenos, sino porque sabía que a él le molestaría—. Si aceptamos la fanfarronada de la edad y la experiencia, habrá que reconocer que yo soy más joven y cínica. ¿Vas a seguir investigando en su pasado?

—No —abrió un cajón y guardó la bolsa con bollos.

—Si vas en serio con ella, y, conociéndote, sé que lo vas a hacer, tienes que afrontarlo, Zack. Ella no ha llegado a Tres Hermanas caída del cielo.

—Llegó en el trasbordador —dijo él secamente—. ¿Qué tienes contra ella? Creí que te caía bien.

—Me cae bien. Muy bien —apoyó una cadera sobre una esquina de la mesa—, pero por algún motivo que muchas veces no consigo comprender, tú también me caes muy bien. Zack, tienes debilidad por los desvalidos y, a veces, los desvalidos, involuntariamente, pueden hacer mucho daño.

—¿Alguna vez has tenido la sensación de que no puedo cuidar de mí mismo?

—Estás enamorado de ella —Zack se quedó boquiabierto y la miró fijamente. Ripley empezó a dar vueltas por el despacho—. ¿Crees que estoy ciega o que soy tonta? Te conozco desde que nací y conozco también cada gesto, cada tono y cada expresión de esa cara de memo que tienes. Estás enamorado de ella y ni siquiera sabes quién es.

—Es exactamente lo que he querido toda mi vida.

Ripley contuvo la patada que iba a dar a la mesa y su expresión se dulcificó un tanto.

—Maldita sea, Zack, ¿por qué has tenido que decir eso?

—Porque es verdad. Nos pasa siempre a los Todd, ¿no? Estamos tan tranquilos solos y de repente, ¡paf!, todo se acabó. Me ha pasado a mí y me gusta.

—De acuerdo, recapitulemos un poco —puso las manos sobre la mesa y se inclinó hacia delante dispuesta a convencerlo quisiera o no—. Ha tenido algún problema. Ha conseguido librarse de él, por lo menos temporalmente, pero él sigue ahí y puede venir a buscarla, Zack. Si no me preocupara, jamás se lo habría preguntado a Mia. Preferiría haberme cortado la lengua con unas tijeras. Pero se lo pregunté y ella no lo ha aclarado.

—Cariño, lo que has dicho de que me conocías es verdad. ¿Cuál crees que sería mi reacción a lo que acabas de decir?

Ripley resopló.

—Si viene a por ella, tendrá que vérselas contigo.

—Más o menos. ¿No deberías estar patrullando? ¿O prefieres ocuparte del papeleo del día?

—Preferiría comerme unos piojos —se puso la gorra y se sacó la cola de caballo por detrás—. Me alegro de que hayas encontrado a alguien con quien te entiendas. Me alegro más todavía de que ese alguien me guste. Pero Nell Channing es algo más que una mujer con un pasado oscuro capaz de cocinar como una legión de ángeles.

—Quieres decir que es una bruja —dijo tranquilamente Zack—. Ya. Me lo había imaginado. No me importa especialmente.

Dicho lo cual, se puso a teclear en el ordenador y se rió para sus adentros cuando Ripley salió dando un portazo.

* * *

—La diosa no exige sacrificio —dijo Mia—. Es madre. Como madre exige respeto, amor y disciplina y quiere la felicidad para sus hijos.

La tarde era fría. Mia podía presentir ya el final del verano. Pronto, el verde exuberante de los bosques daría paso a colores más encendidos. Ya había visto a las orugas peludas y observado que las previsoras ardillas hacían acopio de nueces. Pensó que eran señales de un invierno largo y frío.

Pero por el momento, las rosas florecían y entre las piedras del jardín las hierbas aromáticas crecían fragantes.

—La magia surge de los elementos y del corazón. Pero los rituales se hacen mejor con algunas herramientas, incluso con ayudas visibles, si lo prefieres. Cualquier arte depende de ciertas rutinas y utensilios. —Atravesó el jardín y abrió la puerta de la cocina para que pasara Nell—. Tengo algunos para ti.

La habitación era tan fragante como el jardín. Había manojos de hierbas que se secaban colgados de ganchos. Sobre la pulida encimera se alineaban tiestos con flores que Mia había elegido para acompañarla en el interior. Sobre los fogones había un caldero que hervía a fuego lento de donde emanaba el dulzor profundo del heliotropo.

—¿Qué estás haciendo?

—Ah, sólo es un pequeño encantamiento para una persona que tiene una entrevista de trabajo a finales de semana. Está nerviosa —Mia paso una mano por el vapor—. Heliotropo para triunfar, girasol para que progrese en su profesión, un poco de avellana para ayudarle en la comunicación, un poco de esto y otro poco de aquello. Lo transformaré en unos cristales para que pueda llevarlos en una bolsita dentro del bolso.

—¿Conseguirá el trabajo?

—Eso depende de ella. El conjuro no promete que consigamos todo lo que deseamos, tampoco es una muleta en la que apoyarse. Tus herramientas —dijo ella mientras señalaba la mesa con un gesto.

Las había elegido con esmero, con la imagen de Nell grabada en la mente.

—Deberías purificarlas cuando llegues a casa. Nadie deberá tocarlas sin tu permiso. Exigen tu energía. La vara está hecha con una rama de abedul podada de un árbol vivo en el solsticio de invierno. El cristal que tiene en la punta es cuarzo transparente. Es un regalo que me hizo quien me aleccionó a mí.

Era preciosa, delgada y suave y a Nell le pareció casi sedosa cuando le pasó los dedos.

—No puedes darme algo que ha sido un regalo.

—Su destino es cambiar de manos. Tú también querrás tener otras; las de cobre son buenas. Esta es tu escoba —arqueó una ceja ante la risa contenida de Nell.

—Perdona, nunca pensé… ¿una escoba?

—No vas a montar en ella. Cuélgala de la puerta de tu casa para que te proteja, empléala para barrer la energía negativa. Una copa, también querrás la tuya algún día, pero por el momento esta servirá. La compré en la tienda del pueblo, sección de cristalería. A veces lo más sencillo es lo que mejor funciona. La estrella de cinco puntas, o pentáculo, está hecha de madera de arce. Debe estar siempre vertical. El athamé no se emplea para cortar, sino para dirigir la energía.

Ella no lo tocó pero le pidió a Nell que lo hiciera.

—Hay quien prefiere la espada, pero no creo que tú lo hagas —dijo mientras Nell recorría con un dedo la empuñadura tallada—. La hoja está mate y debe ser así. Por otro lado, el cuchillo de mango blanco sí se emplea para cortar. El mango curvo te ayudará a sujetarlo cuando cortes las hierbas y plantas, talles varas o hagas inscripciones en las velas. Hay algunas brujas aficionadas que lo utilizan para cortar alimentos. Tú decides, naturalmente.

—Naturalmente —confirmó Nell.

—Doy por sentado que puedes ocuparte de elegir y comprar tu propio caldero. Los mejores son los de hierro fundido. Los quemadores de incienso los puedes encontrar en las tiendas de regalos, y el incienso también; aquí lo más fácil de encontrar son los conos y las varillas. Cuando tengas tiempo, podrás hacer tu propio incienso. Necesitarás unas cestas de paja y trozos de seda. ¿Quieres anotarlo?

Nell resopló.

—Quizá sea lo mejor.

—Velas —continuó Mia después de darle un bloc y un lápiz—. Te explicaré la finalidad de los colores y los símbolos. Tengo algunos cristales para ti, pero querrás más que hayas elegido tú. Un par de docenas de tarros con tapa, un mortero con su mano, sal marina. Tengo una baraja de tarot que puedo prestarte y algunas cajas de madera, pero quiero que me las devuelvas. Con esto puedes ir empezando.

—Es más complicado de lo que pensaba. La otra vez, el día del jardín, todo lo que tuve que hacer fue estar allí.

—Hay cosas que podrás hacer con la mente y el corazón, pero otras exigen instrumentos, como una extensión de los poderes y por respeto a la tradición. Ahora que tienes ordenador, querrás tener una relación de conjuros.

—¿Una relación de conjuros en mi ordenador?

—¿Por qué no vas a ser práctica y eficiente? Nell, ¿has hablado con Zack de esto?

—No.

—¿Te preocupa su reacción?

Nell volvió a tocar la vara y se lo preguntó a sí misma.

—En parte, pero es que tampoco sé cómo empezar a decírselo. Yo misma no lo tengo claro del todo.

—Entiendo. Tú decides lo que compartes y lo que no, como lo que das y lo que recibes.

—Creo que si Ripley opina de esa manera, él podría pensar lo mismo. Supongo que no quiero plantear problemas demasiado pronto.

—No me extraña. Vamos a dar un paseo.

—Debería volver a casa, casi ha anochecido.

—Él esperará —Mia abrió una caja tallada y sacó su vara. La punta era redondeada y de un cuarzo ahumado como sus ojos—. Coge la tuya. Es el momento de que aprendas a trazar un círculo. Será sencillo —prometió mientras empujaba a Nell hacia la puerta—. Casi puedo garantizarte que el sexo será sensacional después de lo que tengo pensado.

—No todo es sexo —empezó a decir Nell—, aunque es un condimento esencial.

Una ligera niebla ascendía desde el suelo mientras se dirigían hacia el bosque. Los árboles formaban sombras alargadas, como líneas negras sobre un fondo gris pálido.

—El tiempo está cambiando —dijo Mia—. Las últimas semanas del verano siempre me ponen melancólica. Es raro, porque me encanta el otoño, los olores, los colores, el aire cortante cuando sales por la mañana.

Nell estuvo a punto de decirle que eso era porque estaba sola, pero se mordió la lengua a tiempo. Esa afirmación, viniendo de alguien que acababa de encontrar un amante, no sólo no serviría de ayuda, sino que sonaría petulante.

—Quizá sea un vestigio de la infancia —sugirió—. El final del verano significa la vuelta al colegio —siguió a Mia por un sendero de tierra bien prensada; entre niebla y sombras—. Yo detestaba esas dos primeras semanas de colegio, no tanto si era el segundo año que mi padre pasaba destinado en la misma base, pero sí cuando era una recién llegada y todo el mundo tenía ya sus pandillas.

—¿Cómo lo resolviste?

—Aprendí a hablar a la gente, a hacer amigos aunque ellos estuvieran de paso. Viví mucho tiempo encerrada en mí misma. Supongo que eso me convirtió en la víctima perfecta para Evan. Él me prometió amor, felicidad y respeto para siempre. Yo quería vivir algo para siempre con alguien.

—¿Y ahora?

—Ahora sólo quiero hacerme mi propio espacio y quedarme.

—Otra cosa que tenemos en común. Éste es uno de mis espacios.

Entraron en un claro donde la niebla era blanca por efecto de la luz de la luna naciente. Un círculo perfecto brillaba entre los árboles, acariciaba las oscuras hojas de verano y se derramaba sobre tres piedras. Manojos de hierbas colgaban de las ramas que rodeaban el claro. Unos cristales centelleantes ensartados en cuerdas tintineaban mecidos por la leve brisa. El sonido del viento, de las piedras y del mar cercano era como música. Había algo en aquel lugar primitivo, casi esencial.

—Es un sitio maravilloso —murmuró Nell—, y… iba a decir misterioso, pero no en un sentido aterrador. Casi esperas ver espectros y jinetes sin cabeza, pero si aparecieran lo sentiría como algo completamente natural, nada aterrador.

Se volvió, sus pasos rasgaban la niebla como si fuera de seda; hasta ella llegó el aroma del romero y la salvia que colgaban de las ramas. También captó un zumbido amortiguado y melodioso.

—Aquí es donde estuviste la noche del solsticio antes de ir al acantilado.

—Es tierra sagrada —le dijo Mia—. Se dice que es donde las hermanas hicieron el conjuro para crear su refugio hace más de trescientos años. Lo hicieran o no, a mí siempre me ha atraído este sitio. Formaremos el círculo las dos. Es un rito elemental.

Mia sacó el cuchillo ritual del bolsillo y empezó. Nell, fascinada, repitió los gestos y las palabras, y no se sorprendió cuando un fino círculo de luz resplandeció bajo la niebla.

—Invocamos a Aire, a Tierra, a Agua y Fuego para que protejan nuestro círculo y nos concedan nuestro deseo. Proteged y presenciad este ritual. Abrid vuestras mentes a la magia de la noche.

Mia dejó el cuchillo y la vara e hizo un gesto con la cabeza a Nell.

—Podrás trazar el círculo como tú quieras y emplear tus propias palabras cuando estés preparada. Espero que no te importe, pero yo prefiero hacerlo al aire libre, si el tiempo lo permite.

Dicho lo cual, Mia se quitó el vestido y lo dobló cuidadosamente mientras Nell la miraba atónita.

—Bueno, la verdad es que yo…

—No es necesario —Mia recogió la vara sin importarle su desnudez—. Yo suelo preferirlo, sobre todo para este ritual.

Tenía un tatuaje, ¿o sería una marca de nacimiento? Era como un pequeño pentagrama que resaltaba en la piel blanca como la leche de su muslo.

—¿Qué ritual?

—Invocaremos a la luna. Algunos, la mayoría, hacen esto cuando se trata de un asunto serio, pero yo a veces necesito, o me gusta, algo más de energía. Para empezar, ábrete. La mente, la respiración, el corazón, todo. Confía en ti misma. Todas las mujeres, como el mar, estamos regidas por la luna. Sujeta la vara con la mano derecha.

Nell, imitando los gestos de Mia, levantó lentamente los brazos y acabó agarrando la vara con las dos manos.

—Esta noche y a esta hora, invocamos el poder de la luna. Que se funda con nosotras como la luz con la luz —las varas bajaron lentamente hasta apuntar a los corazones—. La mujer y la diosa resplandecen. El poder y el júbilo rebosan de ellas. Que se haga nuestra voluntad.

Nell lo notó: se sintió desbordada por una energía y una luz interior, frías, líquidas y poderosas. Palpitantes, como si siguieran el latido de la luna que se elevaba airosamente sobre los árboles. Los notaba aunque no los viera, eran destellos de luz plateada con ribetes azules que le recorrían todo el cuerpo. La energía llegó acompañada de un estallido de júbilo. Brotó de Nell como una risa jadeante mientras Mia bajaba la vara.

—A veces es maravilloso ser mujer, ¿verdad? Ahora, cerraremos el círculo. Me parece, hermanita, que sabrás cómo dar salida a toda esta energía nueva.

* * *

Cuando Mia se quedó sola, puso su propia energía en funcionamiento para hacer un conjuro protector. Nell tenía una gran cantidad de poderes naturales sin explotar. Podía ayudarla a explorarlos, controlarlos y pulirlos, y lo haría. Pero en esos momentos había una cosa más importante que la tenía obsesionada.

Había visto algo dentro de círculo, en el bosque, que a Nell se le había pasado por alto. Había vito una nube solitaria y oscura que se cruzaba en el camino de la luna.

Trece

Las últimas semanas del verano pasaron en un suspiro. Los días estuvieron llenos de trabajo, de planes para los encargos que había conseguido y de propuestas nuevas. Cuando cambiara el tiempo, el negocio perdería a los veraneantes. Nell decidió que sería una hormiguita y que se prepararía para el invierno.

La reclamaban para las fiestas de verano, para reuniones de fin de semana, o para excursiones en barco. Los habitantes de la isla empezaban a acostumbrarse a llamarla para cualquier acontecimiento, grande o pequeño, y ya comenzaba a resultar extraño que no lo hicieran.

Pasaba casi todas las noches con Zack. Aprovechaban los últimos calores con cenas en el porche a la luz de las velas, navegando y sintiendo el frescor del mar y haciendo el amor larga y lujuriosamente en el acogedor nido de su cama.

Una vez encendió velas rojas para la pasión. Funcionaron extraordinariamente bien.

Por lo menos un par de tardes a la semana trabajaba con Mia en lo que consideraba sus lecciones de rituales. Y de madrugada se ponía a preparar bollos y pasteles en la cocina.

Se sentía rodeada por la vida que siempre había querido. Tenía una energía en su interior que fluía como la plata. Y un amor que resplandecía con la calidez del oro.

Había momentos en los que sorprendía a Zack observándola en silencio, pacientemente. Con una mirada expectante. Cada vez que eso ocurría, notaba una punzada de remordimiento, una oleada de intranquilidad. Y defraudaba a los dos cada vez que tomaba el camino más cómodo y cerraba los ojos.

Sin embargo, podía racionalizarlo. Era feliz y tenía derecho a un momento de tranquilidad y placer. Sólo un año antes, había arriesgado su vida, la habría perdido antes de vivir atrapada y con miedo.

Había estado sola durante los meses siguientes, de un lado a otro y siempre atenta a cualquier ruido. Se despertaba todas las noches empapada de sudor por culpa de sueños a los que no podía hacer frente.

Si había decidido meter esos tiempos en una caja y tirar la llave, ¿quién podría reprochárselo?

Lo importante era vivir el presente y ella le daba a Zack todo lo que podía en ese momento.

A medida que el verano daba paso al otoño, Nell se iba convenciendo más de todo eso y de la seguridad de su refugio en Tres Hermanas.

Un día salió de la oficina de correos y se dirigió hacia el mercado por la calle principal con el último catálogo de cocinas y el último número de *Saveur* debajo del brazo. Los veraneantes habían dejado su sitio a turistas que deseaban ver el follaje otoñal de Nueva Inglaterra en todo su esplendor.

No le extrañaba. La isla estaba cubierta por un mosaico de colores llameantes. Todas las mañanas, observaba los cambios desde la ventana de la cocina y soñaba con sus propios bosques mientras las hojas se llenaban de fuego. A veces bajaba a la playa por la tarde para ver el lento avance de la niebla que entraba en el mar, cubría las boyas y amortiguaba los largos y monótonos sonidos metálicos.

Por las mañanas, una escarcha fina y cristalina resplandecía en el suelo hasta que el sol acababa por convertirla en gotas sobre la hierba como lágrimas sobre las pestañas.

Las lluvias barrían la isla y azotaban las playas y los acantilados; cuando pasaban le parecía que todo adquiría un brillo como si estuviera cubierto por una campana de cristal.

Y estaba bajo esa campana. Segura y a salvo del mundo que acechaba al otro lado del mar.

Cubierta por el jersey que la protegía del viento, iba saludando con la mano a los conocidos; se detuvo un instante en el cruce para ver si venían coches y caminó despreocupadamente hacia el mercado para comprar las chuletas de cerdo que pensaba hacer de comida.

Pamela Stevens, que visitaba la isla con su marido Donald, dio un grito de sorpresa y bajó la ventanilla del BMW alquilado.

—No voy a parar en ninguna tienda, Pamela, me da igual lo típicas que sean. Antes tengo que encontrar un sitio para aparcar.

—He visto un fantasma —la mujer se dejó caer en el asiento con una mano sobre el corazón.

—Pamela, aquí hay brujas, no fantasmas.

—No, no, Donald. ¡Helen Remington! La mujer de Evan Remington. Te juro que acabo de ver su fantasma.

—No sé a santo de qué iba a venir hasta aquí para aparecérse a alguien. Ni siquiera puedo encontrar aparcamiento.

—No es una broma. Esa mujer era idéntica salvo por la ropa y el pelo. Helen no se habría puesto ni muerta un jersey tan espantoso —Pamela alargó el cuello para no perder de vista el mercado—. Para, Donald. Tengo que volver y verla de cerca.

—En cuanto encuentre un sitio para aparcar.

—Era idéntica —repitió Pamela—. Qué extraño, me ha dado un vuelco al corazón. Pobre Helen. Yo fui una de las últimas personas que habló con ella antes de ese terrible accidente.

—Y como dijiste un centenar de veces durante los seis meses siguientes, se precipitó con el coche por el acantilado.

—Esas cosas se te quedan grabadas —Pamela se puso muy erguida y levantó la barbilla—. Yo la apreciaba mucho. Ella y Evan hacían una pareja fenomenal. Era joven y hermosa y tenía mucha vida por delante. Cuando ocurre algo tan trágico, te das cuenta de que la vida puede cambiar en cuestión de segundos.

*   *   *

Para cuando Pamela consiguió arrastrar a su marido hasta el mercado, Nell ya estaba vaciando la bolsa de verduras mientras intentaba decidir si pondría la ensalada de patatas rojas con couscous o con una nueva salsa picante que quería probar.

Decidió que lo decidiría más tarde y se puso a ojear el ejemplar de *Saveur* mientras la voz de Alanis Morissette salía del equipo de música que Zack había dejado en su casa.

Tomó una manzana de la cesta que había sobre la mesa, sacó la libreta y empezó a apuntar ideas que le había dado un artículo sobre las alcachofas.

Pasó a una crítica sobre vinos australianos y tomo nota de los que parecían mejores.

El sonido de unos pasos no la asustó, muy al contrario le produjo una sensación muy agradable ver a Zack que se acercaba.

—¿No es un poco pronto para que el defensor de la ley y el orden de por terminada su jornada?

—Le he cambiado el turno a Ripley.

—¿Qué hay en esa caja?

—Un regalo.

—¿Para mí?

Dejó a un lado la libreta, se levantó y se acercó a toda prisa a la encimera. Se quedó boquiabierta. Se sintió invadida de amor y gratitud.

—Un robot de cocina. De la gama alta —acarició la caja como otras mujeres podrían haber acariciado un visón—. Dios mío.

—Según mi madre, si un hombre regala a una mujer algo que pueda enchufarse, será mejor que esté al día del pago de su seguro de vida. Pero no creo que la regla pueda aplicarse en este caso.

—Es el mejor del mercado. Lo que he querido toda mi vida.

—Me he fijado en que se te caía la baba cuando lo veías en el catálogo —Nell se abalanzó sobre él y le cubrió la cara de besos.

—Supongo que no necesitaré ese seguro de vida.

—Me encanta, me encanta, me encanta —remató sus palabras con un beso largo y sonoro y se volvió hacia la caja—. Pero es increíblemente caro. No debería consentir que me hicieras un regalo tan caro porque sí. Pero lo permitiré porque no soportaría la idea de no tenerlo.

—Es de mala educación devolver un regalo y, además, no es porque sí. Me he adelantado un día, pero no creo que importe. Feliz cumpleaños.

—Mi cumpleaños es en abril, pero no voy a discutir porque…

Se detuvo. Notó que las sienes le palpitaban como si fueran a estallar. El cumpleaños de Helen Remington era en abril. Todos los documentos decían claramente que Nell Channing había nacido el diecinueve de septiembre.

—No sé en qué estaba pensando. Se me ha ido la cabeza —se secó nerviosamente las manos en los vaqueros—. He estado tan ocupada que se me había olvidado mi cumpleaños.

Para Zack se evaporó todo el placer de haberle hecho el regalo y sintió un nudo de amargura en el estómago.

—No hagas eso. Una cosa es que te guardes las cosas, pero mentirme a la cara es muy distinto.

—Lo siento —se mordió el labio llena de vergüenza.

—Yo también —levantó la barbilla de Nell para que lo mirara—. He estado esperando a que dieras el paso, Nell, pero no lo has hecho. Duermes conmigo y me cuentas muchas cosas. Me hablas de lo que piensas hacer mañana y escuchas cuando yo te cuento algo. Pero no hay un pasado.

Había intentado no hacer hincapié en eso, convencerse, como había intentado convencer a Ripley, de que no tenía importancia. Pero no podía fingir cuando acababa de presentarse como una bofetada.

—Me dejaste entrar en tu vida desde que pusiste un pie en la isla.

Era cierto, completamente cierto. No tenía sentido negarlo.

—Para mí la vida empezó en ese momento —se defendió Nell—. Nada de lo que ocurriera antes tiene importancia ya.

—Si no la tuviera, no habrías tenido que mentirme.

Nell notó que el pánico estaba a punto de apoderarse de ella. Replicó con un ataque de genio.

—¿Qué más da si mi cumpleaños es mañana o dentro de un mes o fue hace seis meses? ¿Por qué tiene que importar?

—Lo que importa es que no confías en mí. Me cuesta darme cuenta, Nell, porque estoy enamorado de ti.

—Zack, no puedes…

—Estoy enamorado de ti —repitió mientras la sujetaba de los brazos para que no se moviera—. Y lo sabes.

Naturalmente, eso también era del todo cierto.

—Pero yo no sé qué puedo hacer al respecto. No sé qué hacer con lo que siento por ti. No es tan fácil confiarte eso. Para mí no es fácil.

—Quieres que lo acepte, pero no quieres decirme por qué es tan difícil. Sé justa, Nell.

—No puedo —una lágrima rodó por su mejilla—. Lo siento.

Zack la soltó y se fue.

* * *

Llamar a la puerta de Zack fue una de las cosas que más le había costado hacer en su vida. Llevaba mucho tiempo evitando la ira y en ese momento tendría que enfrentarse a ella con muy pocas defensas. Era una situación que había creado ella y que sólo ella podía solucionar.

Fue a la puerta principal porque le pareció más correcto que atravesar la playa y entrar por la puerta de atrás. Antes de llamar, pasó el dedo por la turquesa que se había guardado en el bolsillo para que le ayudara a expresarse.

No estaba convencida de que esas cosas funcionaran, pero tampoco podía empeorar la situación.

Levantó la mano y se maldijo a sí misma mientras volvía a bajarla. Había una mecedora en el porche y un tiesto con unos geranios quemados por el frío que tenían un aspecto lamentable. Deseó haberlos visto antes de que cambiara el tiempo para decirle a Zack que los metiera dentro.

Ya estaba mareando la perdiz otra vez.

Sacó pecho y llamó.

Sintió una mezcla de alivio y tristeza cuando nadie contestó. Sin embargo, la puerta se abrió de golpe justo cuando se había dado la vuelta para marcharse.

Ripley apareció con leotardos y una camiseta mojada de sudor entre los pechos. Miró a Nell con ojos gélidos y se apoyó en el marco de la puerta.

—No estaba segura de que hubieran llamado. Estaba haciendo pesas y tenía la música puesta.

—Quería hablar con Zack.

—Claro, me lo imaginaba. Lo has jodido bien. Cuesta conseguirlo. Yo tengo años de práctica, pero tú debes tener un talento innato.

Nell se metió la mano en el bolsillo y acarició la piedra. Tendría que atravesar ese escudo para llegar a su objetivo.

—Sé que está enfadado conmigo y tiene todo el derecho a estarlo. Pero, ¿no tengo yo derecho a disculparme?

—Claro, pero si empiezas con los lloriqueos y los numeritos me tocarás las narices y yo soy mucho más perra que Zack.

—No tengo intención de llorar ni de montar un numerito —Nell notó que le hervía la sangre mientras daba un paso adelante—. Y no creo que Zack te agradezca que te metas en medio. Yo desde luego no lo hago.

—Mejor para ti —Ripley, satisfecha, se apartó para dejar pasar a Nell—. Está en el porche de arriba mirando por el telescopio y bebiendo una cerveza. Pero antes de que subas y le digas algo, quiero decirte una cosa. Él podía haber visto tu historial y sacar conclusiones, yo lo habría hecho, pero él tiene sus principios y no lo hizo.

Los remordimientos que sentía desde que salió de su casa aumentaron un poco.

—Zack lo habría considerado una grosería.

—De acuerdo. A mí no me importa ser grosera. De modo que arréglate con él o te las verás conmigo.

—Entendido.

—Me caes bien y respeto a quienes trabajan de firme. Pero cuando alguien se mete con un Todd, lo paga. Creo que es justo que te avise —Ripley se dio la vuelta hacia la escalera que subía al segundo piso.

—Ponte una cerveza cuando pases por la cocina. Yo tengo que terminar mis series.

Nell no se puso la cerveza, pero le habría encantado un buen vaso de agua helada para apagar el fuego que notaba en la garganta.

Cruzó la sala agradablemente desordenada y la destartalada cocina y subió las escaleras exteriores que llevaban al porche.

Zack estaba sentado en una butaca grande de un color gris desteñido por el tiempo pasado en la intemperie, tenía una botella de cerveza entre los muslos y el telescopio apuntaba hacia las estrellas. Sabía que ella estaba allí, pero no dio señales de haberse dado cuenta.

Nell olía a melocotón y nervios.

—Estás enfadado conmigo y me lo merezco, pero eres demasiado justo como para no escucharme.

—Quizá mañana haya recuperado mi sentido de la justicia, harías bien en esperar.

—Correré el riesgo —se preguntaba si Zack sabría cuánto significaba para ella el arriesgarse, cuánto significaba él—. He mentido. He mentido a menudo y lo he hecho bien, y volvería a hacerlo. Tenía que elegir entre la sinceridad o la supervivencia. Y tengo que seguir haciéndolo, de modo que no voy a decirte todo lo que deberías saber. Todo lo que mereces saber. Lo siento.

—Si dos personas no confían la una en la otra, no tienen nada que hacer juntas.

—Para ti es fácil decirlo, Zack.

Se acercó a él justo cuando desvió la mirada hacia ella y la abrasó con su calidez. El corazón le palpitaba desbocado. No temía que fuera a golpearla, pero sí que no quisiera volver a tocarla.

—Es muy fácil —continuó Nell—. Tú tienes un sitio aquí. Lo has tenido siempre y no tienes que cuestionarlo ni luchar por él.

—Si tengo ese sitio —replicó Zack con tono cuidadoso y mesurado—, es porque me lo he ganado. Como todo el mundo.

—Es distinto. Tú empezaste con una base sólida y construiste sobre ella. Todos estos meses yo he trabajado para ganarme un sitio aquí. Lo he ganado, pero es distinto.

—De acuerdo, quizá lo sea. Pero los dos empezamos teniendo el mismo punto de vista en lo que se refiere a lo que estábamos construyendo juntos.

«Estábamos construyendo», pensó ella, no «estamos construyendo». Así estaban las cosas. Podía quedarse donde estaba, mantener su punto de vista, o dar el primer paso para superarlo. Decidió que no era más difícil que arrojarse por un acantilado.

—Pasé tres años con un hombre, con un hombre que me hacía daño. No sólo por las bofetadas y los golpes. Esas marcas duran poco. Pero otras duran más —tuvo que soltar aire para rebajar la presión en el pecho—. Machacaba sistemáticamente mi confianza en mí misma, mi autoestima, mi valor y mi criterio, y lo hacía con tal habilidad que no me enteré hasta que me fui. No es fácil recomponer todo eso y sigo intentándolo. Ni lo ha sido venir aquí, he tenido que hacer acopio de todo mi valor para llegar hasta tu casa esta noche. No debería haberme liado contigo, e intenté no hacerlo. Pero hubo algo en el hecho de estar en la isla y de estar contigo que hizo que me sintiera normal otra vez.

—Eso es un principio sensacional para un discurso. ¿Por qué no te sientas y te limitas a hablar conmigo?

—Hice lo que tenía que hacer para alejarme de ese hombre. No voy a pedir disculpas por haberlo hecho.

—No te pido que lo hagas.

—No voy a entrar en detalles —se dio la vuelta, se apoyó en la barandilla y miró al mar, negro como la noche—. Te diré sólo que era como vivir en un agujero que cada vez se hacía más profundo y más frío. Cada vez que intentaba salir, él estaba esperándome.

—Pero encontraste una salida.

—Y no volveré. No volveré, sea lo que sea lo que tenga que hacer y a donde tenga que ir. He mentido y he engañado. He infringido la ley. Y te he hecho daño —se volvió—. Sólo lamento lo último.

Lo dijo desafiantemente, casi con rabia, mientras se apoyaba de espaldas en la barandilla con los nudillos blancos por la fuerza con que apretaba los puños.

Zack pensó que en ella se mezclaban el terror y el valor.

—¿Pensabas que no te entendería?

—Zack —levantó las manos y las dejó caer—. Yo misma sigo sin entenderlo. Yo no era un felpudo cuando le conocí, no era una víctima que esperaba que la explotaran. Provenía de una familia sólida y estable, que funcionaba como cualquier familia. Era independiente, tenía una formación y ayudaba a llevar un próspero negocio. Ya había tenido mis historias con otros hombres, nada serio de verdad, pero relaciones normales y sanas. Hasta que me encontré siendo manipulada y maltratada. Y atrapada.

Él se acordó de cuando ella se derrumbó en la cocina del café.

—¿Por qué sigues culpándote de eso?

La pregunta rompió el hilo de su discurso. Durante un instante, Nell sólo pudo mirarlo sorprendida.

—No lo sé —avanzó hasta sentarse en la butaca que había junto a él—.

—Sería un buen paso dejar de hacerlo —lo dijo tranquilamente, antes de dar un sorbo de cerveza. Todavía tenía posos de rencor contra Nell, pero odiaba de verdad a ese hombre, al ente sin rostro ni nombre, que la había dejado marcada. Pensó que quizá más tarde podría desfogarse con el saco de entrenamiento de Ripley.

—¿Por qué no me hablas de tu familia? —le propuso mientras le ofrecía la cerveza—. Tú ya sabes que mi madre no sabe cocinar nada que merezca la pena y que a mi padre le gusta sacar fotos con su juguete nuevo. Sabes que se criaron en la isla, que se casaron y que tuvieron un par de hijos. Ya conoces a mi hermana.

—Mi padre estaba en el ejército. Era teniente coronel.

—Te has criado en un cuartel —rechazó la cerveza con un gesto de la cabeza y él le dio otro sorbo—. Habrás conocido mundo, ¿no?

—Sí, fuimos de un lado a otro. Siempre le gustó que le asignaran nuevos destinos. Tener algo distinto entre manos, supongo. Era un buen hombre, muy equilibrado y con una sonrisa muy cariñosa. Le gustaban las películas de los hermanos Marx.

La pena le formó un nudo en la garganta que no le dejaba hablar, pero prosiguió:

—Murió hace tanto tiempo que no puedo entender que siga pareciéndome que fue ayer.

—Cuando quieres a alguien, se queda para siempre. Yo todavía me acuerdo de mi abuela de vez en cuando —Zack tomó la mano de Nell y la sujetó suavemente—. Cuando lo hago, todavía puedo olerla. Olía a agua de lavanda y a pipermín. Murió cuando yo tenía catorce años.

¿Cómo podía entenderla y hacerlo con tanta precisión? Pensó que ésa era la magia de Zack.

—Mi padre murió en la Guerra del Golfo. Yo creía que era invencible. Siempre lo parecía. Todo el mundo dijo que era un buen soldado, pero yo lo recuerdo como un buen padre. Siempre escuchaba todo lo que tuviera que contarle. Era justo y sincero y tenía su código de honor, uno propio que era más importante que todas las normas y reglamentos. Él… Dios mío —volvió la cabeza para observar la cara de Zack—. Acabo de darme cuenta de cuánto te pareces a él. Él te habría dado su aprobación, sheriff Todd.

—Siento no haber tenido la oportunidad de conocerlo —giró el telescopio hacia ella—. ¿Por qué no miras a ver qué hay por allí arriba?

Nell bajó la cabeza hacia el visor y miró las estrellas.

—¿Me has perdonado?

—Digamos que hemos avanzado un poco.

—Me alegro. Si no, Ripley iba a darme una paliza.

—Y da unas buenas palizas.

—Ella te adora. Yo siempre quise tener una hermana. Mi madre y yo estábamos muy unidas y creo que nos unimos más cuando murió mi padre. Pero yo siempre quise una hermana. Te habría gustado mi madre. Era dura, lista y divertida. Empezó su negocio de cero cuando se quedó viuda. Y consiguió sacarlo adelante.

—Me recuerda a alguien que conozco.

Nell esbozó una sonrisa.

—Mi padre decía siempre que yo era igual que ella. Zack, lo que soy ahora es lo que era entonces. La aberración fueron los tres años intermedios. Tú no reconocerías a la persona que llegué a ser durante ese tiempo perdido. Ni siquiera yo soy capaz de hacerlo.

—Quizá hayas tenido que pasar por eso para ser lo que eres ahora.

—Quizá — se le empañaron los ojos y la luz del telescopio se hizo borrosa—. Siento como si siempre hubiera estado dirigida hacia aquí. Todos los sitios por los que he pasado… Miraba a mi alrededor y pensaba que ése no era el sitio, que no había llegado todavía. Sin embargo, lo tuve muy claro el día que me monté en el trasbordador y vi la isla flotando sobre el mar. Éste es mi destino final.

Zack levantó las manos que tenían entrelazadas y besó el dorso de las manos de Nell.

—Yo lo supe el día que te vi detrás de la barra.

La emoción le subió por el brazo y le llegó directamente al corazón.

—Tengo todo un historial, Zack, lleno de complicaciones. Más de las que puedo decirte. Me preocupo por ti más de lo que nunca pensé que pudiera llegar a hacer por nadie. No quiero complicarte la vida con mis problemas.

—Nell, ya es demasiado tarde para preocuparse por eso. Estoy enamorado de ti.

Ella sintió otro estremecimiento.

—Hay demasiadas cosas que no sabes y cualquiera de ellas podría hacer que cambiaras de idea.

—No tienes muy en cuenta mis recursos.

—Sí, claro que sí. Está bien, dejémoslo así —se soltó la mano y se levantó. Afrontaba mejor las crisis cuando estaba de pie—. Hay otra cosa que quiero decirte, y no espero que lo entiendas ni que lo aceptes.

—Eres cleptómana.

—No.

—Eres agente de un grupo clandestino.

Aquello consiguió hacerle reír.

—No, Zack…

—Espera, ya lo sé. Eres una de esas fanáticas de *Star Trek* que se sabe todos los diálogos de memoria.

—No, sólo los de la primera parte.

—Bueno, eso es admisible. De acuerdo, me doy por vencido.

—Soy una bruja.

—Ah, bueno, eso ya lo sabía.

—No lo digo como un eufemismo de mi personalidad —explicó con impaciencia—. Lo digo literalmente: Conjuros, encantamientos y todas esas cosas. Una bruja.

—Ya, me di cuenta el día que bailabas desnuda y resplandecías como una vela. Nell, he vivido en

Tres Hermanas toda mi vida. ¿Esperas que me sorprenda o que cruce los dedos para alejar al diablo?

Nell frunció el ceño. No sabía si sentirse aliviada o decepcionada por su reacción.

—Esperaba que te quedaras más sorprendido.

—Lo estuve en una época —reconoció Zack—, pero vivir con Ripley rebajó la impresión. Naturalmente, ella no tiene ninguna relación con esas cosas desde hace tiempo. Quizá me fastidiaría un poco si me dijeras que me habías hecho un conjuro de amor.

—Desde luego que no. Ni siquiera habría sabido cómo hacerlo. Estoy… aprendiendo

—Entonces, eres una aprendiz de bruja —los dos se rieron y él se levantó—. Supongo que Mia te meterá pronto en el redil.

¿Es que aquel hombre no se sorprendía por nada?

—Hace un par de noches, invoqué a la luna.

—¿Qué quieres decir con eso? No, déjalo, da igual. No tengo mucha cabeza para lo metafísico. Soy un hombre sencillo, Nell.

Le pasó las manos por los brazos de esa forma tan suya que la excitaba y calmaba a la vez.

—No, no lo eres.

—Lo suficientemente sencillo como para saber que estoy a solas con una mujer hermosa desperdiciando la luz de la luna.

Acercó su boca a la de ella y la besó generosamente.

Cuando Nell, rendida, dejó caer la cabeza y le rodeó el cuello con los brazos, él la llevó hacia la puerta de cristal.

—Quiero llevarte a la cama. A mi cama. Quiero amarte; quiero a la niña que se crió en un cuartel y cuidó de su madre —abrió la puerta y entraron—. Te quiero.

Mientras se dejaban caer en la cama, Nell pensó que allí estaba la verdad. Y la compasión. Él le daría todo eso, tanto como el deseo y el anhelo. Cuando Zack la tocó, la emoción, las ansias delicadas y fluidas, fueron bien recibidas. Por primera vez sintió satisfecha la necesidad que tenía de un hogar.

Ella se movió lenta y dulcemente al compás que le marcaba su amante. Se abrió libremente a él, entregándole su corazón tanto como su cuerpo.

Su piel se estremecía con el simple roce de sus dedos. No pudo reprimir un suspiro por la prolongada y líquida tensión que sentía en su interior. Cuando las bocas volvieron a encontrarse, Nell puso en aquel beso todo lo que tenía dentro. Le dio con el corazón todo lo que no podía darle con palabras. Le entregó su cuerpo.

Zack le recorrió los hombros con los labios y se maravilló de la firmeza de los músculos y de la delicadeza de los huesos. El sabor de aquella mujer le intoxicó, llegó a desear su aroma más que la siguiente bocanada de aire.

Llegó a los pechos y los complació con los labios, los dientes y la lengua hasta que el corazón empezó a latirle como un mar embravecido. El ritmo de sus cuerpos se aceleró y ella se arqueó bajo él con un jadeo entrecortado.

Descendió sin prisas. Un roce de los dedos, una caricia con los labios. Notó que Nell empezaba a temblar mientras a él la sangre le martilleaba en las venas con penetrantes punzadas de deseo. Ella tanteó con las manos y luego se aferró a las sábanas casi con desesperación cuando él le levantó las caderas y llevó la boca hasta allí. Con una especie de paciencia cruel, la llevó hasta un clímax ensordecedor.

La respiración de Nell era un puro gemido; tenía la piel húmeda y resbaladiza. Rodaron sobre la maraña de sábanas. Ella sentía una oleada de pasión abrasándole bajo la piel hasta que todo su cuerpo pareció un horno a punto de estallar.

—Zack...

—Todavía no, todavía no.

Él estaba a punto de enloquecer por el sabor de su carne, por el apremio de sus manos. El pálido resplandor de la luna hacía que el cuerpo de aquella mujer pareciera irreal, como un mármol blanco que ardía de puro erotismo y brillaba con el sudor de la lujuria. Su boca era insaciable y su cuerpo estaba encabritado. Volvió a gritar fuera de sí cuando él la llevó más allá del límite con los dedos.

Nell se movió como un rayo, completamente fuera de control. Habría jurado que la cama giraba en círculos enloquecedores cuando se puso a horcajadas sobre él. Le abrazó entre jadeos, cabalgó encima de él, lo guió como él la había guiado a ella. Se agachó hacia él y lo besó arrebatadamente en la boca, luego volvió a erguirse con los brazos sobre la cabeza y sintió que volaba mientras la energía le recorría el cuerpo.

Zack la agarró con fuerza; los dedos le resbalaban en las incansables caderas. Su sangre era un puro hervor y la cabeza un torrente. Por un instante sólo pudo ver los ojos de Nell, eran como llamas azules, fulgurantes como piedras preciosas.

Zack se incorporó, la besó en el corazón y explotó.

Catorce

Ripley paró el todoterreno y se quedó mirando a Nell que estaba descargando su coche. El sol se había puesto y los turistas estaban en el hotel tomando bebidas calientes para protegerse de la ola de frío que azotaba la isla como un latigazo que llegaba del nordeste.

Casi todos los lugareños estaban tranquilamente en sus casas terminando de cenar o viendo la televisión. Ella estaba deseando hacer las dos cosas, pero no había conseguido estar a solas con Nell desde que ésta se presentó en la puerta de su casa.

—O entras muy tarde o verdaderamente pronto —le gritó Ripley.

Nell levantó la caja y se encorvó con la chaqueta forrada de piel que había comprado por correo.

—Es una reapertura. El club literario de Mia empieza la temporada después de las vacaciones de verano.

—Ah, ya —Ripley salió del coche. Llevaba una vieja cazadora de aviador que le encantaba y botas de montañismo. Un gorro negro de lana había sustituido a la gorra de verano—. ¿Te echo una mano?

—No voy a decir que no —contenta por no notar signos de animosidad, Nell señaló la otra caja con el codo—. Son refrescos para la reunión. ¿Vas a ir?

—Imposible.

—¿No te gusta leer?

—Sí, me gusta leer, lo que no me gustan son los grupos: están formados por miembros y los miembros suelen ser personas. Está claro.

—Personas que conoces —indicó Nell.

—Más a mi favor. Este grupo está formado por un montón de cotorras que pasan más tiempo despellejando al prójimo que comentando cualquier libro que hayan elegido como excusa para salir de casa.

—¿Cómo lo sabes si no eres del club?

—Digamos que tengo un sexto sentido para estas cosas.

—De acuerdo —Nell agarró bien la caja mientras se acercaban a la entrada trasera. A pesar del tiempo, la salvia de Mia colgaba tan roja y fresca como en julio—. ¿Por eso no aceptas la Hermandad? ¿Porque es como pertenecer a un grupo?

—Ése sería un motivo suficiente. Además, no me gusta que me digan que tengo que comulgar con algo que empezó trescientos años antes de que yo naciera.

Una ráfaga de viento le agitó la cola de caballo como si fuera un estandarte espeso y oscuro. No le hizo caso, y tampoco se lo hizo a los dedos helados que querían taparse con la cazadora.

—Yo creo —continuó Ripley— que las cosas pueden y deben afrontarse sin necesidad de decir cuatro bobadas alrededor de un caldero. Además, no me gusta que la gente se pregunte si llegaré a los sitios montada en una escoba con un sombrero negro y puntiagudo.

—No puedo discutir tus dos primeros motivos —Nell abrió la puerta y entraron en la tienda caliente y acogedora—, pero no comparto los segundos. Nunca he visto a Mia decir bobadas encima de un caldero ni nada parecido, ni tampoco he visto a nadie que la mire como si pensara que está a punto de montarse en una escoba.

—A mí no me sorprendería que lo hiciera —Ripley saludó con la cabeza a Lulú—. Hola, Lulú.

—Hola, Rip —Lulú siguió colocando las sillas plegables—. ¿Vas a venir esta noche?

—¿Les ha salido pelo a las ranas?

—No, que yo sepa —olisqueó—. ¿Huelo a pan de jengibre?

—Has acertado a la primera —le respondió Nell—. ¿Quieres que pongamos los refrescos de alguna forma especial?

—Tú eres la especialista. Mia sigue arriba. Si no le gusta cómo los has puesto, te lo dirá.

Nell llevó la caja a la mesa que ya estaba preparada. Había abierto algunas grietas en el caparazón de Lulú, pero todavía tenía que atraversarlo del todo. Reconoció que estaba convirtiéndose en un reto personal.

—¿Crees que puedo quedarme un rato?

Lulú la miró por encimas de las gafas.

—¿Has leído un libro?

Nell sacó la bandeja de pan de jengibre para intentar congraciarse con ella.

—Bueno, no. No me enteré de lo del club hasta la semana pasada y…

—Todo el mundo puede dedicar una hora al día a la lectura. Da igual lo ocupada que esté.

—Vamos, no seas tan perra, Lulú.

Nell se quedó boquiabierta ante las palabras de Ripley, pero por el rabillo del ojo vio que Lulú reaccionó con una sonrisa.

—No puedo evitarlo. Lo llevo en la sangre. Puedes quedarte si se queda ésa también —apuntó con un dedo a Ripley.

—No me interesa estar con un montón de tías que no paran de hablar de un libro y de quién se acuesta con quién y con quién no. Además, no he cenado todavía.

—El café sigue abierto hasta dentro de diez minutos —le dijo Lulú—. Los guisantes y la sopa de jamón estaban buenos. Te vendrá bien estar un rato con tías. Descubre la mujer que llevas dentro.

Ripley resopló. Sin embargo, la idea de la sopa le parecía muy apetecible; en realidad, le parecía bien la idea de tomar cualquier cosa que no tuviera que prepararse ella.

—La mujer que llevo dentro no necesita ser descubierta. Es mezquina y ruin. Pero probaré la sopa. —Fue hacia la escalera—. Es posible que me quede los primeros veinte minutos —dijo por encima del hombro—. Pero si lo hago, quiero la primera rebanada del pan de jengibre.

—¿Lulú? —Nell colocaba galletas con forma de estrella sobre una bandeja de cristal.

—Qué

—Te llamaré perra si eso ayuda a que nos conozcamos mejor, como las que descubren la mujer que llevan dentro.

Lulú resopló también.

—Tienes una lengua muy larga cuando quieres. Tú llevas tu cruz y mantienes tu palabra. Eso es lo que va conmigo.

—También hago un pan de jengibre de primera.

Lulú se acercó y cogió una rebanada.

—Eso lo decidiré yo. No dejes de leer el libro de octubre antes de la próxima reunión.

Nell mostró sus hoyuelos.

—Lo haré.

* * *

En el piso de arriba, Ripley consiguió enfadar a Peg al pedirle la sopa un par de minutos antes de la hora de cerrar.

—Tengo una cita, de modo que si no te terminas eso antes de que llegue la hora, tendrás que fregar el cuenco.

—Puedo dejarlo en el fregadero como harías tú para que Nell se ocupe mañana por la mañana. Ponme un poco de chocolate caliente. ¿Sigues saliendo con Mick Burmingham?

—Sí. Vamos a tumbarnos en el sofá y a ver la primera, la segunda y la tercera parte de *Scream*.

—Qué erótico. Si quieres lárgate, yo no me chivaré a Mia.

Peg no lo dudó.

—Gracias —se quitó el delantal—. Me largo.

Ripley se sentó dispuesta a disfrutar de la sopa en una maravillosa soledad. Nada podía haberle estropeado más ese momento de placer que el taconeo de Mia.

—¿Dónde está Peg?

—Le he dado permiso. Tenía una ardiente cita en perspectiva.

—Tú no tienes por qué dar permiso a mis empleadas. El café no se cierra hasta dentro de cuatro minutos y entre sus obligaciones está limpiar la vitrina, la barra y la cocina después de cerrar.

—Bueno, pues yo la he largado, de modo que puedes echarme la bronca a mí.

Ripley, intrigada, seguía revolviendo la sopa sin dejar de observar a Mia.

Era todo un acontecimiento ver fuera de sus casillas a la tranquila señora Devlin. No paraba de juguetear con la cadena del amuleto que llevaba colgando de cuello mientras recorría la barra.

—Hay una normativa de sanidad sobre la limpieza en el servicio de comida. Ya que has sido tan generosa con Peg, podías limpiarlo tú misma.

—En eso estaba yo pensando —replicó Ripley, pero sintió una punzada de remordimiento que amenazaba con estropearle la cena—. ¿Qué mosca te ha picado?

—Tengo que dirigir un negocio, y eso exige algo más que pavonearse por el pueblo, que es tu especialidad.

—Que te jodan, Mia. Eso mejoraría tu humor.

Mia se volvió.

—Yo, al revés que tú, no resuelvo las cosas jodiendo.

—Quieres hacerte la dama de hielo porque Sam Logan te rechazó, ése es tu… —Ripley se detuvo arrepentida al ver que Mia se quedaba pálida—. Lo siento. Ha estado fuera de lugar. Completamente fuera de lugar.

—Olvídalo.

—Suelo pedir perdón cuando doy un golpe bajo. Aunque vinieras buscando guerra. Es más, no sólo me disculpo, sino que te pregunto qué ocurre.

—¿A ti qué te importa?

—En condiciones normales, nada, pero no suelo verte fuera de tus casillas. ¿Qué pasa?

Habían sido muy buenas amigas. Íntimas como hermanas. Por eso le costaba más a Mia sentarse y hablarle claramente. Pero el asunto que le preocupaba era más importante que las peleas o las rencillas. Se sentó enfrente de Ripley y la miró a los ojos.

—Hay sangre en la luna.

—Ya, por…

Antes de que Ripley terminara, Mia la agarró de la muñeca.

—Se avecinan problemas, problemas graves. Me conoces lo suficiente como para saber que no te lo diría precisamente a ti si no estuviera segura.

—Y tú me conoces lo suficiente como para saber lo que opino de las visiones y los augurios —explicó, pero sintió un escalofrío en la espina dorsal—.

Llegará antes de que las hojas terminen de caer y tengamos la primera nevada. Estoy segura, pero no sé qué es ni de dónde viene. Hay algo que me impide verlo.

Ripley se sentía incómoda cuando veía esa mirada oscura y profunda en los ojos de Mia. Era como si pudiera ver en ellos mil años atrás.

—Zack y yo nos haremos cargo de cualquier problema que llegue a la isla.

—Va a hacerte falta algo más, Ripley. Zack quiere a Nell y tú le quieres a él. Ellos son el centro del asunto. Lo noto. Si no cedes, algo va a torcerse. Algo que ninguna de nosotras podrá enderezar otra vez. Yo no puedo hacer sola lo que hay que hacer, y Nell no está preparada todavía.

—Yo no puedo ayudarte de esa forma.

—No quieres.

—Poder o querer viene a ser lo mismo.

—Efectivamente —dijo Mia mientras se levantaba. Sus ojos ya no brillaban de ira; eso habría sido fácil de combatir. Reflejaban en cambio un profundo abatimiento—. Niega lo que eres, desperdicia lo que eres. Espero sinceramente que no tengas que arrepentirte.

Mia bajó las escaleras para saludar al club literario y ocuparse del asunto que tenía entre manos. Ripley, una vez sola, apoyó la barbilla en el puño. Era un ataque de remordimiento. Cuando Mia no le lanzaba sus pequeños dardos envenenados, sentía que le abrumaba un denso remordimiento. No iba a dejarse arrastrar. Si la luna tenía un halo rojo, sería por algún extraño fenómeno atmosférico que no tenía nada que ver con ella. Dejaría los augurios y las visiones para Mia, ya que le gustaban tanto.

No debería haber ido por allí esa noche, no debería haberse puesto a tiro de Mia. Estaban todo el día incordiándose la una a la otra. Llevaban así más de una década. Pero no siempre había sido igual.

Habían sido amigas, amigas casi inseparables, hasta que entraron en la edad adulta. Ripley recordaba que su madre decía que eran como gemelas de corazón. Lo habían compartido todo y quizá ése fuera el problema.

Era normal que los caminos se separaran cuando la gente crecía, era normal que los amigos de la infancia siguieran caminos distintos. Reconoció que ése no había sido el caso de ella y Mia; lo que les sucedió había sido como un hachazo en el mismo centro de su amistad. Violento y repentino.

Ella tenía derecho a seguir por donde quisiera. Y había hecho bien en hacerlo. No iba a dar marcha atrás porque Mia estuviera nerviosa por un fenómeno atmosférico.

Aunque ella tuviera razón y estuviera a punto de presentarse un problema. Lo afrontarían con los medios que proporcionaba la ley, no con conjuros.

Había dejado atrás las cosas infantiles, ya no le interesaban los muñecos y demás parafernalia. Había decidido ser sensata y madura. Cuando la gente la miraba, veía a Ripley Todd, ayudante del *sheriff*, una mujer responsable y digna de confianza que hacía su trabajo; no veían a una sacerdotisa extravagante dispuesta a hacerles una poción para animar sus vidas sexuales.

Irritada porque hasta sus pensamientos le parecían defensivos y de mal gusto, recogió sus platos y los llevó a la cocina. Todavía sentía suficientes remordimientos como para enjuagarlos, meterlos en el lavaplatos y limpiar el fregadero. Decidió que con eso pagaba la deuda.

Hasta ella llegaban las voces femeninas desde la parte delantera de la tienda. Podía oler el incienso que Mia había encendido, una esencia protectora. Ripley se escabulló por la puerta trasera. En esos momentos, ni un tren de mercancías habría conseguido empujarla hasta ese ruidoso grupo de mujeres.

Cuando salió, vio la vela rechoncha y negra encendida, un encantamiento para alejar al diablo. Se habría burlado de ella, pero bajó la mirada.

La luna menguante estaba envuelta por una niebla leve y sanguinolenta.

Incapaz de pensar en una burla, se metió las manos en los bolsillos de la cazadora y clavó la vista en el suelo mientras iba hacia el coche.

* * *

Mia echó los cerrojos cuando salieron las últimas asistentes a la reunión. Nell estaba recogiendo las bandejas y las servilletas cuando Lulú cerró la caja registradora.

—¡Ha sido muy divertido! —Nell amontonó las tazas de café con el ruido alegre de la loza—. Y muy interesante. Nunca había comentado un libro de esa manera. Cuando leo uno, bueno, pienso si me ha gustado o no, pero nunca había comentado el porqué. Y prometo leer el del mes que viene para poder participar.

—Yo me ocuparé de los platos, Nell. Debes estar cansada.

—No lo estoy —Nell levantó una bandeja cargada—. Esta noche había mucha energía aquí. He notado que se apoderaba de mí.

—¿No te está esperando Zack?

—Ah, esta noche, no. Le he dicho que iba a colarme en la reunión.

Lulú esperó hasta que Nell estuvo arriba.

—¿Qué pasa? —le preguntó a Mia.

—No lo sé bien —Mia empezó a plegar sillas para tener las manos ocupadas—. Eso es lo que más me preocupa. Se acerca algo y no puedo definirlo. Por esta noche, ha salido bien —miró hacia arriba mientras apilaba las sillas en el almacén—. Por esta noche, ella ha salido bien.

—Ella es el centro —Lulú guardó otro montón de sillas—. Creo que me había dado cuenta y por eso no le he dado respiro. La verdad es que es una chica encantadora que trabaja mucho. ¿Hay alguien que quiere hacerle daño?

—Ya se lo han hecho y no pienso permitir que vuelva a ocurrir. Intentaré hacer un presagio, pero tengo que prepararme. Tengo que aclararme las ideas. Hay tiempo. No sé cuánto, pero tendrá que ser suficiente.

—¿Vas a decírselo?

—Todavía no. Tendrá que hacer sus propios preparativos, su purificación. Está enamorada y eso le dará fuerzas, va a necesitarlas.

—¿Qué te da fuerza a ti, Mia?

—La resolución. El amor no me ha funcionado nunca.

—Tengo entendido que él está en Nueva York.

Mia se encogió de hombros. Un gesto cargado de intención. Sabía de quién hablaba Lulú y le molestó que le recordaran a Sam Logan dos veces en la misma noche.

—Es una ciudad muy grande —dijo inexpresivamente—. Estará muy acompañado. Quiero terminar e irme a casa. Quiero dormir.

—Un idiota —murmuró Lulú.

A ella le parecía que había muchos hombres idiotas en el mundo. Y casi todos acababan dándose de narices contra mujeres tozudas.

***

Nell decidió que los conjuros eran como recetas. Y ella dominaba ese terreno. Para que una receta saliera bien hacía falta tiempo, esmero y buenos ingredientes en la proporción adecuada. Si a eso le añadía un poco de imaginación el resultado era un plato personal.

Sacaba tiempo entre los trabajos y la lectura para estudiar el libro de conjuros que le había prestado Mia. Se imaginaba que a su socia le divertiría que lo considerara como una especie de libro de recetas metafísicas, pero no creía que fuera a ofenderse.

También tenía que robar tiempo para meditar, visualizar, crear y reunir sus propias herramientas de modo que pudiera tener lo que le gustaba considerar su bien surtida despensa de bruja.

Pero en ese momento pensaba premiarse con su primera sesión práctica en solitario.

—Conjuros de amor, conjuros de destierro, conjuros protectores —iba recitando a medida que pasaba las hojas—, conjuros de unión, conjuros de dinero, conjuros curativos.

Se dijo que había algo para todo el mundo y se acordó de lo que le había dicho Mia sobre el cuidado que debía tener en lo que deseaba. Un deseo irreflexivo o egoísta podía volverse contra ella de una forma desagradable y verdaderamente inesperada.

Haría algo sencillo y que no afectara a nadie ni hiciera daño de forma involuntaria.

Primero utilizó la escoba para alejar la energía negativa y luego la colgó en la puerta para que no volviera a entrar. Eligió las velas mientras *Diego* se frotaba contra sus piernas y las grabó con los símbolos adecuados. Decidió que podría aprovechar toda la energía que pudiera reunir y eligió los cristales para reforzarla. Los colocó junto al tiesto con los geranios quemados de Zack.

Soltó aire y volvió a inspirar.

Se remitió a un conjuro curativo que Mia le había escrito en un pergamino con tinta china y, con los ojos cerrados, memorizó las palabras para conseguir su propósito.

—Allá vamos —susurró. Que esta planta se cure y la belleza de sus pétalos perdure. Mmm… su vida pronto desapareció y a nadie nunca dañó. Dadle de nuevo su libertad. Que se haga mi voluntad.

Se mordió el labio y esperó. El geranio se empeñaba tozudamente en seguir marchito. Nell se inclinó para mirarlo de cerca.

Volvió a erguirse.

—Me parece que no estoy preparada para ser solista.

Quizá debiera volver a intentarlo. Tenía que visualizar, ver la planta exuberante y llena de vida. Tenía que oler los pétalos y las flores, canalizar la energía. ¿O era la energía de la planta? En cualquier caso, darse por vencida a la primera la convertía en una bruja pusilánime.

Volvió a cerrar los ojos, empezó todo el proceso y dio un respingo al oír una llamada en la puerta trasera. Se dio la vuelta tan rápidamente que dio una patada a *Diego* y lo mandó al otro lado de la habitación, lo que hizo que se cayera de espaldas y empezara a limpiarse como si eso fuera lo que había estado esperando todo el rato.

Nell le abrió la puerta a Ripley entre risas.

—Patrullaba por aquí y he visto la vela. ¿Tienes problemas con el suministro de luz? —entró antes de que contestara la pregunta y vio las velas rituales—. Ah.

—Estoy ensayando y a juzgar por los resultados necesito mucha más práctica. Pasa.

—No quiero interrumpir —desde la noche de la sesión literaria, había decidido parar, o al menos pasar, todas las noches por allí—. ¿No es ésa la planta muerta de nuestro porche?

—No está muerta todavía, pero le falta poco. Le pregunté a Zack si podía intentar recuperarla.

—¿Haces conjuros con geranios muertos? Vaya, me parece genial.

—Me dije que si me equivocaba, por lo menos no haría daño a nadie. ¿Quieres un té? Acabo de hacer un poco.

—Bueno, Zack me ha dicho que vendrá cuando termine. Hemos tenido un B y B: borracho y bronca. Un menor. Ha vomitado el paquete de seis cervezas que birló de la nevera de su casa. Zack está llevándolo a casa.

—¿Es alguien que yo conozca?

—El hijo mayor de los Stuben. Anoche le dejó la novia y ha decidido ahogar las penas con la cerveza de su padre. Como lo único que ha conseguido es vomitar como un condenado, supongo que la próxima vez buscará otra forma de recomponer su corazón destrozado. ¿A qué huele?

—Estoy asando un costillar de cerdo. Puedes quedarte a cenar.

—No pienso quedarme para ver cómo os miráis con ojitos tiernos, pero no me importaría que me mandaras un poco de cena con Zack.

—Encantada —le pasó la taza de té—, pero no nos miramos con ojitos tiernos.

—Pues hacedlo.

Nell sacó de la nevera una bandeja con aperitivos diminutos.

—Caray, ¿todas las noches cenáis así? —preguntó Ripley.

—Zack es mi conejillo de indias.

—Qué suerte tiene el cabrón —Ripley cogió una barquita de pasta de berenjenas—. Lo que no le guste, puedes mandármelo a mí. Yo te diré si está bueno.

—Eres muy amable. Prueba los champiñones rellenos, Zack no quiere.

—No sabe lo que se pierde —afirmó Ripley después de darle un mordisco—. El asunto de las comidas marcha bien, ¿no?

—Sí —pero Nell soñaba con un horno de convección y un congelador. Aunque sabía que era imposible meterlos en su pequeña y acogedora cocina y que estaban fuera del alcance de su empresa—. Estoy haciendo sandwiches y una tarta para un bautizo el sábado.

—El nuevo bebé de los Burmingham.

—Efectivamente. Y la hermana y la familia de Lulú vienen de Baltimore la próxima semana. Lulú quiere agasajarlos. Me parece que hay cierta rivalidad entre las hermanas —Nell señaló el horno con el dedo—. Voy a hacer este costillar de cerdo y quería probarlo primero.

—Es increíble en Lulú. Es una tacaña de tomo y lomo.

—Hemos hecho un trato, un trueque. Ella va a hacerme un par de jerséis. Podré usarlos el invierno que viene.

—Todavía tiene que hacer algo de calor. Nos queda el veranillo de San Miguel.

—Espero que tengas razón.

—Entonces... —Ripley se agachó y tomó a *Diego* en brazos—. ¿Qué tal Mia?

—Está bien. Últimamente parece un poco distraída —Nell arqueó las cejas—. ¿Por qué lo preguntas?

—Por nada. Me imagino que estará muy ocupada con el Halloween. Lo vive de verdad.

—Vamos a decorar la tienda justo la semana antes. Me han dicho que todos los niños de la isla llaman a la puerta de la tienda.

—¿Quién se perdería un caramelo de una bruja? Será mejor que me vaya —le hizo una caricia rápida a *Diego* y lo dejó en el suelo—. Zack tardará un minuto. Puedo llevarme ese tiesto si... —se quedó muda mientras lo miraba—. Vaya, vaya, qué hija de perra.

Los tallos verdes estaban cubiertos de unos maravillosos pétalos carmesí.

—¡Lo conseguí! Ha funcionado —se acercó a la mesa de un salto y hundió la nariz en la exuberante planta—. No puedo creérmelo. Quiero decir. Quería creerlo, pero no pensaba realmente que fuera a conseguirlo. No yo sola. ¿No te parece preciosa?

—Sí, no está mal.

Ripley conocía aquella sensación, la acumulación de energía, la emoción resplandeciente. El placer, enorme e insignificante a la vez. Sintió una vaga nostalgia mientras Nell levantaba el tiesto y daba vueltas con él en el aire.

—No todo son flores y rayos de luna, Nell.

—¿Qué ocurrió? —Nell bajó el tiesto y lo acunó como si fuera un bebé—. ¿Qué ocurrió para que aborrezcas así lo que tienes?

—No lo aborrezco. Sencillamente, no lo quiero.

—Yo he vivido sin poderes. Es mejor tenerlos.

—Lo mejor no es poder reanimar flores, lo mejor es poder cuidar de una misma. No necesitas un libro de conjuros para aprender a hacer eso.

—Una cosa no tiene por qué excluir a la otra.

—Quizá, no. Pero la vida es mucho más fácil cuando lo hacen —Ripley fue hasta la puerta y la abrió—. No te olvides de las velas.

* * *

Había recogido la mesa y la había arreglado cuando Zack llegó. La cocina olía a asado y a velas apagadas.

Le encantaba oír sus enormes zancadas cuando se acercaba a la puerta de la cocina. Luego se paraba y se frotaba los pies en el felpudo. Abría la puerta, entraba una ráfaga de viento cortante y él se quedaba sonriendo en el umbral hasta que ella le daba un beso en la boca.

—Es más tarde de lo que esperaba.

—No importa. Ripley se ha pasado por aquí y me lo ha avisado.

—Entonces, supongo que no necesitas esto.

Sacó un ramo de claveles de detrás de la espalda.

—No, pero sí que los quiero —los cogió—. Gracias. He pensado que podíamos probar este vino australiano del que hablaban en la revista... si quieres abrirlo.

—Muy bien —se volvió para colgar la cazadora del gancho. La vista se le clavó en el tiesto de geranios que ella había dejado en la encimera. Le dejó un poco perplejo, pero tras titubear un instante, fue a colgar la cazadora—. Me imagino que no lo has conseguido con fertilizantes.

—No —rodeó los tallos de los claveles con los dedos—. ¿Te importa?

—No me importa, pero una cosa es hablar de ello, incluso saberlo, y otra verlo —abrió un cajón para coger el sacacorchos—. En cualquier caso, no tienes que ir arreglando todos los desaguisados que yo haga.

—Te quiero, Zack.

Se quedó con el sacacorchos en una mano y la botella en la otra. Estaba paralizado y abrumado por las emociones.

—Me ha costado esperar a que me dijeras eso.

—Antes no podía decirlo.

—¿Por qué ahora?

—Porque me has traído claveles; porque no tengo que arreglar todos los desaguisados que hagas; porque cuando oigo que te acercas todo se revuelve dentro de mí; porque el amor es la magia más vital. Yo quiero darte la mía.

Zack dejó cuidadosamente el sacacorchos y la botella de vino en la encimera y le pasó delicadamente las manos por las mejillas y el pelo.

—He estado toda mi vida esperándote —le besó con ternura la frente—. Quiero pasar contigo lo que me quede de ella.

Ella no hizo caso de la punzada de aprensión que notó en el estómago y se concentró en su felicidad.

—Concedámonos el momento. Cada minuto es precioso —apoyó la cabeza en su hombro—. Hay que aprovechar cada minuto.

Quince

Evan Remington deambulaba por las habitaciones palaciegas de su casa de Monterrey. Aburrido e inquieto, observaba sus pertenencias. Las había elegido todas con mucho cuidado, ya fuera personalmente o a través de un decorador que seguía sus instrucciones concretas.

Siempre había sabido con precisión lo que le gustaba y lo que quería. Siempre se había ocupado de conseguirlo. Al coste que fuera y con el esfuerzo que fuera necesario.

Todo lo que le rodeaba era un reflejo de su gusto, tan admirado por sus socios y sus colegas, y por cualquiera que quisiera entrar en cualquiera de esas categorías.

Pero a él todo aquello le disgustaba.

Pensó subastarlo. Podría donarlo a alguna buena causa de moda y conseguir un poco de buena prensa a la vez que se deshacía de cosas que ya no quería. Podría filtrar que se deshacía de esas cosas porque le recordaban dolorosamente a su difunta esposa.

Su adorada Helen, perdida para siempre.

Pensó incluso en vender la casa. La realidad era que le recordaba a ella. En Los Angeles no tenía ese problema. Ella no había muerto en Los Angeles.

Desde el accidente iba muy pocas veces a Monterrey. No solía pasar más de un par de días y siempre iba solo. Por supuesto, no tenía en cuenta al servicio; para él los criados estaban en la misma categoría que los muebles: eran necesarios y tenían que ser eficientes.

La primera vez que volvió, el dolor lo desgarraba. Lloró como un desesperado tumbado sobre la cama que había compartido con ella, aferrado a su camisón, oliendo el aroma que desprendía.

El amor lo consumía y el dolor amenazaba con devorarlo vivo.

Ella le había pertenecido.

Cuando pasó el tormento, deambuló por la casa como un espectro, tocó lo que ella había tocado, escuchó el eco de su voz, percibió un resto de su aroma por todas partes. Como si ella estuviera dentro de él.

Pasó una hora en el vestidor de su esposa y acarició toda su ropa. No se acordó de la noche que la encerró allí porque había llegado tarde a casa.

Se regodeó en su recuerdo y cuando no pudo soportar más estar en la casa, fue en coche hasta el lugar del accidente. Y estuvo llorando al borde del acantilado.

El médico le recetó algunos medicamentos y descanso. Los amigos le arroparon con compasión.

Empezó a disfrutar con todo eso.

Al cabo de un mes, ya había olvidado que le había insistido a Helen para que fuera a Big Sur ese día. Consiguió autoconvencerse de que él le había insistido en que no fuera, que se quedara en casa y descansara hasta que se encontrara bien.

Naturalmente, ella no le hizo caso. Nunca le hacía caso.

El dolor dio paso a la ira, una rabia que lo dominaba y que intentaba mitigar con alcohol y soledad. Helen lo había traicionado al salir en contra de su voluntad, al empeñarse en asistir a esas fiestas frívolas en vez de respetar los deseos de su marido.

Ella lo había dejado imperdonablemente solo.

Pero también pasó la rabia. Llenó ese vacío con una fantasía que se hizo sobre su matrimonio y sobre él mismo. Oyó que la gente hablaba de ellos como de una pareja perfecta a la que la tragedia había separado.

Lo leyó, pensó en ello. Lo creyó.

Llevaba uno de sus pendientes colgado de una cadena junto al corazón y consiguió que el medio de comunicación adecuado se enterara de aquel detalle. Se decía que Clark Gable había hecho lo mismo cuando perdió a Carol Lombard.

Conservó la ropa de ella en los armarios, sus libros en las estanterías y sus perfumes en los frascos. Erigió un ángel de mármol en la tumba vacía; todas las semanas, recibía una docena de rosas rojas a sus pies.

Se concentró en el trabajo para conservar la cordura. Consiguió volver a dormir sin soñar que Helen volvía con él. Poco a poco, ante la insistencia de sus amigos, empezó a hacer vida social. Pero no le interesaban las mujeres que querían consolar al viudo; salía con ellas sólo porque era una forma de que la prensa no le olvidara. Se acostó con algunas sólo porque si no hablarían de él en términos poco halagadores.

El sexo no le había apasionado nunca. El dominio sí.

No se había planteado volver a casarse. No habría otra Helen. Estaban destinados el uno al otro. Ella estaba hecha para él, para que él la moldeara, le diera forma. A veces había tenido que castigarla, pero la disciplina era parte de la formación. Él había tenido que enseñarla.

Al final, durante las últimas semanas que pasaron juntos, Evan había llegado a creer que por fin había aprendido. Era rara la vez que cometía un error en público o en privado. Se había sometido a él como una mujer debía someterse a su marido y él le había dejado claro que estaba satisfecho con ella.

Recordaba, o se había convencido de que recordaba, que había estado a punto de recompensarla con un viaje a Antigua. Ella, su Helen, estaba fascinada con el océano y le había confiado durante aquellas primeras semanas embriagadoras de amor y descubrimientos que a veces soñaba con vivir en una isla.

Al final, el mar se la había llevado.

Notó que la depresión se apoderaba de él como una niebla espesa y se sirvió un vaso de agua mineral para tomarse la pastilla.

En uno de sus bruscos cambios de humor decidió que no vendería la casa. Volvería a abrirla. Daría una de esas fiestas tan lujosas para invitados selectos en las que Helen había actuado de anfitriona tantas veces y con tanto éxito.

Se sentiría como si ella estuviera a su lado, que era donde tenía que estar.

Sonó el teléfono, pero él no hizo caso y siguió de pie mientras acariciaba la joya de oro a través de la camisa de lino.

—¿Señor? Le llama la señora Reece. Le gustaría hablar con usted si no está ocupado.

Evan, sin decir nada, alargó el brazo para que le entregaran el teléfono inalámbrico. Ni siquiera miró a la doncella uniformada que se lo entregó; abrió la puerta corredera y salió a la terraza para hablar con su hermana.

—¿Barbara?

—Evan, me alegro de encontrarte. A Deke y a mí nos encantaría que vinieras con nosotros al club esta tarde. Podemos jugar al tenis y comer en la piscina. Ya hace unos días que no te veo.

Él empezó a pensar en alguna excusa. El círculo de amistades de su hermana en el club no le interesaba casi nada. Pero recapacitó pronto ya que sabía lo bien que organizaba Barbara las fiestas. Y lo mucho que ella deseaba librarlo del engorro de los detalles.

—Me parece muy bien. Además, quiero hablar contigo —miró su Rolex—. Nos veremos allí, a las once y media.

—Sensacional. Prepárate. He practicado el revés.

* * *

Tenía perdido el partido. Barbara había roto su servicio otra vez y hacía cabriolas por la pista con su conjunto de tenis de última moda. Naturalmente, ella podía perder el tiempo cualquier maldito día de la semana practicando con un profesor mientras el capullo de su marido se dedicaba a jugar al golf.

Evan, en cambio, era un hombre ocupado con un trabajo que le exigía mucho y con clientes poderosos que lloriqueaban como bebés si no les prestaba toda su atención.

Él no tenía tiempo para juegos estúpidos.

Lanzó una bola con toda su fuerza sobre la red y rechinó audiblemente los dientes cuando Barbara se estiró y la devolvió. Sudoroso, corrió con un gesto de crispación en la boca.

Era un gesto que Nell habría reconocido, y temido.

Barbara lo reconoció también y falló la jugada.

—Vas a matarme —gritó ella mientras volvía a su sitio lentamente.

Pensó que Evan siempre había sido muy temperamental. Le costaba no ganar, no salirse con la suya. Le había pasado siempre. De niño, reaccionaba de dos maneras: con un silencio gélido que podía traspasar el acero o con una explosión de violencia.

Su madre siempre le decía que ella era mayor, y que tenía que ser una buena hermana y dejarle ganar.

Tenía tan asimilada esa costumbre que casi no tuvo que meditar la decisión de fallar el golpe siguiente. Además, la tarde sería mucho más agradable si él ganaba. No merecía la pena provocar una situación incómoda por un simple partido de tenis.

Barbara se tragó su espíritu competitivo y acabó perdiendo el juego.

La expresión de Evan cambió casi al instante.

—Has jugado muy bien, Evan. Nunca llegaré a tu altura.

Le sonrió mientras se preparaban para el siguiente set. A los chicos les espanta perder contra las chicas, era otra de las enseñanzas de su madre.

¿Y cuando esos chicos se convertían en hombres?

Evan se puso de un humor espléndido cuando terminó ganando el partido. Se encontraba sobrado de fuerzas, ágil y cariñoso. Le pasó un brazo por los hombros y le besó la mejilla.

—Tienes que perfeccionar tu revés todavía.

Barbara sintió un brote de irritación en la garganta que se tragó inmediatamente.

—El tuyo es imparable —dijo mientras recogía la bolsa—. Y como me has humillado, te toca pagar la comida. Quedamos en la terraza. Treinta minutos.

Barbara se hizo esperar, era una molestia mínima. Cuando apareció, a Evan le complació mucho lo atractiva que estaba, su magnífica presencia.

Detestaba que una mujer fuera mal vestida o peinada y su hermana no le defraudaba nunca.

Era cuatro años mayor que él, pero podía pasar por una mujer de treinta y cinco. Tenía el cutis cuidado y firme, el pelo liso y lustroso y la figura esbelta.

Se sentó a su lado debajo de una sombrilla.

—Voy a consolarme con un cóctel de champán —cruzó las piernas enfundadas en seda salvaje—. Entre eso y que estoy con el hombre más atractivo del club, mi humor mejorará inmediatamente.

—Yo estaba pensando en lo guapa que es mi hermana.

A ella se le iluminó la cara.

—Siempre dices las cosas más encantadoras.

Y era verdad... cuando ganaba. Barbara se felicitó una vez más por haber tirado por la borda el partido.

—No esperemos a Deke —dijo mientras seguía sonriendo a su hermano—. Sabe Dios cuándo terminará.

Pidió un cóctel y una ensalada César y se quejó ruidosamente cuando su hermano pidió langostinos en salsa.

—Me fastidia muchísimo que tengas ese metabolismo. No engordas ni un gramo. Probaré un poco de tus langostinos y te maldeciré cuando mi entrenador personal me torture mañana.

—Con un poco de disciplina, Barbara, mantendrías una buena figura sin necesidad de pagar a nadie para que te haga sudar.

—Créeme, se merece cada dólar que le doy. El muy sádico —se reclinó con un suspiro para protegerse del sol—. Dime, querido, ¿de qué querías hablarme?

—Voy a dar una fiesta en la casa de Monterrey. Va siendo hora de...

—Sí —su hermana se inclinó hacia delante y le tomó las manos entre las suyas—. Sí, va siendo hora. Me alegro mucho de volver a verte bien, Evan, de ver que haces planes. Has pasado una época espantosa.

Se le llenaron los ojos de lágrimas; le quería tanto, le importaban tanto sus sentimientos, que parpadeó sin preocuparse por el maquillaje.

A Evan le horrorizaban las escenas en público

—Has empezado a salir adelante durante las últimas semanas. Eso es bueno. Es lo que Helen hubiera deseado.

—Tienes razón, claro.

Apartó las manos mientras servían las bebidas.

A Evan no le gustaba que le tocaran. Otra cosa era un contacto casual. En el mundo de los negocios, los abrazos o los besos eran una herramienta más. Pero detestaba que le acariciaran.

—No he organizado una buena reunión desde que pasó lo de Helen. Sí algunas cosas de negocios, naturalmente, pero... Helen y yo planeábamos todos los detalles de las fiestas juntos. Ella se ocupaba de muchas cosas, las invitaciones, el menú... todo sometido a mi aprobación, claro. Esperaba poder convencerte para que me ayudaras.

—Claro que lo haré. Sólo tienes que decirme lo que tienes pensado y para cuándo. La semana pasada fui a una fiesta muy glamorosa y divertida.

Les robaré algunas ideas. La dieron Pamela y Donald. Pamela suele ser una pelmaza, pero sabe organizar una fiesta. Hablando de ella... creo que debería decirte... espero que no te enfades. Prefiero decírtelo yo antes de que lo oigas por ahí.

—¿De qué se trata?

—Pamela ha estado cotilleando, ya la conoces.

Evan apenas sabía de quién le estaba hablando.

—¿Y?

—Ella y Donald se fueron de vacaciones al este hace un par de semanas. Primero fueron a Cape Cod, pero ella acabó convenciendo a Donald para que siguieran dando vueltas y alojándose en albergues, como nómadas. Asegura que mientras andaban por allí, visitando un pueblo u otro, vio a una mujer que se parecía a Helen.

La mano de Evan se crispó sobre el vaso.

—¿Qué quieres decir?

—Me llevó a un rincón y no paró de darle vueltas. Decía que a primera vista le pareció un fantasma. Insistía tanto en que esa... aparición podía ser una doble de Helen, que me preguntó si tenía una hermana. Le dije que no. Me imagino que vio de refilón una rubia delgada de la edad de Helen y echó a volar la imaginación. Como no hace más que contarlo, no quería que te enteraras por ahí de un rumor que podía hacerte daño.

—Esa mujer es idiota.

—Bueno, la verdad es que tiene bastante imaginación —dijo Barbara—. Bueno, asunto zanjado, dime cuánta gente tienes pensado invitar.

—Doscientos, doscientos cincuenta —respondió distraídamente—. ¿Dónde dice Pamela que vio a ese… fantasma?

—En una isla de la costa este. No estoy segura del nombre porque intentaba cambiar de conversación. Algo sobre unas hermanas. ¿De etiqueta o informal?

—¿Cómo?

—La fiesta, querido. ¿De etiqueta o informal?

—De etiqueta —murmuró Evan mientras dejaba que la voz de su hermana se convirtiera en algo parecido al zumbido de unas abejas.

* * *

Lulú vivía en una casa de madera de dos pisos a un par de manzanas de la calle principal. Tenía las contraventanas y el porche pintados de un rojo carmesí por lo que era fácil distinguirla de las de sus vecinos más conservadores. En el porche tenía un columpio con manchas y rayas de colores que recordaban a un cuadro de Jackson Pollock. En el estrecho camino de hierba había una bola morada y brillante que daba sombra a una gárgola en cuclillas que sacaba la lengua a todo el que pasara por allí.

Un dragón alado de un verde iridiscente coronaba el tejado como una veleta junto a una manga de aire decorada con el estampado más extravagante. En el corto camino de entrada estaban aparcados un sedán último modelo de un color negro muy discreto y el Volkswagen naranja fosforescente de 1971 de Lulú. Un collar de cuentas para el amor, de la misma época, colgaba del retrovisor.

Nell siguió las instrucciones y aparcó una casa más abajo. Cargando con la comida, fue hacia la puerta trasera y Lulú abrió antes de que llamara.

—Te ayudaré —agarró a Nell de debajo del codo y la metió dentro—. Los he mandado a dar un paseo y espero que no vuelvan antes de veinte minutos. O más, si tengo suerte. Syl ha sido una pesadilla desde que nació.

—Tu hermana.

—Mis padres aseguran que lo es, pero yo tengo mis dudas —Lulú apoyó la cabeza en la caja en cuanto la dejaron en la encimera—. Me pone los pelos de punta pensar que puedo compartir la sangre con esa engreída, estrecha mental, estúpida y plasta. Soy dieciocho meses mayor, de modo que pasamos los años sesenta juntas y por el mismo camino. La diferencia es que ella tiene esa época en el baúl de los recuerdos, lo cual lo dice todo.

—Ah.

Nell intentó imaginarse a Lulú como una hippy sin ataduras, entregada al amor libre, y le pareció que tampoco era tan raro. Para la cena con su familia se había puesto una camiseta en la que se leía que tenía una pistola y estaba desbordada de estrógenos.

Nell pensó que aquella era una buena advertencia.

316

—Mmm. A pesar de todo, es agradable que os juntéis de vez en cuando.

—Sólo viene una vez al año, alabado sea el Señor. Según el evangelio de Sylvia, una mujer no es una mujer si no tiene un marido e hijos, preside un comité de mierda y sabe cómo hacer un centro de mesa de emergencia con una cuerda, un trapo y una lata de atún vacía.

—Nosotras vamos a hacer algo más que eso —Nell metió el asado en el horno para calentarlo—. He hecho la carne en su propia salsa, de modo que sólo tienes que echarla por encima y servirlo con los platos de acompañamiento. La ensalada de otoño es lo primero. Diles que dejen un hueco para la tarta de queso y calabaza.

—Se va a quedar boquiabierta —Lulú se sirvió otra copa del vino que había abierto para pasar ese trago—. Estuve casada.

Lo dijo con tal rotundidad y tanta rabia que Nell se volvió para mirarla.

—Ah…

—No sé por qué me empeñé en casarme. Yo no estaba embarazada ni nada por el estilo. Una estupidez. Supongo que lo hice para demostrar que todavía podía rebelarme. Era tan inútil como guapo: resultó que su idea del matrimonio era tener un sitio donde ir después de haberse acostado con la primera zorra de la que se hubiera encaprichado esa noche.

—Lo siento.

—No hace falta que lo sientas. Experiencias de la vida. Le di una patada en el culo en 1985. Sólo me molesta cuando viene Sylvia pasándome por las narices a su marido, que no es más que un picapleitos con unos michelines que le cuelgan hasta los pies; por no hablar de sus hijos, un par de adolescentes insoportables con zapatos de campo de doscientos dólares, y otras alegrías de su vida en las afueras. Preferiría que me arrancaran la piel a tiras antes de vivir en una de esas casitas tan monas y todas iguales.

Nell se aprovechó de que el vino o la situación hubieran soltado la lengua de Lulú.

—Entonces, ¿no os criasteis aquí?

—No. Somos de Baltimore. Me largué cuando tenía diecisiete años y me fui a Haight-Ashbury. Viví una temporada en una comuna de Colorado. Viajé y tuve experiencias. Cuando llegué aquí no había cumplido los veinte. Llevo ya treinta y dos años viviendo en la isla. Dios mío... —al pensarlo, se sirvió más vino—. Trabajaba para la abuela de Mia. Hacía un poco de todo. Luego, cuando ella nació, su madre me contrató para que la cuidara cuando hiciese falta. Carly Devlin es una persona encantadora, pero el caso es que no tenía mucho interés en criar a una niña.

—Lo hiciste tú. No lo sabía —Nell pensó que no era de extrañar que protegiera tanto a Mia—. Piense lo que piense tu hermana, tú también tienes una hija en realidad.

—Muy cierto —asintió con la cabeza y dejó la copa—. Haz lo que tengas que hacer. Yo volveré enseguida —se fue hacia la puerta y se volvió—. Si viene mi hermanita la perfectita, dile que trabajas en la tienda y que habías pasado por aquí para preguntarme algo.

—De acuerdo.

Sin perder de vista el reloj, Nell organizó la comida. Metió la ensalada y los aliños en la nevera y las patatas asadas y las judías verdes con la carne.

Fue al comedor y vio que la mesa no estaba puesta. Buscó platos y manteles.

—El primer plazo de tu pago —dijo Lulú mientras entraba con una bolsa de papel arrugada.

—Gracias. Mira, no sé qué platos quieres poner, pero me parece que éstos están bien. Son muy alegres e informales.

—Qué bien, son los únicos que tengo.

Lulú esperó mientras Nell sacaba el contenido de la bolsa. Luego sonrió con orgullo ante el gesto de asombro de Nell.

—¡Oh!, ¡Lulú!

Era un jersey de cuello alto muy sencillo que podía usarse con cualquier cosa, pero el color era un azul muy especial y la lana tan suave como si estuviera tejida con jirones de nubes.

—No me esperaba algo así —Nell lo tenía entre las manos y lo frotaba contra la mejilla—. Es maravilloso.

—Llevas colores demasiado neutros —Lulú, satisfecha consigo misma, se apartó un poco para admirar el resultado—. Te apagan el color de la cara. Éste te lo resalta. Ya he empezado el segundo, es largo y de un color rojo vivo.

—No sé cómo agradecértelo. Estoy deseando probármelo y…

—Ya están aquí —farfulló Lulú mientras empujaba a Nell hacia la puerta—. ¡Vete!

—Tienes que revolver la ensalada antes de…

—Sí, sí, ¡vete!

Nell agarró el jersey nuevo y Lulú le cerró la puerta en las narices.

—Servirla —terminó de decir Nell mientras iba hacia el coche entre risas.

Se puso el maravilloso jersey en cuanto entró en su casa. Se subió a una silla que puso enfrente del espejo para poder verse de cuerpo entero.

Hubo una época en la que tuvo docenas de jerséis; de cachemira, de seda, del algodón más delicado y de la lana más fina. Ninguno le había producido la satisfacción de ése que una amiga le había hecho a mano.

O algo muy parecido a una amiga. Era el pago por un trabajo bien hecho.

Volvió a quitárselo, lo dobló cuidadosamente y lo guardó en un cajón.

Se lo pondría el lunes para ir a trabajar. Por el momento, le sería mejor seguir con la camisa, tenía muchas cosas que hacer.

Las tres calabazas estaban en la mesa de la cocina sobre unos periódicos. Ya había utilizado gran parte de la mayor de todas para hacer el postre de Lulú. Ahora sólo tenía que darle la forma adecuada.

Haría pan de calabaza y pastel y galletas. Una vez vacías las pondría en el porche. Unas calabazas gordas y aterradoras para entretener a los vecinos y a los niños.

Había carne y pepitas de calabaza por todos lados cuando entró Zack.

—Tengo que terminar la tercera —él se puso detrás de ella, la rodeó con los brazos y la besó en

el cucllo—. Soy una artista de las lámparas de calabaza.

—De las cosas que se entera uno.

—¿Quieres que te machaque un poco de carne
de calabaza?

—¿Machacarla? ¿Cómo haces el pastel?

—Con una lata —Zack frunció el ceño mientras
ella echaba trozos en un gran cuenco—. ¿Quieres
decir que usas eso?

—Claro, ¿de dónde crees que sale lo que hay en
las latas?

—Nunca lo había pensado. De una fábrica de
calabazas.

Cogió un cuchillo para ponerse con la tercera
calabaza mientras Nell se lavaba las manos.

—Está claro que has llevado una vida entre al-
godones, sheriff Todd.

—Si eso es así, no se me ocurre nadie mejor para que me corrompa. ¿Qué te parece si después de
terminar esto nos vamos en coche al lado de barlovento e infringimos unas cuantas leyes?

—Me encantaría —Nell volvió con un rotula-
dor y empezó a dibujar una cara espantosa en la
primera calabaza—. ¿Todo tranquilo en el pueblo?

—En esta época del año, los domingos suelen
serlo. ¿Le has dejado todo preparado a Lulú?

—Sí. No sabía que había estado casada.

—Hace mucho. Creo que él era un caradura
que trabajó un tiempo en los muelles. No duraron
más de seis meses. Supongo que eso arruinó su relación con los hombres, porque no ha estado con
ninguno desde entonces, que yo sepa.

—Trabajó con la abuela de Mia y luego con su madre.

—Así es. Lulú se ha ocupado de Mia desde que tuvo uso de razón. En realidad, si lo pienso bien, es la única persona a la que Mia ha dejado que se ocupe de ella desde hace mucho. Mia tuvo una historia con Sam Logan; su familia es la dueña del hotel. No funcionó y él se marchó de la isla. Caray, han pasado diez años, o quizá más.

—Ah, ya entiendo.

Sam Logan era el hombre al que había amado Mia.

—Sam y yo íbamos juntos cuando éramos jóvenes —Zack seguía vaciando la calabaza—. Hemos perdido el contacto. Pero recuerdo que cuando Mia y él salían juntos, Lulú lo miraba como si fuera un buitre —sonrió al recordarlo y sacó el cuchillo del centro de la calabaza.

Nell lo vio brillar a la luz de la cocina, lo vio gotear. Un vendaval le barrió la cabeza y vio que la camisa y las manos de él se manchaban de sangre que le chorreaba hasta formar un charco en el suelo.

Sin siquiera un suspiro, se cayó si fuerzas de la silla.

***

—Eh, eh. Nell, vamos, Nell.

Ella oía una voz muy débil, como si los dos estuvieran debajo del agua. Notaba algo frío en la cara. Era como si saliera a la superficie desde una profundidad insondable. Abrió los ojos y le pareció ver que se retiraba una bruma, como si fueran apartando velos transparentes uno después de otro, hasta que vio la cara de él.

—¡Zack! —aterrada lo agarró de la camisa para ver las heridas. Notó los dedos torpes e hinchados.

—Espera —se habría reído de la forma en que le desabrochaba los botones si no fuera porque estaba pálida como un fantasma—. Túmbate. Recupera el aliento.

—Sangre. Mucha sangre.

—Shhh.

Su primera reacción cuando Nell se desmayó fue de pánico, pero la superó como hacía siempre. La llevó en brazos al sofá y la reanimó. En ese momento, sentía un nudo en el estómago sobre todo por el miedo tan espantoso que transmitía ella.

—Seguro que hoy no has comido nada, ¿verdad? Alguien que cocina tanto como tú debería aprender a comer a sus horas. Voy a traerte un poco de agua y algo de comer. Si no mejoras, llamaré a un médico.

—No estoy enferma. No me pasa nada. Estabas sangrando —le temblaban las manos mientras las pasaba por el cuerpo de Zack—. Había sangre en tu camisa, en tus manos, en el suelo. Vi...

—No estoy sangrando, cariño. No tengo ni un rasguño —levantó las manos abrió para demostrárselo—. Habrá sido un efecto de la luz.

—No lo era —lo abrazó con todas sus fuerzas—. Lo he visto. No vuelvas a tocar el cuchillo. No lo hagas.

—De acuerdo —la besó en la cabeza y le acarició el pelo—. No lo haré. No pasa nada, Nell.

Ella agarró el medallón y, mentalmente, hizo un encantamiento protector.

—Quiero que lleves esto —más tranquila se pasó la cadena por la cabeza—. Todo el tiempo. No te lo quites.

Zack miró el corazón labrado que había en el extremo de la cadena y tuvo una típica reacción masculina.

—Te lo agradezco, Nell. De verdad, pero es una cosa de mujeres.

—Llévalo por debajo de la camisa —dijo ella con impaciencia—. Nadie tiene por qué verlo. Quiero que lo lleves noche y día —se lo colgó a pesar de sus protestas—. Quiero que me lo prometas —Nell le tomó la cara entre las manos antes de que él siguiera hablando—. Fue de mi madre. Es lo único que conservo de ella. Por favor, hazlo por mí, Zack. Prométeme que no te lo quitarás por ningún motivo.

—De acuerdo, te lo prometo si tú me prometes que comerás algo.

—Tomaremos crema de calabaza. Te gustará.

Esa noche, mientras dormía, corrió desesperada por los bosques sin poder encontrar el camino en una noche sin luna.

El olor a sangre y muerte la perseguían.

Dieciséis

Nell lo borró todo de su cabeza, o al menos lo intentó, y se fue a trabajar. Sirvió café y bollos y bromeó con los clientes habituales. Se puso el jersey azul nuevo y revolvió la crema de calabaza que hervía a fuego lento para la comida.

Repuso el montón de tarjetas de su negocio que Mia le había sugerido que pusiera junto a la caja registradora del café.

Todo era normal, casi alegre. Excepto que durante la mañana se sorprendió queriendo acariciar una docena de veces el medallón que ya no llevaba colgado y cada vez que lo hacía, se le aparecía la imagen de Zack cubierto de sangre.

Esa mañana, Zack tenía que salir de la isla y eso hacía que ella sintiera miedo. Podían atacarle en medio de la calle y dejarlo en el suelo hasta que se desangrara.

Cuando terminó el turno, decidió que no había hecho lo suficiente y que necesitaba que le echaran un cable.

Mia estaba ayudando a un cliente a que eligiera unos libros infantiles. Esperó, mientras se retorcía mentalmente las manos, hasta que el cliente se decidió y se marchó.

—Sé que estás ocupada, pero tengo que hablar contigo.

—De acuerdo. Voy a por mi chaqueta. Daremos un paseo.

Volvió al cabo de unos instantes con una chaqueta de ante puesta sobre el vestido corto. Eran de color amarillo y hacía que el pelo le brillara como una melena de fuego.

Se despidió de Lulú con la mano mientras iban hacia la puerta.

—Voy a comer. Un jersey precioso —añadió—. Lo ha hecho Lulú, ¿verdad?

—Sí.

—Has superado un obstáculo. No te habría hecho algo tan bonito si no hubiera decidido aceptarte. Enhorabuena.

—Gracias. Yo… ¿quieres comer algo?

—No —Mia sacudió la melena y respiró profundamente. Había algunas veces, muy pocas, que se sentía encerrada en la tienda. Que necesitaba espacio—. Quiero caminar.

Ripley había tenido razón con lo del veranillo de San Miguel. La ola de frío había dejado paso a unos días cálidos en los que la brisa húmeda estaba cargada de olores a mar y bosque. El cielo estaba nublado y los árboles se erguían como llamaradas contra el color plomizo. El mar reflejaba el color del cielo y el oleaje machacón presagiaba tormenta.

—Lloverá antes de una hora —predijo Mia—. Mira —señaló al mar y un rayo quebró el cielo como si obedeciera una orden de Mia—. Se acerca una tormenta. Me encantan las buenas tormentas. El aire se carga de electricidad y la sangre se llena de energía. Sin embargo, también me inquietan. Quiero que una tormenta azote mis acantilados.

Mia se quitó los preciosos zapatos, los enganchó con los dedos y entró descalza en la arena.

—La playa está casi vacía —comentó—. Es un buen sitio para pasear y para que me cuentes lo que te preocupa.

—He tenido una... no sé si fue una visión. No sé lo que fue. Me asustó.

Mia agarró a Nell del brazo y caminaron despacio.

—Cuéntamelo.

Cuando terminó de contárselo, Mia siguió caminando.

—¿Por qué le diste a Zack tu medallón?

—Fue lo único que se me ocurrió. Fue un impulso. Es mi posesión más preciada, supongo que por eso.

—Lo llevabas puesto cuando moriste. Lo llevaste contigo a tu nueva vida. Es el símbolo de tu procedencia, la conexión con tu madre. Tu talismán. Magia poderosa. Él lo llevará porque tú se lo has pedido y eso hace que sea más poderosa todavía.

—Es un medallón, Mia. Algo que mi padre le compró a mi madre una Navidad. No tiene ningún valor.

—Tú sabes que es algo más. Su valor está en el significado que tiene para ti y en el amor que sientes por tus padres. En el amor que has entregado a Zack.

—¿Es suficiente? No entiendo que pueda serlo. Sé lo que significaba, Mia —eso era lo que la aterraba como una bestia que la devoraba por dentro—. En mi visión, él tenía la cara gris y la sangre… había sangre por todos lados. Estaba muerto —se obligó a repetirlo—. Estaba muerto. ¿No puedes hacer algo?

Mia ya había hecho todo lo que se le había ocurrido, todo lo que creía que estaba entre sus poderes.

—¿Qué crees que puedo hacer que no hayas hecho tú?

—No lo sé. Algo más. ¿Fue una premonición?

—¿Es lo que tú crees?

—Sí. Sí —se quedaba sin aliento sólo de pensarlo—. Fue muy claro. Van a matarlo y no sé cómo.

—Lo que vemos son posibilidades. Nada es absoluto. Nada, sea bueno o malo, está garantizado. Tú tuviste esa visión y actuaste para protegerlo.

—¿No hay alguna forma de detener a quien quiera herirlo? Un conjuro…

—Los conjuros no son la solución para todas las situaciones, o no deberían serlo. Recuerda, que lo que lanzas puede volverse contra ti o los tuyos con el triple de fuerza. Al atacar una cosa, puedes liberar otra.

No dijo lo que le pasó por la cabeza: Si detienes el cuchillo, pensó sombríamente Mia, puedes cargar una pistola.

—Se acerca una tormenta —repitió—. Y algo más que rayos van a iluminar el cielo esta tarde.

—Sabes algo.

—Noto algo. No lo veo con claridad. Quizá no me corresponda a mí verlo —dijo con impotencia. Ella, que había sido una bruja solitaria durante tanto tiempo, no podía hacer sola lo que había que hacer—. Te prometo que haré todo lo que pueda para ayudarte —aunque le preocupaba que no fuera suficiente. Vio a Ripley fuera de la playa—. Llama a Ripley. Por ti, ella vendrá. Cuéntale lo que me has contado a mí.

No hizo falta que Nell la llamara, bastó con que se volviera y la mirara. Ripley avanzó hacia ellas con sus sencillos pantalones de algodón y las botas de trabajo.

—Vais a mojaros si os quedáis mucho rato aquí.

—Un trueno —dijo Mia justo antes de que se oyera el rugido sordo que se acercaba por encima del mar—. Un rayo… —en ese momento un rayo rasgó el horizonte por el oeste—. No lloverá hasta dentro de media hora o así.

—¿Te dedicas a predecir el tiempo? —dijo burlonamente Ripley—. Deberías buscarte un trabajo en la televisión.

—No empieces. Ahora, no —Nell pensó que el cielo podía reventar en cualquier momento, pero no le importó—. Estoy preocupada por Zack.

—¿Sí? Yo también. Es preocupante que mi hermano empiece a ponerse joyas de mujer. Pero tengo que agradecerte que me hayas dado la oportunidad de tomarle el pelo.

—¿Te ha dicho por qué lo lleva?

—No exactamente. Dudo que pueda repetir lo que me ha dicho ante una compañía tan distinguida. Pero ha sido un buen comienzo para nuestro día libre.

—Tuve una visión —dijo Nell.

—Vaya, genial —Ripley, molesta, empezó a darse la vuelta, pero se detuvo cuando Nell la agarró del brazo—. Me caes bien, Nell, pero vas a tocarme las narices.

—Déjala, Nell. Tiene miedo de escuchar.

—No tengo miedo de nada —le llevaban los demonios que Mia supiera perfectamente cuál era su punto débil—. Adelante, cuéntame lo que viste en tu bola de cristal.

—No estaba mirando en ninguna bola de cristal. Estaba mirando a Zack.

Daba igual la firmeza con que lo negara o la indiferencia con que se encogiera de hombros, Ripley estaba temblando de los pies a la cabeza.

—Zack sabe cuidar de sí mismo —se alejó y volvió—. Mirad, a lo mejor no os habíais dado cuenta, pero es un servidor de la ley perfectamente formado y entrenado. Lleva un arma y sabe usarla cuando es necesario. Si hace que su trabajo parezca fácil, es porque sabe manejar cualquier situación que se le presente. Yo le confiaría mi vida.

—Lo que Nell te pregunta es si él puede confiarte la suya a ti.

—Yo tengo una placa, un arma y un gancho de derecha bastante bueno. Así es como yo arreglo las cosas —replicó Ripley llena de furia—. Si alguien intenta hacer algo a Zack, puedes jugarte el cuello a que tendrá que vérselas conmigo.

—Las tres de otros tiempos, Ripley —Mia, deliberadamente, le puso la mano en el brazo—. En el fondo, es lo único que se necesita.

—No voy a hacerlo.

Mia asintió con la cabeza. Formaban un círculo bajo la furia del cielo.

—Lo estás haciendo.

Ripley, instintivamente, dio un paso atrás y rompió la conexión.

—No contéis conmigo. No, para esto.

Les dio la espalda a ellas y al viento que se levantaba y se encaminó hacia el pueblo dando patadas a la arena.

—Lo pensará y le dará mil y una vueltas. Como tiene la cabeza dura como el granito, le costará más de lo que yo querría, pero está vacilando por primera vez en años —Mia dio una palmada de consuelo en el hombro a Nell—. No pondrá en peligro a Zack.

Volvieron a la tienda y apenas había entrado cuando empezó a llover a mares.

* * *

Nell encendió las velas dentro de las tres calabazas, no sólo como decoración, sino por el motivo original, y las puso en el porche para alejar los malos espíritus.

Gracias a lo que había aprendido en los libros de Mia y a su instinto, se lanzó con determinación a hacer que su casa fuera el refugio más seguro posible.

Barrió toda la energía negativa y encendió velas que la protegieran y le dieran tranquilidad. Puso jaspe rojo y pequeños tiestos con salvia en los antepechos de las ventanas y piedras de la luna y ramitos de romero debajo de la almohada de su cama.

Hizo una olla de caldo de pollo. El caldo se cocía a fuego lento mientras la lluvia caía con fuerza y así su casa se convirtió en un lugar acogedor y protector.

Pero ella no podía estar tranquila. Iba de una ventana a otra y de puerta en puerta. Intentó hacer algo que la mantuviera ocupada, pero no supo qué. Se obligó a sentarse en el despacho para terminar una propuesta de trabajo, pero a los diez minutos se puso de pie otra vez con la concentración tan quebrada como el cielo lo estaba por los rayos.

Se dio por vencida y llamó a la comisaría. Seguramente, Zack ya habría vuelto. Hablaría con él, escucharía su voz y se sentiría mejor.

Sin embargo, fue Ripley la que contestó y le dijo, con una voz tan cortante como una bofetada, que Zack no había vuelto todavía, que estaría de vuelta cuando hubiera vuelto.

La preocupación se hizo aún más intensa. Para ella, la tormenta se convirtió en una tempestad. El aullido del viento ya no era melodioso sino amenazador.

La lluvia era un telón que lo cubría todo y los rayos parecían armas arrojadizas. La oscuridad oprimía las ventanas como si fuera a romper los cristales para irrumpir en la casa. Los poderes que había aprendido a aceptar, incluso a recibir con los brazos abiertos, empezaron a vacilar como la llama de una vela movida por un aliento cálido.

La cabeza se le llenó imaginando miles de situaciones posibles, cada una más espantosa que la anterior. Al final, incapaz de soportarlo, agarró la chaqueta. Bajaría al muelle a esperar el trasbordador.

Abrió la puerta en el momento en el que cayó un rayo. Pudo ver una sombra que avanzaba hacia ella en medio de la oscuridad. Abrió la boca para gritar, pero en medio del olor a lluvia y a tierra mojada, captó el olor de su amado.

—¡Zack! —se abalanzó en sus brazos con tanto ímpetu que casi acabaron en el suelo—. Estaba muy preocupada.

—Ahora estás mojada —la llevó dentro de la casa—. Menudo día he elegido para salir de la isla. El viaje de vuelta en el trasbordador ha sido una pesadilla —dejó a Nell en el suelo y se quitó la cazadora empapada—. Habría llamado, pero mi teléfono móvil no conectaba. Será el último trasbordador que haga el recorrido hoy.

Se pasó las manos por el pelo y se sacudió la lluvia.

—Estás empapado —tenía la camisa mojada y ella pudo ver, para su tranquilidad, el contorno del medallón sobre su corazón—. Y helado —añadió cuando le tomó la mano.

—Tengo que reconocer que llevo media hora soñando con una ducha caliente.

Y ya se la habría dado si Ripley no hubiera estado esperándolo en la puerta, no lo hubiera interrogado y no le hubiera dicho después que Nell estaba esperándolo presa del pánico.

—Puedes dártela ahora. Luego tomarás un plato de sopa caliente.

—Es, sin duda, la mejor oferta que me han hecho en todo el día —le tomó la cara entre las manos—. Siento que te hayas preocupado. No había motivo.

—Ya no estoy preocupada. Date una ducha antes de que cojas frío.

—Los isleños estamos hechos de una madera más fuerte que todo eso.

Le dio un beso en la frente y fue al cuarto de baño.

Dejó las ropas empapadas en un montón en el suelo, abrió el grifo del agua caliente y dejó escapar un suspiro mientras se metía en la ducha.

La pequeña habitación y la bañera no estaban pensadas para un hombre de su estatura. El chorro le apuntaba a la garganta y si no tenía cuidado se raspaba el codo contra la pared cada vez que lo movía. Pero ya se había acostumbrado a esos inconvenientes en el tiempo que llevaba con Nell.

Apoyó las manos en la pared de enfrente y se inclinó hacia delante para que el chorro le diera en la cabeza y la espalda. Había llevado algunos jabones de su casa para no tener que usar los de Nell, que le parecían muy femeninos. Ninguno de los dos había dicho nada al respecto, tampoco sobre la muda de ropa que él había dejado en la balda del armario de ella.

No habían hablado del hecho de que apenas habían pasado una noche separados. Sabía que otras personas lo hacían. Se había fijado en los guiños de sus vecinos y empezaba a acostumbrarse a que su nombre y el de ella se dijeran como si formaran una sola palabra.

Pero no habían hablado de ello. No hablar de lo que temía perder quizá fuera una especie de superstición. O quizá de cobardía.

No estaba seguro de que tuviera importancia, pero sí de que era el momento de dar otro paso adelante.

Aquella tarde, cuando no había vuelto a la isla todavía, ya había dado uno, el mayor paso al que se había atrevido jamás.

Tenía que reconocer que estaba contento. Había sentido algunos nervios, pero se le pasaron enseguida. Ni siquiera el espantoso viaje de vuelta había conseguido estropearle el buen humor.

Le sorprendieron los ruidos al otro lado de la cortina e hizo un movimiento brusco.

El golpe del codo contra la pared y la consiguiente ristra de juramentos retumbó en toda la casa.

—¿Te has hecho daño?

Nell apretó los labios con una mezcla de diversión y compasión y mantuvo contra el pecho el montón de ropa mojada.

—Esta habitación es un peligro —Zack cerró el grifo y corrió la cortina—. Pienso repasar el código… ¿qué haces con eso?

Bueno, yo… —se detuvo desconcertada cuando él salió desnudo de la bañera y le arrebató la ropa de los brazos—. Sólo iba a meterla un rato en la secadora.

Ya me ocuparé yo más tarde. Tengo una muda por aquí —dejó caer la ropa otra vez en el suelo sin hacer caso de la mueca que hizo Nell al oír el ruido sordo y mojado.

Por lo menos cuélgala. Se estropea si la dejas en un montón.

—De acuerdo, de acuerdo —agarró una toalla y se la pasó enérgicamente por la cabeza—. ¿Has venido a recoger lo que yo he dejado tirado?

—La verdad es que sí —bajó la mirada lentamente por el pecho mojado donde colgaba el medallón, por el vientre plano y por las estrechas caderas que él había rodeado con la toalla—. Pero en estos momentos no estoy pensando en el orden.

—¿Cómo es eso? —una mirada de ella le calentaba más la sangre que un océano de agua caliente—. ¿En qué estás pensando?

—Estoy pensando en que lo mejor para un hombre que acaba de llegar empapado por la tormenta es arroparlo en la cama. Ven —ella le tomó la mano y lo llevó al dormitorio.

—¿Vamos a jugar a los médicos? Porque creo que puedo ponerme enfermo de verdad si me compensa.

Nell se rió y retiró el edredón.

—Adentro.

—A sus órdenes.

Nell le quitó la toalla antes de que pudiera hacerlo él, pero lo esquivó cuando intentó agarrarla. Lo empujó a la cama.

—Quizá sepas —empezó a decir mientras recorría la habitación encendiendo velas— que según las leyendas las brujas pueden servir de curanderas.

Se hizo una luz tenue y trémula.

Empiezo a sentirme muy sano.

—Eso lo decidiré yo.

—Contaba con ello —Nell se volvió hacia él.

—Hay una cosa que no había hecho para nadie, ¿sabes qué?

—No, pero me encantaría saberlo.

Se levantó lentamente el borde del jersey y se acordó del día que se había quedado en esa postura en la ensenada junto a su casa.

—Quiero que me mires —se fue quitando el jersey centímetro a centímetro—. Y que me desees.

Aunque se hubiera quedado ciego, la habría visto, habría visto el resplandor de la piel iluminada por la delicada luz de las velas.

Dio algo parecido a elegante paso de baile y se quitó los zapatos. El sencillo sujetador blanco se ajustaba con suavidad a los pechos. Levantó la mano hasta el enganche central y observó que Zack seguía el movimiento con la mirada. Lo dejó deliberadamente cerrado y bajó las yemas de los dedos por el vientre hasta el pantalón.

Él sentía que el pulso le retumbaba por todo el cuerpo mientras Nell deslizaba la tela sobre las caderas y las piernas. Se lo terminó de quitar con la misma facilidad y soltura.

—¿Por qué no me dejas que haga yo el resto?

Ella esbozó una sonrisa y se acercó, pero no lo suficiente. Nunca antes se había propuesto seducir a un hombre y no iba a perder la oportunidad. Se acarició el cuerpo mientras se imaginaba las manos de él sobre su piel, estremecida al oír la respiración entrecortada de Zack.

Con una leve y experta sonrisa en los labios, se desabrochó el sujetador y lo dejó caer. Tenía los pechos plenos y sensibles. Se bajó las braguitas y se las quitó. Estaba húmeda.

—Quiero tomarte —susurró ella—. Lentamente. Quiero que me tomes —se metió en la cama a gatas y se puso a horcajadas sobre él—. Lentamente —le pareció que iba a derretirse encima de él—. Como si no fuera a terminar nunca.

Posó sus labios cálidos y delicados sobre los de él. Anhelantes. Su sabor, tan masculino, se apoderó de ella como una droga. Cuando Zack se giró para apurar el beso, para obtener más, ella rodó con él, pero no se sometió. Poco a poco, empezó a recorrerle la espalda con la punta de los dedos y gozó con la contracción de los músculos que ella excitaba.

Nell se dejó llevar por la pura sensación. La luz de las velas dejó de ser tenue, las llamas se elevaban firmes y rectas como lanzas y llenaban el aire con embriagadores fragancias.

Se arrodillaron en el centro de la cama torso contra torso y boca contra boca. Si fuera un conjuro, habría caído en su hechizo eternamente, sin duda, sin oposición. Fuera bruja o mujer, o una mezcla de las dos, era suya.

Zack observó el contraste de sus manos contra la piel de Nell, oscuras contra un fondo claro, lo ásperas que se veían al lado de su delicadeza tan femenina. Observó cómo abarcaba los pechos con sus manos y cómo se endurecían sus pezones cuando los acariciaba con el pulgar.

Se tocaron y se saborearon. Un roce, un sorbo, una caricia interminable, un trago largo y cadencioso.

Cuando él entró en ella, las subidas y bajadas parecían seguir el ritmo de sucesivas oleadas de seda. La magia resplandecía cuando se miraron el uno al otro. En ese momento no existía nadie que no fueran ellos. Latido contra latido, con una intimidad que iba más allá de la cópula, que satisfacía plenamente las necesidades del pasado y superaba la pasión.

Le brotó del corazón y lo derramó como si fuera oro.

Ella volvió a esbozar una sonrisa cuando él la besó en la boca. Unieron las manos y entrelazaron los dedos mientras juntos escapaban de este mundo.

***

Nell permaneció acurrucada junto a él con la mano sobre el rítmico latido del corazón, y le pareció que nada podía alcanzarlos. Pensó que su refugio era seguro ya que ellos estaban a salvo en su interior.

En ese momento, le parecía que todos sus temores y preocupaciones y el terror que se había adueñado de ella, no eran más que tonterías.

No eran más que un hombre y una mujer enamorados que yacían en una cama y escuchaban los retazos de la tormenta que pasaba sobre ellos.

—Me pregunto si alguna vez aprenderé a mover objetos.

—Cariño, ya lo haces bastante bien —se rió él.

—No —Nell le dio una torta juguetona—. Quiero decir llevar objetos de un lado a otro. Si pudiera hacerlo, diría las palabras adecuadas y podríamos tomar el caldo de pollo en la cama.

—Seguro que eso no se puede hacer, ¿verdad?

—Estoy segura de que Mia sí puede si lo desea lo suficiente. Pero los aprendices como yo tenemos que levantarnos, ir a la cocina y hacerlo de la manera tradicional.

Giró la cabeza para darle un beso en el hombro y se levantó.

—¿Por qué no te quedas en la cama y te traigo la sopa? —preguntó Zack.

Nell lo miró por encima del hombro mientras iba al cuarto de baño para ponerse la bata que por fin se había comprado.

—Eres muy listo al proponer eso cuando ya me he levantado.

—Ya que me has pillado, me pondré algo encima y te echaré una mano.

—De acuerdo. Saca ese montón de ropa mojada del cuarto de baño.

¿Ropa mojada? Tardó un minuto en acordarse. Nell ya se había marchado cuando él se levantó y agarró los pantalones empapados del suelo; buscó en el bolsillo y resopló aliviado cuando encontró la cajita.

Entró en la cocina mientras ella servía unos platos de sopa. Estaba preciosa, muy hogareña, con la bata rosa, descalza y un poco despeinada.

—Nell, ¿por qué no esperamos a que se enfríe un poco?

—Vamos a tener que esperar. ¿Quieres vino?

—Dentro de un momento —había pensado que se pondría nervioso, un poco por lo menos, pero estaba completamente tranquilo. Le puso las manos en los hombros, la volvió hacia sí y bajó las manos hasta los codos—. Te quiero, Nell.

—Yo…

Fue todo lo que pudo decir antes de que él le tapara los labios con los suyos.

Había pensado hacerlo de otra manera. Llevarte a dar un paseo en coche por la noche; bajar a la playa con la luna llena; una cena romántica en el hotel. Pero éste es el momento adecuado, el lugar adecuado y la forma adecuada para nosotros.

La punzada que Nell sintió en el estómago fue un aviso. Pero no podía apartarse. No podía moverse.

—Había pensado en distintas formas de hacerlo. En las palabras más indicadas y en cómo las diría. Pero ahora mismo sólo puedo decirte que te quiero, Nell. Cásate conmigo.

Nell dejó escapar la respiración que había estado conteniendo mientras el júbilo y el sufrimiento libraban una batalla inútil dentro de ella.

—Zack. Llevamos tan poco tiempo juntos…

—Podemos esperar si quieres, pero no entiendo el motivo.

—¿Por qué no podemos dejar las cosas como están?

Él había previsto muchas reacciones, pero no había contado con el tono de miedo en su voz.

—Porque necesitamos un sitio para nosotros, una vida propia, no trozos de ti y de mí.

—El matrimonio sólo es una formalidad legal —dijo, y se volvió y se dirigió a ciegas hasta el armario de los vasos.

—Eso es para algunas personas —replicó Zack tranquilamente—. No para nosotros. Nosotros somos normales. Cuando las personas normales se enamoran, se casan y forman una familia. Quiero compartir mi vida contigo, tener hijos contigo y hacerme viejo contigo.

Ella estaba a punto de echarse a llorar. Todo lo que él decía era lo que ella quería en lo más profundo de su corazón, tan profundo que se llamaba alma.

—Vas demasiado deprisa.

—Yo no lo creo —sacó la caja del bolsillo—. He comprado esto porque ya hemos empezado nuestra vida juntos, Nell. Es el momento de saber dónde nos lleva.

Ella cerró los puños y bajó la mirada. Zack le había comprado un zafiro, una piedra cálida y preciosa engarzada en un sencillo anillo de oro. Él había sabido que necesitaba sencillez y calidez.

Evan había elegido un diamante, un cuadrado brillante sobre platino que parecía un trozo de hielo en su dedo.

—Lo siento, Zack. Lo siento. No puedo casarme contigo.

Él sintió que el corazón se le partía, pero no se inmutó.

—¿Me quieres, Nell?

—Sí.

—Entonces me merezco saber por qué no quieres hacerme una promesa ni aceptar una mía.

—Tienes razón —hizo todo lo posible por no perder la calma—. No puedo casarme contigo, Zack, porque estoy casada.

No podía haber dicho nada que le impresionara más.

—¿Casada? ¿Estás casada? Por el amor de Dios, Nell, llevamos unos meses juntos.

—Lo sé —la sorpresa se había convertido en enfado. La miraba como si fuera una desconocida—. Lo abandoné. Hace más de un año.

Zack había superado el primer obstáculo: que estuviera casada y no se lo hubiera dicho. Pero no podía con el segundo: que siguiera casada.

—Lo abandonaste, pero no te divorciaste de él.

—No, no pude. Yo...

—Has permitido que te acariciara, que me acostara contigo, que me enamorara de ti cuando sabías que no eras libre.

—Sí —de repente hacía un frío en la cocina que le llegaba a los huesos—. No tengo ninguna excusa para eso.

—No voy a preguntarte cuándo pensabas decírmelo; evidentemente, no pensabas hacerlo —cerró de golpe la caja y se la guardó en el bolsillo—. No me acuesto con las mujeres de otros hombres, Nell. Si me hubieras dicho algo, una maldita palabra, no habríamos llegado a este punto.

—Lo sé. Es culpa mía.

A medida que el enfado de él aumentaba, Nell notaba que iba perdiendo la fuerza que había conseguido recuperar; como también iba perdiendo el color de las mejillas.

—¿Crees que con eso lo solucionas todo? —siguió Zack, abatido por la ira y el dolor—. ¿Crees que reconocer tu culpa te limpia tu jodida conciencia?

—No.

—Maldita sea —se apartó bruscamente y notó que ella se encogía—. Gritaré cuando tenga que hacerlo. Me enfurece que te quedes ahí como si esperaras que fuese a golpearte. No voy a pegarte, ni ahora, ni nunca. Y es insultante que te quedes ahí preguntándote si lo haré o no.

—No sabes lo que es.

—No, no lo sé porque tú no quieres decírmelo —se dominó todo lo que pudo aunque seguía furioso—, o sencillamente me dices lo justo para que las cosas vayan bien hasta la siguiente vez.

—Quizá sea verdad, pero te advertí de que no podía decírtelo todo. Que no iba a entrar en detalles.

—Esto no es un maldito detalle. Sigues casada con el hombre que te hizo daño.

—Sí.

—¿Tienes pensado acabar divorciarte?

—No.

—Muy bien, es más que suficiente.

Se puso las botas y la cazadora.

—No puedo permitir que sepa dónde estoy. No puedo dejar que me encuentre.

Zack fue a abrir la puerta, pero se quedó parado con la mano en el picaporte.

—¿No te has parado a pensar... nunca me has mirado y has pensado que haría lo que fuera por ti? Nell, lo habría hecho por un desconocido porque es mi trabajo. ¿Cómo es posible que no supieras que lo habría hecho por ti?

Ella lo vio alejarse y pensó que sí que lo sabía. Y que eso también era una de las cosas que le asustaban. Incapaz de llorar, se sentó llena de tristeza en la casa que había hecho segura, y que estaba vacía.

Diecisiete

—Lo he perdido. Lo he estropeado todo.

Nell estaba en la impresionante habitación que Mia tenía como salón. Estaba sentada delante de un fuego enorme y bebía un té de canela. *Isis* estiraba su cuerpo esbelto y cálido sobre su regazo.

Nada de eso conseguía animarla.

—Quizá un poquito. Nada está perdido si puede volver a encontrarse.

—No puedo arreglarlo, Mia. Todo lo que me dijo es verdad. No quise pensar en ello ni darme cuenta, pero es verdad. No tenía derecho a permitir que las cosas llegaran a ese punto.

—No tengo un látigo a mano para que te flageles, pero supongo que podemos encontrar algo —Nell la miró atónita y Mia elevó el hombro elegantemente—. Lo siento por vosotros, naturalmente, pero lo cierto es, Nell, que os enamorasteis, los dos. Y los dos lo llevasteis como teníais que llevarlo. Los dos conseguisteis algo que no todo el mundo consigue. No hay razón para que te arrepientas.

—No me arrepiento de haberlo amado ni de que él me amara. Me arrepiento de muchas cosas, pero no de eso.

—Perfecto. Entonces, tienes que dar el paso siguiente.

—No hay paso siguiente. No puedo casarme con Zack porque estoy unida a otra persona. Incluso si Evan decidiera divorciarse de mí en ausencia o como quiera que se llame, seguiría sin poder casarme con él. Mis documentos de identidad son falsos.

—Detalles.

—No para él.

—Ya, tienes razón —golpeó sus preciosas uñas contra la taza mientras meditaba—. Siendo Zack como es, hay cosas que sólo verá blancas o negras. Siento no haber previsto esto y haberte avisado. Yo lo conozco —siguió diciendo Mia mientras se levantaba para estirar las piernas—. No preví que buscaría una unión legal tan rápidamente. Las cosas del amor pueden conmigo.

Se sirvió más té, deambuló por la habitación y dio un sorbo.

Había dos sofás, ambos de un color verde oscuro, que pedían a gritos que alguien se tumbara y se hundiera en ellos. Estaban salpicados de cojines y hechos con telas delicadas con los tonos de piedras preciosas. La textura era esencial para el lujo y Mia insistía en el lujo cuando se trataba del bienestar.

La habitación estaba llena de antigüedades; ella prefería lo antiguo a lo moderno salvo en el material de oficina. Las alfombras que cubrían el suelo de grandes tablones de castaño estaban gastadas. Había flores por todos lados en jarrones de un cristal de incalculable valor o en vasijas de divertidos colores que no valían nada.

Había encendido algunas de las velas que tenían por todas las habitaciones. Las blancas eran para la tranquilidad.

—Le has ofendido por dos cosas, Nell. Uno, por no caer rendida y completamente emocionada cuando te ha propuesto que te cases con él —se detuvo y arqueó una ceja—. Ya te he dicho que este asunto puede conmigo, pero aun así, cuando un hombre pide a una mujer que se case con él, no puedes pretender que le haga gracia que le rechacen.

—No soy tan tonta, Mia.

—No, querida. Perdona —arrepentida, pero divertida en el fondo por aquel tono mordaz, Mia se puso detrás del sofá y acarició el pelo de Nell—. Claro que no lo eres. Debería haber dicho tres cosas. La segunda es el sentido del honor. Se ha encontrado cazando furtivamente en lo que considera el territorio de otro hombre.

—Vaya. No soy una liebre.

—Zack considera que ha infringido un código. En tercer lugar, creo que es que lo habría hecho en cualquier caso si lo hubiera sabido, si le hubieras puesto en antecedentes. Habría adaptado sus principios porque te quiere y porque se habría sentido aliviado de que hubieras escapado de una situación terrible. Pero le costará asimilar que no se lo hayas dicho, que le hayas dejado meterse en esto y enamorarse a ciegas.

—¿Por qué no puede comprender que mi matrimonio con Evan no significa nada? Ya no soy Helen Remington.

—¿Quieres que te diga la verdad o que te consuele? —preguntó inexpresivamente Mia.

—No puedo conseguir las dos cosas. Será mejor la verdad.

—Le has mentido y al hacerlo le has puesto en una situación insostenible. Además, le has dicho que no tenías intención de divorciarte.

—No puedo...

—Espera. No lo harás, y si no hay un fin no puede haber un principio. Es una decisión exclusivamente tuya, Nell, y nadie puede ni debe tomarla por ti. Pero le has impedido que crea en ti, que esté a tu lado o, lo que me imagino que él preferiría, que te proteja y que sea él quien se enfrente a tus demonios. Nell —se sentó y le tomó las manos—. ¿Crees que lleva una placa para pasar el rato, por una paga ridícula o por poder?

—No, pero no sabe de lo que Evan es capaz. Mia, mi marido está poseído por una paranoia. Por una locura fría y deliberada que no puedo explicar.

—La gente tiende a pensar que la palabra «mal» es demasiado impresionante —dijo Mia—, cuando, en realidad, es extremadamente sencilla.

—Sí —Nell se tranquilizó un poco. A esas alturas debería saber que no tenía que dar explicaciones a Mia—. Zack no entiende que yo no soporte la idea de volver a ver a Evan o de oír su voz. Creo que si eso sucediera, yo me derrumbaría. Me haría añicos.

—Eres más fuerte que todo eso.

Nell sacudió la cabeza.

—Él… me encoge. No sé si me entiendes.

—Sí, te entiendo. ¿Quieres un conjuro que te dé fuerza? ¿Que te proteja de un hombre para que puedas tener a otro?

Mia alargó el brazo y acarició a *Isis* en el lomo. La gata levantó la cabeza, intercambió una mirada que le pareció reveladora con su dueña y volvió a hacerse un ovillo.

—Se pueden hacer algunas cosas —continuó Mia con un tono más enérgico—. Para protegerte, para centrarte, para aumentar tus propias energías. Pero en el fondo, el poder está dentro de ti. Por el momento… —se pasó la cadena de plata con el disco por encima de la cabeza—. Le diste a Zack tu talismán, así que yo te daré el mío. Era de mi bisabuela.

—No puedo aceptarlo.

—Tómalo como un préstamo —dijo Mia, colgándoselo a Nell—. Mi bisabuela era una bruja muy astuta y prudente. Se casó bien. Hizo una operación redonda en Bolsa y supo conservar su fortuna, lo cual yo le agradezco. No me gustaría ser pobre. Ella hizo de médico en la isla antes de que llegara uno de verdad. Entre otras cosas, eliminaba las verrugas, ayudaba en los partos, cosía los cortes y cuidó a la mitad de la población durante una gripe muy contagiosa.

—Es precioso. ¿Qué quiere decir la inscripción?

—Es un idioma muy antiguo, parecido al que se empleó en las inscripciones de las piedras funerarias de Irlanda. Significa valor. Y ahora que llevas mi valor, te daré mi consejo. Duerme. Deja que él se debata con sus sentimientos mientras tú lo haces con los tuyos. Cuando vayas a él, porque él no volverá a ti por mucho que te quiera, ten muy claro lo que quieres y lo que estás dispuesta a hacer por conseguirlo.

* * *

—Estás siendo un gilipollas, Zack.

—De acuerdo. Pero, ¿podrías callarte?

Ripley creía que decir lo que le viniera en gana era una de sus prerrogativas de hermana.

—Escucha, sé que a ella la ha jodido. Pero ¿no quieres saber por qué? —golpeó con las manos en la mesa y se inclinó para poder mirarlo directamente a la cara—. ¿No quieres indagar, presionar o hacer algo hasta que ella te diga por qué sigue casada?

—Ha tenido tiempo de sobra para decírmelo si hubiera querido hacerlo.

Zack estaba concentrado en el ordenador. Cuando se fue de la isla no lo hizo sólo para comprar un anillo; también había testificado en un juicio y ya podía actualizar el fichero del caso.

Ripley hizo un ruido a medio camino entre un gruñido y un aullido.

—Me sacas de mis casillas. No sé cómo no te sacas de tus casillas a ti mismo. Estás enamorado de una mujer casada.

Zack le lanzó una mirada fulminante.

—A estas alturas lo tengo muy claro. Ve a hacer la patrulla.

—Es evidente que ella no quiere al otro. Lo ha dejado tirado. También es evidente que bebe los vientos por ti y viceversa. Nell lleva aquí…, ¿cuánto?, ¿cinco meses? Y todo parece indicar que piensa quedarse una larga temporada. Todo lo que haya pasado antes está liquidado.

—Está casada legalmente y eso no prescribe para mí.

—Claro, claro, Don Perfecto —que Ripley admirara su código de honor no quería decir que no le sacara de quicio—. Entonces, deja que todo siga como estaba. ¿Por qué tienes que casarte? Ah, es verdad, se me había olvidado con quién estaba hablando. Pero si quieres mi consejo…

—No lo quiero. Lo cierto es que no lo quiero.

—Muy bien. Cuécete en tu propia salsa —agarró la cazadora y volvió a dejarla inmediatamente—. Lo siento. No puedo verte sufrir.

Zack lo sabía y dejó de fingir que actualizaba el fichero. Se frotó la cara con las manos.

—No puedo plantearme el futuro con alguien que tiene otra vida que no ha dado por terminada. No puedo acostarme con una mujer que está casada legalmente con otro hombre. No puedo querer a alguien como quiero a Nell si no puedo desear, esperar, un matrimonio, un hogar y unos hijos. No puedo hacer esas cosas, Ripley.

—No. No puedes —se acercó a su hermano por detrás y le rodeó el cuello con los brazos, luego apoyó la barbilla en su cabeza—. Quizá yo pudiera —aunque tampoco se imaginaba queriendo lo suficiente a alguien como para tener que tomar una decisión—. Pero entiendo que tú no puedas. Lo que no entiendo es que si la quieres y la deseas, no puedas sentarte delante de ella hasta que te dé una explicación. Te la mereces.

—Yo no voy a obligarla a nada: no sólo porque no es mi estilo, sino porque creo que el hombre con el que está casada ya la obligó a demasiadas cosas.

—Zack —Ripley inclinó la cabeza hasta apoyar la mejilla en su cabeza—. ¿No se te ha ocurrido pensar que ella puede tener miedo de divorciarse?

—Sí —el estómago le dio un vuelco—. Se me ocurrió alrededor de las tres de esta mañana. Si es verdad, ganas no me faltan de enterarme de todo. Pero eso no cambia las cosas. Está casada y no me lo ha contado. No confía lo suficiente en mí como para que esté a su lado, cueste lo que cueste —dijo y levantó la mano hasta tomar la de Ripley.

Así los encontró Nell cuando abrió la puerta. También vio el brillo acusador en los ojos de Ripley aunque Zack cerrara los suyos.

—Tengo que hablar contigo. A solas. Por favor.

Ripley apretó la mano instintivamente, pero Zack se la soltó.

—Ripley iba a hacer la patrulla.

—Claro, deshazte de mí cuando la cosa se pone interesante.

Estaba poniéndose la cazadora cuando comprendió lo que quería decir la expresión de que se podía cortar la tensión con un cuchillo. En ese momento, Betsy abrió la puerta y asomó la cabeza.

—Sheriff… hola. Nell, Ripley. Sheriff, Bill y Ed Sutter están peleándose delante del hotel. Parece que la cosa puede ponerse fea.

—Yo me ocuparé.

—No —Zack se levantó—. Nos ocuparemos los dos.

Los hermanos Sutter se debatían entre una lealtad familiar inquebrantable y un odio enfermizo. Los dos eran cabezotas y cortados por el mismo y monumental patrón. Zack pensó que mejor sería no dejar que Ripley se metiera en una situación de dos contra una. Miró brevemente a Nell mientras salía.

—Tendrás que esperar.

Nell se frotó los brazos y pensó que había sido gélido. Era difícil aceptarlo de un hombre que podía ser tan cálido y cariñoso. Zack no iba a ponérselo fácil. Aunque pareciera extraño, ella se había convencido de que lo haría.

De que la dejaría hablar; de que la entendería, sentiría compasión y la apoyaría.

Nell, sola en la comisaría, vio cómo su fantasía se hacía añicos y se desvanecía.

Se había tragado su orgullo, había puesto en peligro su tranquilidad y su paz de espíritu, y lo único que había conseguido era que él la premiara con una mirada gélida.

Quizá debiera dejarlo en paz.

Dolida, abrió la puerta. Dio dos pasos y no sólo pudo ver el tumulto, también oírlo. Sintió frío, se abrazó a sí misma y se quedó a ver lo que pasaba.

Un hombre gigantesco con el pelo cortado a cepillo se abalanzaba sobre otro hombre gigantesco con el pelo cortado a cepillo. Se intercambiaban insultos. Una multitud los rodeaba a una distancia prudencial y parecía tomar partido gritando el nombre de uno u otro.

Zack y Ripley se abrían paso. Nell no podía oír lo que decían, pero si bien conseguían calmar a la multitud, no parecían impresionar lo más mínimo a los hermanos Sutter, que hacían de todo menos abofetearse.

Cuando vio el primer puñetazo, Nell se encogió y sintió miedo. El barullo era enorme y lo oía como si fuera el batir de las olas. Un movimiento confuso y sin formas definidas.

Zack tenía sujeto el brazo de un hombre y Ripley el del otro. Unos hermanos habían sacado las esposas; los otros dos se empujaban, se golpeaban, se insultaban y se amenazaban.

Uno de aquellos hombrones se giró violentamente contra el otro, falló el objetivo y estampó un puñetazo en el rostro de Zack.

Nell vio que la cabeza de Zack se daba la vuelta y oyó que la multitud se quedaba en silencio de golpe. Todos se quedaron tan quietos que la escena le pareció como si fuera una película que se hubiese quedado congelada en un fotograma.

Nell echó a correr por la calle y todo se puso en movimiento otra vez.

—Muy bien Ed, maldita sea, estás detenido —Zack le puso las esposas y Ripley hizo lo mismo con el otro hermano—. Y tú también, Bill, por si acaso. Sois un par de animales con el cerebro de un mosquito. Ustedes, vuelvan a sus asuntos —dijo Zack mientras arrastraba a Ed.

Vio a Nell paralizada en la acera como si fuera un cervatillo atrapado por los faros de un coche y volvió a soltar una maldición.

—Vamos, sheriff, sabe de sobra que no quería darle a usted.

—Me da igual a quien quisieras darle —dijo, aunque pensó lo mismo cuando notó el sabor de la sangre en la boca—. Has atacado a un representante de la ley.

—Empezó él.

—Una mierda —protestó Bill mientras Ripley tiraba de él—, pero te aseguro que vas a enterarte en cuanto pueda.

—¿Tú y cuántos más?

—Callaos —ordenó Ripley—. Pareja de delincuentes cuarentones…

—Le ha pegado Ed. ¿Por qué me detiene?

—Sois un incordio público. Si queréis partiros la cabeza, hacedlo en la casa de cualquiera de los dos, pero no molestéis en la calle.

—No irás a encerrarnos… —más tranquilo al ver lo que le esperaba, Ed se volvió para suplicar—. Vamos, Zack, sabes que si me encierras mi mujer me despelleja. En el fondo, sólo era un asunto familiar.

—No lo es si ocurre en la calle y si afecta a mi maldita cara —la mandíbula le palpitaba como si fuera a estallar. Llevó a Ed a la comisaría y lo metió en una de las dos diminutas celdas—. Aquí tendrás tiempo de tranquilizarte mientras llamo a tu mujer. Ya veremos si tiene ganas de venir a pagar la fianza.

—Te digo lo mismo —dijo Ripley a Bill mientras le quitaba las esposas y lo metía en la otra celda —se sacudió las manos y añadió—: Yo redactaré el informe. Escribo a máquina más despacio que tú. Llamaré a sus respectivas mujeres, aunque me temo que se enterarán antes de que me haya puesto con el papeleo.

—Sí —Zack, furioso, se pasó el dorso de la mano por la boca y se manchó de sangre.

—Vas a necesitar algo de hielo para la mandíbula. Y para el labio. Ed Sutter tiene un puño como Idaho de grande. Eh, Nell, ¿por qué no te llevas a nuestro héroe a tu casa y le pones un poco de hielo?

Zack no se había dado cuenta de que ella había entrado; se dio la vuelta lentamente y la miró.

—Sí. De acuerdo.

—Hay hielo atrás. Puedo apañarme solo.

—Será mejor que te alejes un poco de Ed —le aconsejó Ripley—. Hasta que estés seguro de que no abrirás la celda y le devolverás el puñetazo.

—Ya.

Nell se había dado cuenta de que la mirada ya no era gélida, sino de un verde cristalino y ardiente. Se mojó los labios.

—El hielo te bajará la hinchazón y… un poco de romero puede aliviarte el dolor.

—Muy bien. Genial —la cabeza le zumbaba, era mejor acabar de una vez—. Doscientos cincuenta dólares de multa —le indicó Zack a Ripley—. O veinte días. Si no les gusta, puedes redactar una orden de detención y que se las vean en el tribunal.

—A sus órdenes —Ripley sonrió radiante mientras Zack se marchaba.

Era maravilloso. Todo aquel asunto le había levantado el ánimo.

Caminaron en silencio hasta la casa de Nell. Ella no sabía qué decir o cómo decirlo. Ese hombre tan furioso le resultaba tan desconocido como la gélida estatua que antes la había rechazado. Estaba completamente segura de que no quería hablar con ella en ese momento. También sabía lo mucho que se podía tardar en recuperar el equilibrio después de un tortazo.

Zack, aunque había recibido el puñetazo de lleno, no había tenido ninguna reacción aparte del arrebato de rabia.

Había oído muchas veces que las personas parecen más duras de lo que son, y eso parecía ser el caso de Zachariah Todd.

Entró en su casa y, sin decir una palabra, fue a la cocina donde preparó una bolsa con hielo envuelta en un paño fino.

—Te lo agradezco. Te devolveré el trapo.

Nell había puesto agua a calentar para hacer un té, lo miró asombrada.

—¿Dónde vas?

—A dar un paseo para ver si se me pasa esta furia.

—Te acompañaré —dijo, apagando el fuego.

—No quieres estar conmigo en este momento y yo no quiero estar contigo.

Qué difícil era darse cuenta de que, a veces, una bofetada era preferible a unas palabras.

—Eso es inevitable, pero tenemos que hablar y cuanto más tardemos más nos va a costar.

Nell abrió la puerta y esperó.

—Podemos ir al bosque. Se puede considerar un terreno neutral.

Zack no había cogido nada para abrigarse y la lluvia de la noche anterior había hecho que la temperatura bajara. Nell lo miró mientras se dirigían a su pequeña arboleda.

—El hielo no servirá de mucho si no lo utilizas. —Él se lo puso en la mandíbula y se sintió bastante ridículo—. Cuando llegué en verano me imaginé lo maravilloso que sería pasear por aquí en otoño, con el colorido de los árboles y los primeros fríos. Echaba mucho de menos el frío y los cambios de estaciones cuando estaba en California —resopló y volvió a coger aire—. Viví tres años en California. Sobre todo en Los Angeles, aunque pasábamos temporadas en la casa de Monterrey. A mí me gustaba más, pero aprendí a no decírselo o él se habría inventado cualquier motivo para dejar de ir. Le gustaba encontrar pequeñas maneras de castigarme.

—Te casaste con él.

—Sí. Era guapo, romántico, inteligente y rico. Pensé que había encontrado a mi príncipe azul y que viviríamos felices el resto de nuestras vidas. Yo estaba asombrada, halagada y enamorada… Se esforzó mucho para que me enamorara de él. No tiene sentido entrar en detalles. Tú ya has adivinado algunos de ellos. Era cruel con nimiedades y con cosas grandes. Hizo que me sintiera cada vez más pequeña hasta que estuve a punto de desaparecer. Cuando me pegó… la primera vez me impresionó. Nadie me había pegado. Debí haberme marchado en ese instante. Al menos intentarlo. Él no me habría dejado, pero debí haberlo intentado. Sólo llevaba casada unos meses y algo me hizo sentir que me lo merecía. Por ser estúpida o torpe. O desmemoriada. Él me adiestró como a un perro. No estoy orgullosa de eso.

—¿Recibiste alguna ayuda?

El bosque estaba tan silencioso que se podía oír cada paso que daban sobre el lecho de hojas caídas.

—Al principio, no. Yo sabía algo sobre malos tratos; de oídas. Había leído artículos e historias. Pero no me lo aplicaba a mí. Yo no era parte de ése mundo. Yo procedía de una familia buena y estable. Me había casado con un hombre inteligente y con éxito. Vivía en una casa grande y hermosa. Tenía servicio doméstico.

Nell se metió la mano en el bolsillo. Se había hecho una bolsa para que le diera valor y la había atado cuidadosamente con siete nudos; se tranquilizaba cuando la sentía entre los dedos.

—Todo se reducía a que yo no dejaba de cometer errores. Pensaba que cuando aprendiera, todo iría sobre ruedas. Pero todo iba de mal en peor y no podía seguir engañándome a mí misma. Una noche me arrastró escaleras arriba tirándome del pelo. Lo tenía largo en esa época. Pensé que iba a matarme. Pensé que me pegaría, me violaría y luego me mataría. No lo hizo. No hizo nada de todo eso. Pero comprendí que podía haberlo hecho y que yo no habría podido evitarlo. Fui a la policía, pero era un hombre influyente. Yo tenía algunos moratones, pero nada de consideración. Ellos no hicieron nada.

Él sintió que le abrasaban las entrañas.

—Debieron haber hecho algo. Debieron haberte llevado a un refugio.

—Para ellos yo era una esposa rica y mimada que daba problemas. Daba igual —dijo Nell con un tono cansado—. Aunque me hubieran llevado a cualquier parte, él me habría encontrado. Me escapé una vez y él me encontró. Lo pagué. Me dejó claro una cosa: yo le pertenecía y nunca lo abandonaría. Me encontraría fuera donde fuese. Él me quería —sintió un escalofrío estremecedor al decir eso. Se detuvo y miró a Zack—. Según lo que él entendía por amor; sin reglas ni vínculos. Egoísta, frío, obsesivo y poderoso. Me prefería muerta antes de dejarme marchar. No es una exageración.

—Te creo, pero te marchaste.

—Porque cree que estoy muerta.

Le contó con voz clara e inexpresiva lo que había hecho para romper sus cadenas.

—Por Dios, Nell —tiró al suelo la bolsa de hielo—. Es un milagro que no te mataras.

—Fuera como fuese, me escaparía. Vendría aquí. Creo, creo sinceramente, que empecé a venir aquí en el preciso instante en el que el coche voló hacia el mar. Que empecé a venir a ti.

Zack se metió las manos en los bolsillos porque sentía unas ganas tremendas de tocarla, pero no sabía si la acariciaría o la sacudiría violentamente.

—Tenía derecho a saberlo… cuando las cosas cambiaron entre nosotros. Tenía derecho a saberlo.

—Yo no esperaba que las cosas cambiaran entre nosotros.

—Pero cambiaron. Y si no sabías hacia dónde nos dirigíamos, es que eres una estúpida.

—No soy una estúpida —su tono era crispado—. Quizá estuviera equivocada, pero no soy una estúpida. No esperaba enamorarme de ti. No quería enamorarme de ti, ni siquiera quería tener una aventura contigo. Tú me perseguiste.

—Da igual cómo pasara. El caso es que pasó. Tú sabías cuál era la situación y no me lo contaste.

—Soy una mentirosa —dijo sin alterar el tono—. Soy una tramposa. Soy una perra, pero no vuelvas a llamarme estúpida.

—Dios mío.

Zack, sin saber qué hacer, se alejó con paso digno y mirando al cielo.

—Nadie va a rebajarme. Nunca más. No voy a sentirme despreciada y desdeñada hasta que a ti te parezca conveniente volver a prestarme atención.

Él volvió la cabeza y la miró.

—¿Crees que eso es lo que quiero?

—Te estoy diciendo lo que hay. He meditado mucho desde que te fuiste de casa ayer. No voy a quedarme en un rincón lloriqueando porque estés enfadado conmigo. Eso sería un insulto para los dos.

—Muy bien, tres hurras.

—Vete al infierno.

Zack se dio la vuelta y fue hacia ella. Ella sintió que el terror le atenazaba el estómago y notó que le sudaba las palmas de las manos, pero no se movió.

—Es terrible que busques pelea conmigo, sobre todo cuando estás equivocada.

—Sólo estaría equivocada si hiciera lo que tú quieres. Hice lo que tenía que hacer. Me habría gustado no hacerte daño, pero no puedo dar marcha atrás y cambiarlo.

—No, no puedes. De modo que partimos de cero. ¿Has omitido algo que debería saber?

—La mujer que se precipitó por ese acantilado se llamaba Helen Remington, la señora de Evan Remington. Ése ya no es mi nombre. Ya no soy ésa.

—Remington —repitió lentamente. Nell casi podía ver cómo repasaba un fichero mental—. Un tipo de Hollywood.

—Así es.

—Te has ido todo lo lejos que has podido.

—Sí, así es también. No volveré nunca. Aquí he encontrado la vida que quiero.

—¿Conmigo o sin mí?

A ella se le encogió el corazón por primera vez desde que empezara a contarle su historia.

—Eso depende de ti.

—No. Tú ya sabes lo que quiero. Ahora falta saber lo que quieres tú.

—Yo te quiero a ti. Ya lo sabes.

—Entonces tienes que terminar lo que has empezado. Pide el divorcio.

—No puedo. ¿Es que no has oído nada de lo que he dicho?

—Lo he oído todo y también algunas cosas que no has dicho.

Una parte de él quería consolarla, abrazarla, protegerla. Decirle que no tenía importancia. Pero sí la tenía.

—No puedes pasarte la vida preguntándote qué pasará, mirando por encima del hombro para ver si hay alguien detrás o fingiendo que esos tres años han desaparecido. Yo tampoco puedo. Para empezar, te consumiría y además, el mundo es muy pequeño. Nunca podrás estar segura del todo de que no vaya encontrarte. Si lo hace, o si crees que lo ha hecho; ¿volverás a salir corriendo?

—Ha pasado más de un año desde que me fui. No puede encontrarme si cree que estoy muerta.

—Nunca estarás segura. Tienes que acabar con eso, pero tienes que acabar tú sola. Yo no permitiré que te toque. No es su terreno —le levantó la cara con un dedo debajo de la barbilla—. Es mi terreno.

—Le estás infravalorando.

—No lo creo. Sé que no me estoy infravalorando, ni a Ripley, ni a Mia, ni a mucha gente de esta isla que haría lo que fuera por ti.

—No sé si puedo hacer lo que me pides. Durante un año me he esforzado al máximo en hacer todo lo posible para estar segura de que no me encontraría viva, de que no sabría dónde estoy. No sé si seré capaz de volver a salir a la luz. Tengo que pensarlo. Necesito un poco de tiempo para pensarlo.

—De acuerdo. Dime lo que decidas —recogió la bolsa de hielo. Estaba casi todo derretido, pero tampoco le importaba mucho su mandíbula. Abrió la bolsa y la vació—. Si no quieres casarte conmigo, lo asimilaré, Nell. Pero cuando lo hayas pensado bien, necesito que me digas lo que has decidido.

—Te quiero. Eso no tengo que pensarlo.

La miró. El bosque era una explosión de color y el aire todavía llevaba el olor de la lluvia del día anterior. Extendió una mano hacia ella.

—Te acompaño a casa.

Dieciocho

Ripley miró a Zack con compasión. Y lloriqueó un poco. Administraba bien sus lloriqueos para que causaran más impresión.

—No quiero ir a casa de Mia.

Después de treinta años viviendo con ella, Zack era inmune a esas tácticas.

—Cuando eras una niña vivías prácticamente en casa de Mia.

—¿No ves la diferencia ahora? ¿Por qué no vas tú?

—Porque tengo pene. Me contendré y no te preguntaré si ves la diferencia. Sé una buena amiga, Ripley.

Giró sobre sí misma, que era su modo de patalear.

—Si Nell va a casa de Mia esta noche, entonces, ella, Mia, puede vigilarla. Por Dios Zack, no seas tan protector. El gilipollas de Los Angeles no sabe que está viva.

—Si soy demasiado protector, tendremos que acostumbrarnos. No quiero que conduzca sola por los acantilados —la imagen del coche volando sobre las rocas a tres mil kilómetros de distancia le había dejado una bola de hielo en las entrañas—. Quiero tenerla vigilada hasta que la cosa se resuelva.

—Pues hazlo tú. Vosotros sois los que tenéis que decidir si ser unos amantes con el corazón destrozado y separados para siempre o un matrimonio ejemplar y como Dios manda.

Zack no entró al trapo porque sabía que ésa era la forma que tenía Ripley de provocar una discusión que le permitiera no hacer lo que le habían pedido que hiciera.

—Nunca comprenderé cómo es posible que yo conozca mejor a las mujeres que tú cuando sois del mismo género.

—No te pases de listo.

Quizá sí hubiera entrado al trapo después de todo.

—Ella no necesita un hombre que la abrume, ni siquiera un ejemplar tan extraordinario como yo. Tiene que tomar algunas decisiones importantes. Y hasta que no lo haga, intento mantener cierta distancia sin que resulte muy evidente.

—Caray, sí que lo tienes pensado.

La realidad era que estaba poniendo en un buen apuro a Ripley: quería tener vigilada a Nell y su hermana quería tenerlo vigilado a él. Ripley llevaba dos días preocupada desde que él le había contado la historia de Nell.

Sangre en la luna. La visión que tuvo Nell de Zack cubierto de sangre. Un marido psicópata y homicida en potencia. Sus propios sueños eran muy poco tranquilizadores. Detestaba saber que estaba entrando en el terreno de los presagios… pero las cosas no tenían buena pinta.

—¿Qué vas a hacer tú mientras yo vigilo al amor de tu vida en la sede de las brujas?

Después de treinta años de convivencia, había aprendido otra cosa de Ripley: siempre podía contar con ella.

—Hacer las dos patrullas de la tarde. Comprar algo de comida preparada e irme a casa para cenar solo y triste.

—No me das ninguna pena. Si quieres, te cambio el puesto —fue hasta la puerta—. Iré a casa de Nell y le diré que esta noche me voy a pegar a ella. Quiero que tú andes con ojo.

—¿Cómo dices?

—No quiero hablar de eso. Simplemente te lo digo.

—Andaré con ojo.

—Y compra cerveza. Te bebiste la última.

Salió y dio un portazo porque… porque sí.

* * *

Mia preparó encantamientos nuevos. Parecía como si el aire se fuese poniendo más denso cada día. Como si algo lo presionara hacia abajo. Miró afuera. Ya había oscurecido. A finales de octubre las noches eran largas, quedaban muchas horas hasta el amanecer.

Había ciertas cosas de las que era mejor no hablar durante la noche, ni pensarlas siquiera. La noche podía ser como una ventana abierta.

Quemó incienso de salvia para contrarrestar las influencias negativas y se puso unos pendientes de amatista para fortalecer la intuición. Estuvo tentada de poner un ramito de romero debajo de la almohada para alejar los malos sueños, pero tenía que ver, tenía que mirar.

Puso jaspe en la cadena que llevaba al cuello para que le diera energía y le aliviara la tensión. Era la primera vez en años que la tensión le acosaba tan permanentemente.

Esa noche no podía estar tensa, iba a llevar a Nell al siguiente escalón y eso debía ser algo jubiloso.

Tocó la bolsa mágica que tenía en el bolsillo. La había llenado de cristales y hierbas y la había atado con siete nudos, como había enseñado a Nell. Detestaba estar tan nerviosa, como si estuviera esperando y esperando que ocurriera el desastre.

En realidad, era una tontería: se había pasado toda la vida preparándose para el desastre y para esquivarlo.

Oyó un coche y vio las luces de los faros que barrían las ventanas de la casa. Fue hacia la puerta y visualizó que metía la tensión en una caja de plata y la cerraba con llave.

Al abrir la puerta, Mia parecía tan tranquila como siempre. Hasta que vio a Ripley.

—¿De visita por los barrios bajos, ayudante de policía?

—No tenía nada mejor que hacer —le sorprendió ver a Mia con un vestido largo y negro. Era muy raro que se vistiera de negro—. ¿Es una ocasión especial?

—Eso parece. No me importa que estés aquí si Nell quiere que estés, pero no te entrometas.

—No me interesas lo suficiente como para entrometerme.

—¿Va a durar mucho la discusión? —preguntó Nell—. Me apetece una copa de vino.

—Creo que ya hemos terminado. Entrad. Nos llevaremos el vino.

—¿Nos llevaremos? ¿Adónde vamos?

—Al círculo. ¿Has traído lo que te dije?

—Sí —Nell dio una palmada a la bolsa de cuero.

—Muy bien. Prepararé lo que necesitamos y nos iremos.

Ripley fue de un lado a otro mientras Mia cogía las cosas. Siempre le había gustado la casa del acantilado. Le encantaba. Las grandes habitaciones abigarradas, las extrañas esquinas, las gruesas puertas talladas, los suelos resplandecientes.

Estaba más que contenta con su habitación y su casita, pero tenía que reconocer que la casa de Mia tenía estilo. Y clase. No se podía igualar ese ambiente.

Y además del estilo, la clase y el ambiente, la casa era cómoda. Era un lugar donde cualquiera sabía que podía dejarse caer en una butaca con los pies en alto.

Recordó que ella había corrido por aquellas estancias con la libertad de un cachorrillo. Le fastidió darse cuenta de golpe de cuánto añoraba aquello. Echaba de menos todo.

—¿Sigues utilizando la buhardilla? —preguntó con tono despreocupado mientras Mia elegía una botella de vino tinto.

Mia se volvió y sus miradas se encontraron.

—Sí. Algunas de tus cosas siguen ahí —respondió Mia con tres copas de vino en la mano.

—No las quiero.

—En cualquier caso, ahí están. Ya que estás aquí, podías llevar eso —señaló una bolsa y ella cogió otra que tenía las botellas y las copas.

Abrió la puerta trasera e *Isis* salió corriendo, cosa que sorprendió a Nell porque la gata no solía acompañarlas.

—Es una noche especial —Mia se puso la capucha de la capa que se había echado sobre los hombros. También era negra y tenía un forro de color vino—. Ella lo sabe. Se acerca Halloween y Nell tiene que practicar para encender la hoguera.

Ripley levantó bruscamente la cabeza.

—¿No vais un poco deprisa?

Mia miró la luna mientras caminaban. Estaba muy pequeña y pronto sería luna nueva; alrededor del fino gajo blanco, podía ver un halo más oscuro y denso que el cielo.

—No.

Ripley se encogió de hombros, molesta porque Mia la hubiera intranquilizado.

—Halloween. Los muertos salen de sus tumbas. La oscuridad rebosa de malos espíritus y sólo los tontos o los muy valientes salen de noche.

—Tonterías —dijo Mia despreocupadamente—. Y no hace falta que las digas para intentar asustar a Nell.

—El final de la tercera y última cosecha del año —Nell respiró profundamente el aire de la noche—. Un momento para recordar a los muertos y celebrar el ciclo eterno. También es la noche en la que se dice que el velo que separa la vida de la muerte es más fino. No es un momento negativo, sino de reafirmación y diversión. Y, además, el cumpleaños de Mia.

—Te caen treinta —dijo Ripley.

—No estés tan contenta —había cierto retintín en el tono de Mia y no era una pulla inocente del todo—. A ti te caen dentro de seis semanas.

—Sí, pero tu siempre serás mayor que yo.

Isis ya estaba en el centro del claro. Sentada como una esfinge.

—Tenemos algunas velas para iluminarnos. Puedes ponerlas en las piedras y encenderlas, Ripley.

—No —se metió las manos en los bolsillos de la cazadora—. He cargado con tu bolsa de trucos, pero no voy a participar.

—Por el amor de Dios. No vas a traicionar tus votos en contra de la magia por encender un par de velas —dijo, pero Mia le arrebató la bolsa y fue a las piedras.

—Yo lo haré —dijo Nell—. No tiene sentido que os enfadéis cuando en realidad estáis haciendo lo que queréis.

—¿Por qué estás tan enfadada? —Ripley lo preguntó en voz baja cuando Mia se acercó a elegir lo que necesitaba de la bolsa—. Pincharte suele costarme más.

—Quizá esté más sensible estos días.

—Pareces cansada.

—Estoy cansada. Se acerca algo. Avanza y cada vez está más cerca. No sé hasta cuándo podré retenerlo ni si soy la indicada. Va a haber sangre —agarró con fuerza a Ripley por la muñeca—. Y dolor. Espanto y pena. Y me temo que haya muerte sin el círculo.

—Si estás tan segura, si lo temes tanto, ¿por qué no has mandado a buscar a alguien? Conoces a otras.

—No es para otras y lo sabes —volvió la mirada hacia Nell—. Quizá ella tenga fuerza suficiente. —Mia se irguió y se quitó la capucha—. Nell, trazaremos el círculo.

Ripley no esperaba sentir el anhelo que le invadió todo el cuerpo cuando observó el ritual básico y escuchó las palabras que conocía tan bien.

Se recordó que lo había dejado; que se había apartado de todo eso.

Vio el brillo de la vara y el athamé. Ella siempre había preferido la espada. Hizo un gesto pensativo con la boca mientras Mia encendía las velas con una cerilla de madera. Abrió la boca para hablar, para hacer una pregunta, pero Mia la calló con la mirada. Ripley supo que se harían las cosas como Mia quisiera, como se habían hecho siempre, y se guardó los comentarios.

—Tierra, viento, fuego, agua, oíd esta invocación de vuestras hijas. El círculo mágico se siente y como la luna está presente.

Mia esperó con la cabeza echada hacia atrás y los brazos en alto. Se levantó el viento, casi rugió, las llamas de las velas permanecieron rectas como lanzas a pesar del remolino. La tierra tembló ligeramente y un líquido fragante empezó a bullir en el caldero. Mia volvió a bajar los brazos y todo se amainó.

Nell se había quedado sin respiración. Durante los meses anteriores había visto, hecho y oído cosas fantásticas, pero nunca había experimentado algo tan intenso.

—El poder espera —le dijo Mia mientras alargaba una mano.

Nell la estrechó y notó que su amiga tenía la piel cálida, casi caliente.

—Espera en ti. Tu vínculo es el aire y si lo invocas te llegará más fácilmente. Pero hay cuatro. Esta noche harás fuego.

—Ya, la hoguera, pero no hemos traído leña.

Mia se rió y dio un paso atrás.

—No la necesitaremos. Céntrate. Aclara la mente. Este fuego no arde. No hace daño. Ilumina la oscuridad. Es una prueba de tu fuerza y tu poder.

—Es demasiado pronto para ella —advirtió Ripley desde fuera del círculo.

—Silencio. No te metas. Mírame, Nell. Puedes confiar en mí y en ti misma. Mira y observa.

—Átense los cinturones de seguridad —bufó Ripley mientras se apartaba un poco por si acaso.

Mia abrió las manos vacías. Separó los dedos. Extendió los brazos. Saltó una chispa de un azul eléctrico. Luego otra y otra más, hasta que fue imposible contarlas. Se oyó un chisporroteo y el aire del círculo se volvió azul zafiro.

Una columna de fuego dorado se elevó donde antes estaba el suelo desnudo.

A Nell se le doblaron las piernas hasta que cayó sentada en el suelo. No habría sido capaz de decir nada de lo que pasaba por su cabeza, en el caso de que hubiera podido juntar algunos de los dispersos pensamientos que la desbordaban.

—Te lo dije —Ripley suspiró y sacudió la cabeza.

—¡Silencio! —Mia se apartó del fuego y alargó una mano para ayudar a Nell a que se levantara—. Ya me habías visto hacer magia, hermanita. Tú misma la has hecho.

—No así.

—Es un poder elemental.

—¿Elemental? Mia, has hecho fuego, de verdad. De la nada.

—Lo que quiere decir es que se parece a perder la virginidad. Es como la impresión que te llevas con cualquier novedad —le explicó amablemente Ripley—. La primera vez puede que sea menos agradable de lo que te esperabas, pero con el tiempo vas mejorando.

—Bastante aproximado —concedió Mia—. Ahora, céntrate, Nell. Sabes cómo hacerlo. Aclara la mente. Visualízalo, reúne el poder. Haz tu fuego.

—No puedo...

Mia levantó la mano para callarla.

—¿Cómo puedes saberlo si no lo intentas? Concéntrate —se colocó detrás de Nell y le puso las manos en los hombros—. Tienes luz dentro y calor y energía. Lo sabes. Reúnelo. Siéntelo. Es como un cosquilleo en el estómago que sube hasta el corazón. Se expande y te llena —puso delicadamente las manos debajo de los brazos de Nell y los levantó—. Avanza por debajo de la piel, es como un río que fluye por tus brazos hasta la yema de los dedos. Déjalo salir, es el momento.

Ripley las observaba. La escena tenía algo encantador. Era como si estuviera viendo a Mia enseñar a Nell a montar en bicicleta. La animaba, la sujetaba, la dirigía, le daba confianza.

Ella sabía que la primera vez no era fácil ni para la profesora ni para la alumna. La cara de Nell brillaba por el sudor del esfuerzo. Le temblaban los músculos de los brazos.

El claro, que nunca estaba en completo silencio, parecía vibrar. El aire, que nunca estaba completamente quieto, parecía suspirar.

Saltó una chispa débil e irregular. Nell dio un respingo y Mia la sujetó; la animaba tranquila y firmemente, como si fuera una letanía.

Otra chispa más fuerte.

Ripley vio que Mia se apartaba y dejaba que su hermanita siguiera sola en la bicicleta. A pesar de la debilidad que eso significaba, sintió que los ojos se le llenaban de lágrimas; puro sentimiento que le desbordaba. Sintió también cierto orgullo al ver que el fuego de Nell cobraba vida.

Por primera vez, Nell sintió el latido de su propio corazón y el pecho que le subía y bajaba. La energía, brillante como la plata, le recorría todas las venas.

—Es mejor que perder la virginidad. Es hermoso y brillante —susurró—. Nada volverá a ser lo mismo para mí.

Se volvió llena de júbilo, pero Mia ya no la miraba a ella sino a Ripley.

—Necesitamos tres.

Ripley, furiosa, contuvo las lágrimas.

—No vas a conseguir que yo sea la tercera.

Mia había visto las lágrimas y las había entendido.

—Muy bien —se dirigió a Nell—. Seguramente ya no sea capaz de hacerlo.

—No me digas lo que puedo hacer —dijo Ripley, alzando la voz.

—Le ha debido resultar difícil darse cuenta, sobre todo después de ver que tú lo haces tan bien en tan poco tiempo.

—Y deja de hablar como si yo no estuviera delante. No lo soporto.

—¿Por qué estás aquí? —preguntó Mia irritada—. Nell y yo podemos hacer la tercera entre las dos —era lo que tenía pensado hacer Mia antes de ver a Ripley en la puerta—. La verdad es que no te necesitamos a ti y tus intentos penosos y desentrenados. Nunca fue tan buena como yo —confió Mia a Nell—. Siempre le enfurecía que lo que a mí me resultaba tan fácil a ella le costara un esfuerzo enorme.

—Era tan buena como tú en todo.

—Lo dudo.

—Mejor aún.

Mia sabía que Ripley nunca rechazaba un desafío.

—Demuéstralo.

Ripley, debilitada por tantos sentimientos encontrados, agitada por la añoranza y con aire retador, entró en el círculo.

Nell pensó que no debía hacerlo.

Ripley no extendió los brazos como había hecho Mia. Los dejó caer y el fuego que brotó de los dedos se hundió también en el suelo. En cuanto lo hizo, siseó como una serpiente:

—Lo has hecho a propósito.

—Quizá, pero tú también. Mira, no se ha hundido el mundo. Eres tú la que has tomado la decisión. Yo no puedo obligarte si tú no quieres.

—Esto no cambia nada. Ha sido sólo una vez.

—Si tú lo dices… Ya que estás aquí, puedes tomarte un vino.

Mia miró el trío de llamas mientras sacaba la botella. La de Ripley era más grande que la suya por la rabia, pero ni la mitad de elegante, se dijo satisfecha.

Sintió nacer un fuego en su interior mientras servía el vino. Eso era esperanza.

* * *

Tomaron otra copa de vino cuando volvieron a casa de Mia.

Ripley, inquieta, iba de una ventana a otra jugueteando con las monedas que tenía en el bolsillo. Mia, no le hacía caso. Ripley no había sido nunca un espíritu tranquilo y ella sabía que en ese momento estaba librando una batalla bastante desasosegante en su interior.

—¿Has decidido cómo vas a manejar la situación con Zack?

Nell levantó la cabeza para mirarla. Estaba sentada en el suelo hipnotizada por el fuego.

—No. Una parte de mí confía en que Evan quiera divorciarse y ahorrarme ese problema. El resto sabe que ése no es el problema esencial.

—Si no haces frente a los matones, te avasallan.

Nell admiraba a Ripley. Era fuerte, directa y aguda.

—Saberlo y actuar para evitarlo son dos cosas distintas. Evan jamás se habría metido con alguien como tú.

Ripley se encogió de hombros.

—Inténtalo.

—Lo hará cuando esté preparada —replicó Mia—. Deberías saber mejor que nadie que es imposible obligar a alguien a que tenga las mismas ideas y criterios que tú. O eliminar el miedo de otra persona.

—Está molesta conmigo porque le estoy haciendo daño a Zack. No puedo reprochártelo.

—Es mayorcito —Ripley se encogió de hombros nuevamente y se sentó en el brazo del sofá—. ¿Qué vas a hacer con él, con Zack, mientras tanto?

—¿Hacer?

—Sí, hacer. ¿Vas a permitir que caiga en la fase de ensimismamiento que le llega después de la fase de estar jodido y, que lo sepas, es aún más difícil de soportar? Creo que tú y yo hemos llegado a ser más o menos amigas. Haz un favor a una amiga y sácalo de ahí antes de que se quede en la cama y yo tenga que arroparlo.

—Hemos hablado.

—No me refiero a hablar. Me refiero a actos. ¿Realmente es tan cariñosa? —le preguntó Ripley a Mia.

—Eso parece. Ripley, con la delicadeza que le caracteriza, está proponiendo que vuelvas a seducir a Zack y que solucionéis vuestros problemas con un par de asaltos de sexo salvaje… que es su forma de responder a cualquier incordio, incluida una uña rota.

—Métete conmigo… Mia ha renunciado al sexo, lo que explica que sea tan perra.

—No he renunciado, sencillamente soy más selectiva que una gata en celo.

—No se trata de sexo —la afirmación firme y concisa fue la única solución que encontró Nell para evitar otra discusión.

—Claro, seguro —gruñó Ripley.

—Me duele, más de lo que puedo expresar, estar de acuerdo con Ripley —Mia lanzó un suspiro—. Aunque sea en parte. Es verdad que tu relación con Zack no se basa sólo en el sexo, como las de Ripley, pero éste es una parte esencial, una expresión de vuestros sentimientos, un homenaje a ellos y a vuestra intimidad.

—No lo adornes; sigue siendo sexo —Ripley hizo un gesto con la copa—. Por muy elevado de espíritu que sea Zack, es un hombre. Estar rondándote y no acostarse…

—Ripley, por favor.

—No tener intimidad —dijo rebajando el tono después de la reprimenda de Mia—, acabará poniéndole nervioso. Si va a tener que vérselas con tu gilipollas de Los Angeles, tendrá que estar en plena forma.

—Ha procurado mantenerme a distancia en ese aspecto.

—Entonces, intenta tú acortar esa distancia…, en ese aspecto —le aconsejó sencillamente Ripley—. Llévame a tu casa. Pasaré la noche ahí. Tú vas a nuestra casa y haces lo que te digo. Has salido con él lo suficiente como para saber las teclas que tienes que tocar.

—Eso es rastrero, un engaño y una manipulación.

Ripley inclinó la cabeza hacia Nell.

—¿Qué propones tú?

Nell se rió a pesar suyo.

—Quizá vaya. A hablar —añadió.

—Llámalo como quieras —Ripley se terminó el vino—. Podrías llevar las copas a la cocina y recoger tus cosas.

—Claro —Nell se levantó y cogió las copas—. Tardaré un minuto.

—Tómatelo con calma.

Mia esperó a que Nell hubiera salido de la habitación.

—No tardará, de modo que dime lo que no has querido decir delante de ella.

—Lo que he hecho esta noche no cambia las cosas.

—Eso ya lo habías dicho.

—Cállate —volvió a ir de un lado a otro. Se había abierto, aunque hubiera sido sólo un instante, pero le bastó con eso—. De acuerdo, se avecinan problemas. No voy a fingir que no lo he notado y no voy a fingir que no he pensado en una forma de afrontarlos. Quizá pudiera, pero no quiero que Zack corra riesgos. Voy a participar en esto, Mia —se dio la vuelta—. Sólo en esto.

Mia no insistió.

—Encenderemos las hogueras la medianoche anterior a Halloween. Nos encontraremos a las diez en el Sabath. Zack ya lleva el talismán de Nell, pero yo que tú, protegería la casa. ¿Te acuerdas de cómo hacerlo?

—Sé lo que tengo que hacer —contestó Ripley—. Una vez que haya pasado todo, las cosas volverán a ser como antes. Es decir...

—Sí, lo sé —le cortó Mia—. Una sola vez.

* * *

Zack había renunciado a ocuparse del papeleo, había dejado de entretenerse con el telescopio, incluso había abandonado en gran medida la idea de que pudiera dormir. Estaba leyendo una de las revistas de armas que tenía Ripley para ver si así le entraba el sueño.

Lucy estaba tumbada junto a la cama y profundamente dormida, lo que le pareció envidiable. De vez en cuando contraía las piernas al perseguir gaviotas en sueños o bañarse en la ensenada. Pero levantó la cabeza bruscamente y dejó escapar un sonido sordo y ronco justo antes de que Zack oyera la puerta al abrirse.

—Tranquila. Es Ripley.

Al oír el nombre, *Lucy* se levantó y empezó a agitar todo el cuerpo contra la puerta.

—Ni lo sueñes. Es demasiado tarde.

La llamada en la puerta hizo que *Lucy* se pusiera a ladrar de alegría y que él maldijera.

—¿Qué?

La perra dio una vuelta frenéticamente sobre sí misma cuando se abrió la pucrta y se abalanzó sobre Nell.

Zack se incorporó en la cama.

—¡*Lucy*, abajo! Perdona, creía que era Ripley —estuvo a punto de destaparse, pero se acordó de que estaba completamente desnudo—. ¿Pasa algo?

—No, nada —se inclinó para acariciar a *Lucy* y se preguntó quién de los dos se sentía más violento. Decidió que estaban empatados—. Sólo quería verte, hablar contigo.

Zack miró el reloj y comprobó que era cerca de medianoche.

—¿Por qué no bajas a la sala? Yo voy ahora mismo.

—No —no iba a tratarla como a una invitada—. Esta bien así —ella se sentó en el borde de la cama. Él seguía llevando el medallón y eso quería decir algo—. Esta noche he hecho fuego.

Zack la miró directamente a la cara.

—Muy bien.

—No —Nell se rió un poco y rascó la cabeza de *Lucy*—. Lo he hecho. No con leña y cerillas. Con magia.

—Ah —él sintió un cosquilleo en el pecho—. No sé qué se dice en estos casos. ¿Enhorabuena? ¿Caray?

—Ha hecho que me sintiera fuerte y emocionada. Y… plena. Quería decírtelo. Ha hecho que sintiera algo parecido a lo que siento cuando estoy contigo. Cuando me acaricias. Ahora no quieres acariciarme porque tengo un vínculo legal con alguien.

—Eso no impide que te desee, Nell.

Ella asintió con la cabeza y sintió cierto alivio.

—No vas a acariciarme porque tengo un vínculo legal con otro hombre —repitió—. Pero la verdad es, Zack, que sólo me siento realmente vinculada a ti. Cuando me escapé, me dije que no volvería a atarme a ningún hombre. Que no volvería a correr ese riesgo. Hasta que apareciste. Tengo poderes —se apoyó el puño en el corazón—. Es asombroso, emocionante y encantador. Pero no se puede comparar, ni remotamente, Zack, con lo que siento por ti.

Cualquier defensa, cualquier razonamiento que él hubiera podido usar, se vino abajo.

—Nell.

—Te echo de menos. Estar contigo. No voy a pedirte que hagas el amor conmigo. Iba a hacerlo. Iba a intentar seducirte.

Él le pasó los dedos por el pelo.

—¿Por qué has cambiado de opinión?

—No quiero volver a mentirte, ni siquiera de la forma más inofensiva. No voy a emplear una parte de tus sentimientos contra la otra. Sólo quiero estar contigo, Zack, estar. No me digas que me vaya.

La atrajo hacia sí hasta que su cabeza se posó sobre su hombro y sintió que su interminable suspiro de satisfacción se unía al suyo.

Diecinueve

Escaparse sólo unos días no fue fácil para un hombre tan importante y triunfador como él, fue complicado y aburrido tener que cambiar las fechas de las reuniones, posponer las citas, informar a los clientes, comunicárselo al personal. Había mucha gente que dependía de él.

Más pesado si cabe fue tener que ocuparse personalmente del viaje sin contar con un ayudante.

Pero después de pensarlo cuidadosamente, Evan decidió que no podía hacerse de otra manera. Nadie debía saber dónde estaba ni qué iba a hacer. Naturalmente, podrían ponerse en contacto con él por medio del teléfono móvil si ocurría algo extremadamente urgente. Por lo demás, estaría incomunicado hasta que hiciera lo que se había propuesto hacer.

Tenía que saberlo.

No había conseguido quitarse de la cabeza la información que su hermana le había dado de una forma tan casual.

Una doble de Helen. El fantasma de Helen. Helen.

Se despertaba por las noches empapado en un sudor frío y con la imagen de su esposa paseando por una pintoresca playa. Viva. Burlándose de él. Entregándose a cualquier hombre que se lo pidiera.

No podía consentirlo.

El espantoso dolor que había sentido con su muerte estaba dando paso lenta e inexorablemente a una furia asesina.

¿Lo había engañado? ¿Había planeado y llevado a cabo la farsa de su muerte?

No la había considerado lo suficientemente lista ni valiente como para escaparse y, mucho menos, salirse con la suya. Ella sabía cuáles serían las consecuencias. Él se lo había dejado muy claro.

Hasta que la muerte nos separe.

Evidentemente, no pudo hacerlo sola. La habían ayudado. Un hombre, un amante. Una mujer, sobre todo una mujer como Helen, no habría podido planear algo así ella sola. ¿Cuántas veces se habría escabullido para planear todos los detalles con un maldito ladrón de esposas?

Reír y follar, maquinar y planear.

Lo pagaría.

Consiguió tranquilizarse y seguir con sus negocios y su vida sin pestañear. Casi pudo convencerse de que lo que le había contado la tal Pamela no tenía ni pies ni cabeza. Después de todo, ella era una mujer y las mujeres, por naturaleza, solían dar rienda suelta a la fantasía y la estupidez.

Los fantasmas no existían y sólo había una Helen Remington. La Helen que estaba hecha para él.

Pero había veces que le parecía oír fantasmas en esa maravillosa casa de Beverly Hills; que oía la risa burlona de su mujer.

¿Y si no estaba muerta?

Tenía que saberlo. Tenía que ser astuto y cuidadoso.

—Al trasbordador.

Sus ojos, transparentes como el agua, se cerraron en un parpadeo.

—¿Cómo dice?

El empleado dejó de soplar el vaso de café e, instintivamente, se alejó de esa mirada inexpresiva. Luego pensó que había sido como mirar un mar vacío.

—Ya puede montar en el trasbordador. Va a Tres Hermanas, ¿verdad?

—Sí —la sonrisa era aún peor que la mirada—. Sí, así es.

* * *

Según la leyenda, la llamada Aire había dejado la isla para vivir con un hombre que le había prometido amarla y cuidarla. Cuando él rompió sus promesas y la hizo desgraciada, ella no hizo nada. Tuvo hijos con pena y los crió con miedo. Se había sometido y se había quebrado.

Había muerto.

Lo último que hizo fue enviar a los niños a sus hermanas para que los protegieran, pero ella no había hecho nada, ni siquiera con los poderes que tenía, para protegerse o salvarse.

Así se forjó el primer eslabón en la cadena de la maldición.

Nell volvió a pensar en aquella historia. En las decisiones, en los errores, y en el destino. No lo olvidó ni un momento mientras bajaba por la calle del lugar que había pasado a ser su hogar. El que pretendía conservar como su hogar.

Cuando entró, Zack estaba echando una regañina a un niño que no reconoció. Inmediatamente, se dispuso a marcharse otra vez, pero Zack levantó un dedo sin dejar de hablar.

—No sólo vas a ir ahora mismo a casa de la señora Demeara y limpiar hasta el último resto de calabaza y a disculparte por ser un gamberro, sino que además vas a pagar una multa por posesión ilegal de explosivos y daños en la propiedad ajena; quinientos dólares.

—¡Quinientos dólares! —el niño, al que Nell echó unos trece años, levantó la cabeza que había tenido gacha hasta ese momento—. Caray, sheriff Todd, yo no tengo quinientos dólares y mi madre me mataría.

Zack se limitó a enarcar las cejas con aire implacable.

—¿He dicho que haya terminado contigo?

—No, señor —farfulló el chaval con un aire de perro apaleado que hizo que a Nell le dieran ganas de acariciarle la cabeza.

—Puedes pagar la multa limpiando la comisaría. Dos veces a la semana a tres dólares la hora.

—¿Tres dólares la hora? Eso me llevará… —el niño se lo pensó mejor y se calló—. Sí, señor. No ha terminado todavía…

Zack estuvo a punto de soltar la carcajada, pero consiguió mantener una actitud firme.

—También tengo algunas tareas para ti en mi casa. Los sábados.

Zack pensó que eso sí le dolería. No había nada peor que estar obligado a hacer faenas domésticas en sábado.

—La misma tarifa. Puedes empezar este sábado y el lunes pasarte por la comisaría después del colegio. Si me entero de que vuelves a causar problemas, tu madre va a despellejarte, ¿entendido?

—Sí, tío Zack… mmm, quiero decir, sí, señor, sheriff.

—Largo.

Se largó con tantas prisas que casi arrolla a Nell en su carrera.

—¿Tío Zack?

—Es un sobrino segundo en realidad. Un título honorífico.

—¿Qué ha hecho para merecerse tanto trabajo?

—Metió un petardo de los gordos en la calabaza de su profesora de historia. Era una calabaza muy grande. Lo dejó todo echo un asco.

—Ahora pareces orgulloso de su hazaña.

Zack se contuvo lo mejor que pudo.

—Te equivocas. Podía haberse quedado sin dedos por la explosión, que es lo que estuvo a punto de pasarme a mí cuando tenía su edad más o menos y metí un petardo en la calabaza de mi profesora de ciencias. Lo cual no viene al caso, sobre todo teniendo en cuenta que mañana nos encontraremos con gamberradas de Halloween parecidas, si no doy un escarmiento hoy.

—Creo que has cumplido con tu obligación —se acercó y se sentó—. ¿Tiene tiempo para otro asunto, sheriff?

—Seguramente podría arañar algunos minutos —le había sorprendido que ella no se hubiera inclinado para besarlo y que se hubiera sentado tan tiesa y solemne—. ¿Qué pasa?

—Voy a necesitar algo de ayuda y consejo. Legal, me imagino. Me he creado una identificación falsa y he dado información falsa para impresos oficiales, además de firmarlos con un nombre que no es legalmente mío. Creo que fingir mi propia muerte también es ilegal y por lo menos debe haber algún fraude por el seguro de vida.

Zack no apartó los ojos de los de ella.

—Creo que un abogado podría aclarártelo y ocuparse de todo y, cuando se conozcan todos los hechos, seguro que no habrá acusaciones. ¿Por qué me lo dices a mí, Nell?

—Quiero casarme contigo. Quiero vivir contigo y tener hijos contigo. Para conseguirlo tengo que acabar con esto, y voy a hacerlo. Tengo que saber lo que voy a tener que hacer y si acabaré en la cárcel.

—No tendrás que ir a la cárcel. ¿Crees que iba a permitirlo?

—No depende de ti, Zack.

—Los documentos falsos y todas esas cosas no han hecho daño a nadie. Lo cierto es... —había pensado mucho en eso—. Lo cierto es que cuando cuentes tu historia te convertirás en una heroína.

—No. No soy la heroína de nadie.

—¿Conoces los datos sobre esposas maltratadas? —abrió el cajón inferior, sacó una carpeta y la dejó sobre la mesa—. He recopilado alguna información. A lo mejor te interesa ojearla en algún momento.

—Lo mío fue distinto.

—Todos los casos son distintos. Que procedieras de un hogar estable y vivieras en una casa maravillosa no cambia las cosas. Muchas personas que piensan que sus casos son distintos y que no pueden hacer nada para salir de su situación se fijarán en ti y sabrán lo que has hecho. Gracias a ti, algunas mujeres podrían atreverse a dar un paso que quizá no hubieran dado nunca. Eso te convierte en heroína.

—Diane McCoy. Todavía te agobia que no pudieras ayudarla. Que ella no te permitiera hacerlo.

—Hay muchas Diane McCoys en el mundo.

Ella asintió con la cabeza.

—De acuerdo, pero aunque la opinión pública esté de mi lado, eso no quita que haya infringido la ley.

—Nos ocuparemos de eso, cada cosa a su tiempo. En cuanto al seguro, recuperarán el dinero. Lo devolveremos si es necesario. Haremos juntos lo que tengamos que hacer.

Al oír eso, a Nell se le quitó un peso de encima.

—No sé por dónde empezar.

Zack se levantó, se acercó a ella y se puso de cuclillas a su lado.

—Quiero que hagas esto por mí. Es egoísta, pero no puedo evitarlo. También quiero que lo hagas por ti. Puedes estar segura.

—Seré Nell Todd. Tendré el nombre que deseo —dijo, y se dio cuenta de que a él se le cambiaba el gesto, que la mirada se le llenaba de emoción. Entonces supo que nunca había estado tan segura de algo—. Le tengo miedo. Yo tampoco puedo evitarlo, pero ahora creo que no pararé hasta que lo haya conseguido. Quiero vivir contigo. Quiero sentarme en el porche y mirar a las estrellas. Quiero ver en mi dedo ese maravilloso anillo que me compraste. Quiero compartir contigo muchas cosas que nunca pensé que fuera a conseguir. Estoy asustada y quiero dejar de estarlo.

—Conozco un abogado en Boston. Lo llamaremos y nos pondremos manos a la obra.

—De acuerdo —soltó el aire—. De acuerdo.

—Hay una cosa que podemos solucionar ahora mismo.

Se levantó y abrió un cajón de la mesa. Nell notó que el corazón le daba un vuelco cuando vio la cajita en su mano.

—Lo he llevado de aquí para allá. Ya es hora de que se quede donde tiene que estar.

Ella se levantó y alargó la mano.

—Así sea.

* * *

393

Volvió andando a la librería hecha un manojo de nervios y de entusiasmo. El entusiasmo se imponía cada vez que miraba la piedra azul sobre el dedo.

Entró, saludó con la mano a Lulú y subió las escaleras como si estuviera flotando hasta entrar en el despacho de Mia.

—Tengo que contarte una cosa —Mia levantó los ojos del teclado y la miró.

—Ya. Podría estropearte la escena dándote la enhorabuena y diciéndote que sé que seréis muy felices, pero no lo haré.

—Has visto el anillo.

—Hermanita, te he visto la cara —por mucho que dijera que las cosas del amor no iban con ella, el corazón le daba un vuelco cuando lo veía—, pero quiero ver el anillo —se levantó de un salto y tomó la mano izquierda de Nell—. Un zafiro —no pudo contener un suspiro—. Es un regalo de amor. Como anillo, es curativo y protege contra el mal. Aparte, es impresionante —la besó en las dos mejillas—. Me alegro por ti.

—Hemos hablado con un abogado de Boston que conoce Zack. Ya es mi abogado. Va a ayudarme con todos los líos en los que me he metido y con el divorcio. Va a presentar un interdicto contra Evan. Ya sé que sólo es un trozo de papel.

—Es un símbolo. Tiene su poder.

—Sí. Cuando haya estudiado el asunto, dentro de un día o dos, se pondrá en contacto con Evan. De modo que se enterará. Con interdicto o sin él, vendrá, Mia, sé que lo hará.

—Es posible que tengas razón.

¿Era eso lo que había estado notando? El pavor, la presión que aumentaba.

Las últimas hojas habían muerto ya y las primeras nieves no habían caído todavía.

—Pero estás preparada y no estás sola. Zack y Ripley vigilarán cada trasbordador que llegue desde el momento en que se pongan en contacto con tu marido. Si no tienes pensado irte a vivir con Zack, vivirás conmigo. Mañana es el Sabath. Ripley ha aceptado participar. Cuando se forme el círculo, él no podrá romperlo. Eso te lo prometo.

* * *

Pensaba decírselo a Ripley a continuación, si la encontraba. Pero nada más poner un pie en la calle, sintió una náusea que le revolvió el estómago. Se tambaleó y notó un sudor frío. Se apoyó en la pared y esperó a que se le pasara.

Cuando consiguió respirar con normalidad, pensó que eran los nervios. Todo iba a empezar en ese momento e iba a suceder muy rápidamente. No podía dar marcha atrás. Le harían preguntas, llegaría la prensa, la mirarían, murmurarían de ella hasta las personas que había empezado a considerar amigas.

Era normal que estuviera un poco desasosegada y sintiera náuseas.

Volvió a mirar el anillo, el destello de esperanza hizo que desaparecieran los últimos restos de malestar.

Decidió que ya buscaría más tarde a Ripley. En ese momento, compraría una botella de champán y los ingredientes para preparar un buen guiso de carne.

* * *

Evan desembarcó en Tres Hermanas justo cuando Nell estaba apoyada en la pared de la librería. Echó una ojeada indiferente al muelle. La playa no le llamó la atención. Subió por la calle principal, siguiendo las instrucciones que le habían dado, y se paró delante de la Posada Mágica.

Decidió que era la típica madriguera de un pueblo muy propio de domingueros de clase media. Bajó del coche para echar un vistazo en el preciso instante en que Nell daba la vuelta a la esquina para ir al mercado.

Entró y se registró.

Reservó una suite, pero los artesonados del techo y las antigüedades no le parecieron nada atractivos. Detestaba todo ese batiburrillo, él prefería las líneas limpias, lo moderno. Los cuadros, si merecían ese nombre, eran marinas y acuarelas desvaídas. En el minibar no había su marca preferida de agua mineral.

¿Las vistas? No veía más que playa y mar, gaviotas ruidosas y lo que supuso que eran botes de pesca de los lugareños.

Irritado, fue al salón. Desde allí se veía la curva de la costa y el repentino corte de los acantilados donde se alzaba el faro. Vio la casa de piedra y se preguntó qué idiota habría elegido un sitio tan aislado para vivir.

De repente se encontró mirándola con los ojos entrecerrados. Parecía como si una luz se filtrara entre los árboles. Aburrido, decidió que tenía que ser un efecto visual.

En cualquier caso, y gracias a Dios, no había ido hasta allí para ver el paisaje. Había ido para buscar a Helen o para convencerse de que lo que quedara de ella descansaba en el fondo del Océano Pacífico. Estaba seguro de que en una isla de ese tamaño no tardaría más de un día en hacer su trabajo.

Deshizo la maleta y colgó la ropa de tal forma que cada prenda quedara a tres centímetros exactos de la siguiente. Colocó sus enseres de aseo personal, entre los que había un jabón de afeitar de altísima calidad. Jamás usaba los que ofrecían los hoteles. La sola idea le revolvía las tripas.

Para terminar, colocó en el escritorio una foto enmarcada de su mujer. Se inclinó sobre ella y le dio un beso en los labios a través del cristal.

—Si estás aquí, querida Helen, te encontraré.

Al salir del hotel, reservó una mesa para la cena. El desayuno era la única comida que le parecía adecuado tomar en la habitación de un hotel.

Salió a la calle y giró a la izquierda en el momento exacto en que Nell, con las dos bolsas de comida, torcía a la derecha al final de la manzana para ir a su casa.

* * *

Nell estaba segura de que aquella era la mañana más feliz de su vida. El cielo tenía un color plateado con manchas y jirones rosas, dorados y de un rojo profundo. El césped de su casa estaba alfombrado de hojas que crujían alegremente bajo los pies y que habían dejado los árboles desnudos y con aire fantasmal. Lo cual era perfecto para Halloween.

En su cama había un hombre que le había agradecido el guiso de carne de una forma muy satisfactoria.

Los bollos estaban en el horno, el viento soplaba y ella estaba preparada para hacer frente a sus demonios.

Pronto abandonaría su casita y la echaría de menos, pero lo compensaba con la idea de vivir con Zack.

Pasarían juntos la Navidad. Quizá, si se resolvieran todos los embrollos legales, para entonces podrían estar casados.

Ella quería casarse al aire libre. Era poco práctico, pero era lo que más deseaba. Se pondría un vestido largo de terciopelo. De terciopelo azul.

Llevaría un ramo de flores blancas. Toda la gente que había conocido estaría presente.

El gato maulló lastimeramente mientras ella soñaba despierta.

—*Diego* —se inclinó para acariciarlo. Ya no era un gatito sino un gato joven y elegante—. Me había olvidado de darte de comer. Hoy tengo la cabeza a pájaros. Estoy enamorada y voy a casarme. Vendrás a vivir con nosotros a la casa junto al mar y te harás amigo de *Lucy*.

Sacó el cuenco y lo llenó mientras él se frotaba nerviosamente contra sus piernas.

—Se puede decir que una mujer que habla con su gato es un bicho raro.

Nell no dio un respingo, lo cual complació a ambos. En vez de eso, se levantó y se acercó a Zack, que estaba en el quicio de la puerta.

—Podría ser un familiar mío, pero me han dicho que depende de él. Buenos días, sheriff Todd.

—Buenos días, señorita Channing. ¿Me vendería una taza de café y un bollo?

—El pago es por adelantado.

Él la abrazó y le dio un beso largo y profundo.

—¿Es suficiente?

—Sí, claro. Tendré que darle las vueltas —volvió a besarlo con deleite—. Soy muy feliz.

***

A las ocho y media en punto, Evan se sentó para desayunar café, zumo de naranja, una tortilla de claras de huevo y dos rebanadas de pan integral.

Ya había pasado por el gimnasio del hotel. Se limitó a echar un vistazo a la piscina. No le gustaba bañarse en piscinas públicas, pero pensó hacerlo hasta que se dio cuenta de que ya la habían usado. Una morena alta y delgada nadaba con vigor, como si estuviera en una carrera, pensó.

Sólo pudo vislumbrar su cara cuando la giraba al ritmo de las brazadas. Decidió que no le interesaba y se marchó, por lo que no se dio cuenta de que ella perdía velocidad repentinamente; que se erguía en el agua como si se preparara para un ataque; que había abierto los ojos como platos y había pedaleado en el agua mientras miraba alrededor en busca de lo que le había parecido un enemigo.

Él se duchó en su habitación y se puso un jersey gris pálido y unos pantalones oscuros. Miró el reloj dispuesto a enfadarse si le subían el desayuno un minuto tarde. Sin embargo, llegó puntual. No habló con el camarero; nunca hacía esas tonterías. Le pagaban por servir la comida, no por confraternizar con los clientes.

Disfrutó del desayuno y le sorprendió no poder ponerle ninguna pega. Mientras, leyó el periódico y escuchó las noticias en la televisión.

Pensó en cómo podría hacer mejor lo que había ido a hacer. Quizá no fuera suficiente pasear por el pueblo como había hecho el día anterior, ni recorrer la isla en coche como tenía pensado hacer ese día. Tampoco serviría de nada preguntar a los lugareños si conocían a alguien que fuera como Helen. La gente siempre quería saberlo todo y le harían preguntas. Conjeturas. Llamaría la atención.

Si, por casualidad, Helen estaba viva y estaba allí, cuanta menos atención le prestaran a él, mejor.

¿Qué haría Helen en aquella isla? No tenía una profesión. ¿Cómo podría ganarse la vida si no estaba él? A no ser, naturalmente, que hubiera utilizado su cuerpo para embaucar a otro hombre. Las mujeres eran, esencialmente, unas putas.

Tuvo que sentarse hasta que se le pasó la ira. Era difícil pensar en los pasos lógicos si estaba furioso. Aunque tuviera motivo. La encontraría. Si estaba viva, la encontraría. Sencillamente lo sabría. Eso le llevó a pensar en lo que haría si la encontraba.

Sin duda, tendría que castigarla. Por entristecerlo, por engañarlo, por intentar romper las promesas que le había hecho. Las molestias y el bochorno que su huida le había ocasionado eran incalculables.

La llevaría de vuelta a California, claro, pero no inmediatamente. Primero tendrían que ir a algún sitio tranquilo e íntimo para que él pudiera recordarle esas promesas. Para que él pudiera recordarle quién mandaba.

Dirían que ella se había golpeado la cabeza al salir disparada del coche; que había sufrido amnesia y había vagado lejos del lugar del accidente.

Evan pensó que a la prensa le parecería una noticia sensacional. Lo devorarían.

Atarían todos los cabos de la historia cuando estuvieran en ese sitio tranquilo e íntimo.

Si no podía hacerlo, si ella se atrevía a rechazarlo, si volviera a escaparse para ir gritando a la policía como había hecho otra vez, tendría que matarla.

Tomó esa decisión con la misma frialdad con la que había elegido el desayuno.

Le parecía que Helen tenía dos elecciones muy sencillas: vivir o morir.

Cuando llamaron a la puerta, Evan dobló minuciosamente el periódico y fue a abrir.

—Buenos días, señor —dijo alegremente la joven camarera—. Ha solicitado el servicio de limpieza entre las nueve y las diez.

—Efectivamente.

Miró el reloj y comprobó que eran las nueve y media. Se había distraído con sus pensamientos más tiempo del previsto.

—Espero que esté disfrutando de la estancia. ¿Quiere que empiece por el dormitorio?

—Sí.

Se sentó a tomar la última taza de café y ver un reportaje sobre un nuevo conflicto en Europa del Este que no le interesó lo más mínimo. Era demasiado pronto para llamar a Los Angeles para saber si había alguna novedad, podía llamar a Nueva York. Tenía un asunto entre manos, que se estaba cociendo allí, y no estaría de más dedicarle un poco de atención.

Entró en el dormitorio para buscar la agenda y se encontró a la camarera con los brazos llenos de

ropa de cama limpia y mirando fijamente la fotografía de Helen.

—¿Ocurre algo?

—¿Cómo? —ella se sonrojó—. No, nada, lo
siento.

Fue rápidamente a hacer la cama.

—Miraba con mucho interés esta fotografía
¿Por qué?

—Es una mujer muy hermosa.

La mujer sentía un escalofrío por todo el cuerpo. Sólo quería hacer la habitación y salir de allí.

—Sí, lo es. Es mi mujer, Helen. Por la forma
de mirarla he pensado que a lo mejor la había visto
en algún sitio.

—No, señor. Lo dudo. Me recuerda a alguien,
eso es todo.

Él tuvo que hacer un esfuerzo para que no le
rechinaran los dientes.

—Ah.

—Se parece mucho a Nell, pero ella no tiene
ese pelo precioso ni ese... no sé, refinamiento.

—¿De verdad? —la sangre le hervía, pero mantuvo el tono de voz tranquilo, casi amigable—. Qué
curioso. A mi mujer le encantaría saber que hay
una mujer que se parece tanto a ella.

Nell. La madre de Helen se llamaba Nell. Un
nombre vulgar y nada elegante. Siempre le había
disgustado.

—Esa Nell, ¿vive en la isla?

—Claro. Llegó a principios de verano. Vive en
la casita amarilla. Lleva el café que hay en la librería... también sirve comidas a domicilio. Cocina

de maravilla. Debería ir a comer al café. Todos los días hay una sopa y sandwiches especiales. Son insuperables.

—Quizá lo haga —replicó muy delicadamente.

* * *

Nell entró por la puerta de atrás de la librería, saludó alegremente a Lulú y subió al café.

Una vez allí, se movió como el rayo.

Dos minutos después, llamó a Mia con un tono de voz que expresaba impotencia y disculpas.

—Mia, lo siento, ¿podrías subir un minuto?

—A estas alturas ya debería ser capaz de organizarse sola —masculló Lulú mientras la jefa la miraba de soslayo.

—A estas alturas, tú deberías ser capaz de darle un respiro —le replicó Mia mientras iba a hacia las escaleras.

Nell estaba junto a una de las mesas del café donde había una tarta glaseada que resplandecía bajo unas velas de cumpleaños; también había una cajita envuelta y tres floreros rebosantes de mimosas.

—Feliz cumpleaños.

La amabilidad del gesto la cogió desprevenida, lo cual era muy raro que ocurriera. Mia sonrió emocionada y encantada.

—Gracias. Tarta… —arqueó una ceja y tomó uno de los floreros con mimosas—. Mimosas y regalos. Casi merece la pena cumplir treinta años.

—Treinta —gruñó Lulú detrás de ella—. Una niña. Hablaremos cuando llegues a los cincuenta —sacó otro paquete más grande—. Feliz cumpleaños.

—Gracias. No sé por dónde empezar.

—Lo primero, el deseo y soplar las velas —ordenó Nell.

Hacía mucho tiempo que no hacía algo tan sencillo como formular un deseo, pero obedeció y sopló las velas.

—Tienes que cortar el primer trozo —Nell le pasó un cuchillo.

—De acuerdo. Luego quiero los regalos.

Mia cortó la tarta y abrió el paquete más grande. La colcha era suave como el agua y del color del cielo a medianoche. Llevaba estampados los signos del zodiaco.

—¡Lulú, es fabulosa!

—Te mantendrá caliente.

—Es preciosa —Nell acarició la colcha—. Intenté imaginármela cuando me la describió Lulú, pero es mucho mejor.

—Gracias —Mia se volvió y acarició la mejilla de Lulú con la suya antes de besarla.

A Lulú se le sonrojaron las mejillas de puro placer, pero fue ella la que apartó a Mia.

—Vamos abre el regalo de Nell antes de que reviente.

—Me recordaron a ti —dijo Nell mientras Mia desataba el cordón de la cajita.

Había unos pendientes. Unas estrellas de plata que colgaban y centelleaban contra diminutas esferas de piedra de luna.

—Son preciosos —Mia los levantó a la luz antes de besar a Nell—. Y muy adecuados, sobre todo hoy —añadió mientras alargaba los brazos.

Iba vestida de negro otra vez, pero la tela lisa y brillante estaba salpicada de pequeñas estrellas y lunas plateadas.

—No pude resistir ponérmelo precisamente en Halloween y ahora esto… —se quitó rápidamente los pendientes que se había puesto esa mañana y los sustituyó por los de Nell—. Son el remate perfecto.

—Muy bien —Lulú levantó su vaso—. Por los treinta.

—Lulú, no lo estropees —rió Mia mientras brindaba—. Quiero tarta —levantó el pequeño reloj de plata que colgaba de una de sus cadenas—. Hoy abriremos un poco más tarde.

* * *

No fue difícil encontrar la casita amarilla. Evan aminoró la velocidad para ver la pequeña casa escondida entre los árboles. Pensó que era poco más que una choza y casi se sintió irritado por el insulto que suponía.

Helen prefería vivir en ese cuchitril en vez de en las casas maravillosas que él le había proporcionado.

Tuvo que contener la urgencia por ir al café y sacarla a la calle a rastras. Se recordó que las escenas en público no eran la mejor manera de tratar a una esposa mentirosa.

Esas cosas exigían intimidad.

Volvió al pueblo, aparcó el coche y echó a andar. Un estudio minucioso le llevó comprobar que ninguna de las casas vecinas estaba lo suficientemente cerca como para preocuparle. No obstante, primero fue a la arboleda, la recorrió y permaneció entre las sombras observando la casa.

Al ver que no se movía nada, que no había agitación, fue hacia la puerta trasera.

Le llegó una oleada de un olor poderoso y molesto. Era como si lo empujara, como si lo apartara de la puerta. Por un momento, sintió en la piel algo parecido al miedo y se encontró dando un paso atrás, fuera de la entrada.

La furia le dominó y barrió todo temor. Una repentina ráfaga de viento hizo que las estrellas que colgaban del alero repicaran estruendosamente, pero él atravesó lo que parecía una pared de aire y agarró el picaporte. Ella ni siquiera cerraba con llave la casa, pensó con irritación. Qué descuidada era, qué estúpida.

Estuvo a punto de gritar cuando vio el gato. Detestaba a los animales. Le parecían unas criaturas repugnantes. Se miraron durante un buen rato y hasta que *Diego* se marchó.

Evan echó una ojeada a la cocina y deambuló por la casa. Quería ver cómo había vivido su mujer durante el último año.

Apenas podía esperar para volver a verla.

Veinte

Nell se puso en camino hacia su casa una docena de veces, pero el pueblo estaba muy animado. Casi todos los comerciantes se habían disfrazado para celebrar Halloween. Había demonios que vendían ferretería y hadas que anunciaban sus productos.

Comió a última hora con Ripley y tuvo una reunión improvisada con Dorcas sobre un posible encargo para una fiesta de Navidad.

Parecía que todas las personas con las que se cruzaba querían pararla para darle la enhorabuena por su compromiso de boda.

Pertenecía al pueblo. Pertenecía a Zack y además, por fin, se pertenecía a sí misma.

Fue a la comisaría para quedar con él en entregar juntos las bolsas de caramelos que había preparado para los pequeños fantasmas y duendes que se pasarían por su casa al caer la tarde.

—Quizá llegue un poco tarde —le dijo Zack—. Tengo que meter en cintura a algunos de los niños mayores. Ya me he encontrado con algunos que querían convencerme de que los doce rollos de papel higiénico que estaban comprando eran para sus madres.

—¿De dónde sacabas tú el papel higiénico para ir por las casas cuando eras pequeño?

—Lo robaba del cuarto de baño de casa, como cualquiera con dos dedos de frente.

Ella sonrió.

—¿Ha habido más calabazas explosivas?

—No, creo que se ha corrido la voz —inclinó la cabeza—. Hoy pareces contenta.

—Hoy estoy contenta.

Se acercó y le rodeó el cuello con los brazos.

En ese momento, sonó el teléfono.

—Sigue así —le dijo él antes de contestar—. Despacho del sheriff. Sí. Señora Stubens. ¿Mmm? —separó la cadera de la mesa y se irguió—. ¿Algún herido? Perfecto. No, quédese ahí. Voy inmediatamente. Nancy Stubens —le dijo a Nell mientras se ponía la cazadora—. Estaba enseñando a conducir a su hijo y han chocado contra el coche aparcado de los Bigelow.

—¿Ha pasado algo?

—No. Iré para arreglar las cosas. Los Bigelow acababan de estrenar el coche.

—Ya sabes dónde encontrarme.

Lo acompañó fuera y sintió que le rebosaba la felicidad cuando él se inclinó para darle un beso de despedida. Luego, cada uno fue en una dirección.

Estaba a mitad de la manzana cuando Gladys Macey la llamó con un grito.

—¡Nell! Espera —con la respiración entrecortada por el esfuerzo de alcanzarla, la mujer se dio una palmada en el corazón—. Déjame ver ese anillo del que tanto he oído hablar.

Antes de que Nell pudiera levantar la mano, Gladys ya se la había agarrado y miraba fija y detenidamente la joya.

—Debería haber supuesto que Zack se comportaría —asintió con la cabeza y miró a Nell—. Te llevas una buena pieza, y no me refiero al zafiro.

—Lo sé.

—Lo he visto crecer. Cuando se hizo un hombrecito, ya sabes lo que quiero decir, me preguntaba qué mujer lo cazaría. Me alegro de que seas tú. Te he cogido cariño.

—Señora Macey —Nell, emocionada, la abrazó—. Gracias.

—Serás una buena esposa —dio unas palmadas en la espalda de Nell—. Y él será un buen marido. Yo sé que has pasado por momentos difíciles —se limitó a asentir con la cabeza cuando Nell se apartó—. Tenías algo en la mirada cuando llegaste. Ya no lo tienes.

—Lo dejé todo atrás. Estoy feliz.

—Se nota. ¿Habéis fijado la fecha?

—No, todavía, no —Nell se acordó de los abogados, de los problemas, de Evan. Podría con todo, se dijo, con todo—. En cuanto podamos.

—Quiero estar en primera fila el día de la boda.

—Lo estará. Y podrá beber todo el champán que le apetezca en nuestro treinta aniversario.

—Lo apunto. Bueno, tengo que irme, dentro de poco los monstruos estarán llamando a la puerta y no quiero que me embadurnen las ventanas. Dile a tu hombre que se ha comportado.

—Se lo diré —«su hombre», Nell pensó que era una expresión preciosa.

Aceleró el paso. Tendría que darse prisa para que la tarde no se le echara encima.

Fue a la parte delantera de la casa y miró alrededor con cierta timidez. Se cercioró de que estaba sola en la luz del crepúsculo, alargó los brazos hacia las calabazas, tomó aire y se concentró.

Necesitó un esfuerzo considerable, lo habría hecho más rápidamente con una cerilla, pero no le habría producido la misma emoción que ver que las velas se encendían con el fuego que producía su mente.

¡Caray! Resopló con fuerza. Eso sí que era *guay*.

Comprendió que no se trataba sólo de la magia. Era saber quién y qué era ella. Era encontrar su fuerza, su objetivo en la vida y su corazón. Recuperar el dominio de sí misma para poder compartirlo con un hombre que creía en ella.

En ese momento era Nell y lo sería independientemente de lo que pasara al día siguiente o un año después.

Subió los escalones alegremente y entró en su casa.

—¡*Diego*! He vuelto. No vas a creer el día que he pasado. El mejor, sin duda.

Pasó a la cocina y encendió la luz. Puso a calentar agua para el té antes de llenar una gran cesta de mimbre con bolsas de caramelos.

—Espero que vengan muchos niños. Hace años que no llaman a la puerta de mi casa —abrió un armario—. ¡No puedo creérmelo, me he olvidado del coche en la librería! ¿En qué estaría pensando?

—Siempre fuiste muy distraída.

La taza que sujetaba se le cayó, como si fuera agua entre los dedos, se estrelló contra la encimera y se hizo añicos contra el suelo. Oyó aquella voz terrible mientras se giraba.

—Hola, Helen —Evan se acercó lentamente hacia ella—. Me alegro de verte.

Nell no podía pronunciar su nombre. No podía emitir sonido alguno. Rezó para que fuera alguna visión, una de sus alucinaciones. Pero él le rozó la mejilla con sus dedos largos y delgados. Se le heló la sangre en las venas.

—Te he echado de menos. ¿Pensabas que no vendría? —le pasó los dedos por la nuca y ella sintió náuseas—. ¿Que no te encontraría? ¿Acaso no te he dicho mil veces que nada podrá separarnos?

Ella cerró los ojos cuando él se inclinó y le rozó los labios con los suyos.

—¿Qué te has hecho en el pelo? —le tiró violentamente del pelo—. Sabes cuánto adoraba tu pelo. ¿Te lo has cortado para molestarme?

Una lágrima le resbaló por la mejilla cuando él le sacudió la cabeza. La voz, el tacto, todo le devolvía a lo que había sido y le hacía olvidar lo que era. Sentía como si Nell se desvaneciera en el aire.

—Me desagrada, Helen. Me has causado muchos problemas. Muchos. Nos has robado un año de nuestras vidas.

Apretó los dedos. Le hacía daño mientras le levantaba la barbilla.

—Mírame, zorrita estúpida. Mírame cuando te hable. —Ella abrió los ojos y sólo pudo ver dos pozas vacías y transparentes—. Tendrás que pagarlo y lo sabes. Más de un año que se ha esfumado. Además, durante todo ese tiempo has vivido en esta casucha miserable, te has reído de mí al trabajar de camarera y servir a la gente. Al iniciar un negocio miserable. Un negocio de comidas. Me has humillado.

Bajó la mano de la mejilla a la garganta y la cerró.

—Tardaré tiempo en perdonarte, Helen. Tardaré porque sé que eres lenta y un poco estúpida. ¿No tienes nada que decirme, mi amor? ¿Nada que decirme después de una separación tan larga?

Ella tenía los labios tan fríos que pensó que se iban a quebrar.

—¿Cómo me has encontrado?

Él sonrió y Nell se estremeció de pies a cabeza.

—Ya te dije que te encontraría allí donde fueras e hicieras lo que hicieras.

La empujó con tal fuerza que la arrojó de espaldas contra la encimera. Asimiló el dolor como si perteneciera a otro tiempo, como un recuerdo.

—¿Sabes lo que he encontrado en tu nidito, Helen? ¿Helen, puta mía? Ropa de hombre. ¿Con cuántos te has acostado, puerca? —La tetera empezó a silbar, pero ninguno de los dos le hizo caso—. ¿Has encontrado a algún pescador para que ponga sus manazas de obrero en tu cuerpo? ¿En el cuerpo que me pertenece?

Zack. Fue lo primero que pensó con claridad. Con tanta claridad que sus ojos presas del vértigo reflejaron puro terror.

—No hay ningún pescador.

Apenas parpadeó cuando él la abofeteó.

—Mentirosa. Sabes que detesto las mentiras.

—No hay... —la siguiente bofetada hizo que se le saltaran las lágrimas, pero le recordó quién era. Era Nell Channing y tenía que pelear—. Aléjate de mí. Aléjate.

Intentó agarrar un cuchillo de la encimera, pero él fue más rápido. Siempre había sido más rápido.

—¿Buscabas esto?

Le puso el filo resplandeciente a un centímetro de la nariz. Ella se abrazó a sí misma. Pensó que, al final, acabaría matándola.

No lo hizo, se apartó y le dio una bofetada tan violenta con el dorso de la mano que la mandó contra la mesa. Ella se golpeó la cabeza contra el borde de la gruesa madera y todo brilló para oscurecerse acto seguido.

No notó el golpe de su cuerpo contra el suelo.

* * *

Mia se había despedido de un joven explorador del espacio. La librería era uno de los sitios que recibía más visitantes en Halloween. Había esqueletos danzantes, calabazas sonrientes, fantasmas voladores y, naturalmente, un montón de brujas.

Había sustituido la música habitual por aullidos, lamentos y cadenas que se arrastraban.

Lo estaba pasando como nunca.

Sirvió el ponche de un caldero humeante a un vaquero espectral, que la miraba con los ojos desorbitados.

—¿Va a montar en su escoba esta noche?

—Claro —se inclinó—. ¿Qué bruja sería si no?

—La bruja que persiguió a Dorothy era una bruja mala.

—Estoy de acuerdo, era una bruja muy mala, pero resulta que yo soy muy buena.

—Era ho… rrible y tenía la cara verde. Tú eres guapa —sonrió y se bebió el ponche.

—Muchas gracias. En cambio, tú eres aterrador —le dio una bolsa de caramelos—. Espero que no me asustes.

—Uuuh. Gracias, señora —echó los caramelos en la bolsa y salió corriendo a buscar a su madre.

Mia, divertida, empezó a erguirse. Sintió un dolor punzante, como una espada que le atravesaba la sien. Vio a un hombre con ojos pálidos y pelo brillante y la hoja de una espada.

—Llama a Zack —fue precipitadamente hacia la puerta mientras llamaba a una desconcertada Lulú—. Hay un problema. Nell está en apuros. Busca a Zack.

Salió corriendo a la calle, rodeó un grupo de niños disfrazados y casi se choca con Ripley.

—Nell.

—Lo sé —Ripley sentía todavía el zumbido en la cabeza—. Tenemos que darnos prisa.

415

* * *

Volvió en sí lentamente, con la visión desenfocada y la cabeza dolorida. El silencio era absoluto. Se giró en el suelo, gimió y consiguió ponerse a gatas. Sintió náuseas y volvió a hacerse un ovillo.

La cocina estaba a oscuras, sólo iluminada por la luz de una vela en el centro de la mesa.

Evan se sentó en una de las sillas de la cocina. Ella podía ver sus zapatos, el lustre, la raya perfecta de los pantalones; quiso llorar.

—¿Por qué me obligas a castigarte, Helen? Sólo puedo pensar que disfrutas con ello —le dio una patada con la punta del zapato—. ¿Es eso?

Ella se alejó gateando. Imploró para que le concediera un momento. Un momento para respirar y recuperar las fuerzas, pero él se limitó a pisarle la espalda.

—Vamos a ir a un sitio donde podamos estar solos. Podremos comentar toda esta estupidez, todos los problemas que me has causado.

Frunció ligeramente el ceño. ¿Cómo iba a sacarla de allí? No quería haberle dejado marcas; por lo menos donde pudieran verse, pero le había obligado a hacerlo.

—Iremos andando a mi coche. Me esperarás ahí hasta que haga la maleta y pague el hotel.

Nell negó con la cabeza. Sabía que era inútil, pero negó con la cabeza. Luego, se puso a llorar en silencio cuando *Diego* se restregó contra sus piernas.

—Harás exactamente lo que diga —golpeó la mesa con el filo del cuchillo—. Si no lo haces, no me dejarás alternativa. La gente ya cree que estás muerta. Las mentiras pueden convertirse fácilmente en realidad.

Al escuchar un ruido fuera levantó la cabeza con un movimiento brusco.

—Quizá sea tu pescador de regreso a casa —susurró, y se levantó cuchillo en mano.

Zack abrió la puerta, vaciló un instante y maldijo al oír el teléfono que llevaba en la cintura. Esa interrupción le salvó la vida. Al escuchar un ruido detrás de la puerta, se giró.

Captó un movimiento difuso, vislumbró una afilada hoja de cuchillo que descendía hacia él. Se giró para alcanzar el arma. El cuchillo le alcanzó en el hombro en vez de atravesarle el corazón.

Nell gritó, se levantó, pero la cabeza empezó a darle vueltas y se tambaleó. Sólo veía dos figuras que luchaban en la cocina a oscuras. Pensó que necesitaba un arma mientras se mordía el labio para no desvanecerse otra vez.

Ese cabrón no le arrebataría lo que era suyo. No haría daño a lo que ella amaba.

Fue tambaleándose hacia el cuchillero de la encimera, pero había desaparecido. Se revolvió dispuesta a usar uñas y dientes. Vio a Evan de pie sobre el cuerpo de Zack y blandiendo el cuchillo.

—¡Dios mío! ¡No! ¡No!

—¿Este es tu caballero de la armadura resplandeciente? ¿Es el hombre con el que has estado follando a mis espaldas? No ha muerto todavía. Tengo derecho a matarlo por robarme mi esposa.

—No lo hagas —tomó aire y lo soltó. Intentó recomponerse y encontrar un atisbo de fuerza—. Iré contigo. Haré lo que quieras.

—Lo harás en cualquier caso.

—Él no tiene importancia —se agarró al borde de la encimera y vio a *Diego* acurrucado enseñando los dientes—. No tiene importancia para ninguno de los dos. Me buscas a mí, ¿no? Has recorrido todo este camino por mí.

Evan la perseguiría. Si pudiera salir, iría tras ella y dejaría a Zack. Tuvo que hacer un esfuerzo sobrehumano para no abalanzarse sobre su amor para protegerlo. Si lo hiciera, si lo mirara tan sólo, los dos estaban muertos.

—Sabía que lo harías —siguió diciendo ella mientras le temblaba todo el cuerpo y contemplaba cómo su marido bajaba el cuchillo—. Lo supe siempre.

Cuando Evan dio un paso hacia ella, el gato saltó como un tigre sobre su espalda; Nell echó a correr con un aullido de rabia en los oídos.

Giró hacia la calle, hacia el pueblo. Ella miró atrás y lo vio salir de la casa. La alcanzaría. Al final, se encontrarían cara a cara. Se dejó en manos del destino y se sumergió en la arboleda.

* * *

Zack consiguió ponerse de rodillas cuando Evan salió por la puerta. Le dolía el hombro como si tuviera unos dientes de acero clavados en él. Se levantó con los dedos ensangrentados. Se acordó de Nell y se olvidó del dolor. Salió disparado por la puerta en el instante en el que el bosque se tragaba a Nell y al hombre que la perseguía.

—¡Zack!

Se detuvo lo justo para mirar con ojos de espanto a su hermana y a Mia.

—La persigue. Lleva un cuchillo y ella no tiene mucho fuelle.

Ripley se sintió abrumada. Su hermano tenía la camisa empapada de sangre. Asintió con la cabeza y sacó la pistola, como él.

—Usaremos lo que tengas —dijo a Mia.

Se lanzó al bosque detrás de Zack.

* * *

No había luna y la noche estaba oscura como la boca del lobo. Nell corría enloquecida, se arañaba con los arbustos y saltaba sobre las ramas caídas. Si pudiera despistarlo, adentrarse en el bosque y que le perdiera la pista, podría darse la vuelta para regresar junto a Zack.

Rezaba con toda su alma para que estuviera vivo.

Podía oír a Evan detrás de ella, cerca, demasiado cerca. Ella tenía la respiración entrecortada por el miedo, pero la de él era firme y acompasada.

Sintió un mareo y cayó de rodillas; lo venció, se trastabilló. No podía perder en ese momento.

Evan se le echó encima y la derribó. Cayó rodando y pataleando con la única idea de librarse de él. Se le heló la sangre cuando la tiró del pelo y le puso el cuchillo en la garganta. Sintió que se le vaciaba el cuerpo y se le quedaba sin vida, como el de una muñeca.

—Hazlo —dijo completamente agotada—. Termina con todo.

—Has huido de mí —lo dijo con tanto desconcierto como rabia—. Has huido.

—Y seguiré haciéndolo. Seguiré huyendo hasta que me mates. Prefiero estar muerta a vivir contigo. Ya he muerto una vez, mátame. Ya no te tengo miedo.

Notó el filo de la hoja. Él la levantó al oír pasos.

Nell sintió una enorme felicidad al ver a Zack, aunque aún tuviera el cuchillo en la garganta.

Estaba vivo. La mancha oscura de la camisa resplandecía a la tenue luz de las estrellas. Pero estaba vivo y lo demás no tenía importancia.

—Suéltala —Zack sujetaba la pistola con las dos manos—. Deja el cuchillo y apártate de ella.

—Le cortaré la garganta. Es mía y no dudaré en hacerlo.

Evan miró a Zack, a Ripley y a Mia que formaban un semicírculo.

—Si le haces daño, eres hombre muerto. No saldrás vivo de aquí.

—No tienes derecho a entrometerte entre un marido y su mujer —había algo juicioso en su tono, algo sensato bajo la locura—. Helen es mi esposa. Legal, moral y eternamente —le empujó la garganta con el cuchillo—. Guardad las pistolas y dejadnos en paz. Esto es un asunto mío.

—No tengo un blanco claro —dijo Ripley en un susurro—. No hay luz suficiente.

—No es la solución. Baja la pistola, Ripley —Mia alargó el brazo.

—Al demonio con eso —mantuvo el dedo en el gatillo.

Sólo podía pensar que aquel tipo era un cabrón mientras veía la garganta de Nell y olía la sangre en la camisa de Zack.

—Ripley —repitió Mia en voz baja mientras Zack seguía ordenándole firme y tajantemente que dejara el cuchillo y se apartara.

—Maldita sea. Maldita sea. Será mejor que tengas razón —murmuró Ripley.

Zack no las oía. Habían dejado de existir para él. Nell era la única realidad.

—Haré algo más que matarte —mantenía la pistola firme como una roca y la voz tranquila como las aguas de un lago—. Si le haces un rasguño, te haré pedazos. Te dispararé a las rodillas, a las pelotas, a la tripa y disfrutaré viendo cómo te desangras.

Evan perdió todo el color que la rabia le había llevado al rostro. Creía en lo que veía en los ojos de Zack. Creía en el dolor y la muerte que veía allí, y tuvo miedo. Le tembló la mano que empuñaba el cuchillo, pero no se movió.

—Me pertenece.

Ripley tomó de la mano a Mia. Nell sintió la oleada de energía que habían creado, y también la oleada de amor y terror que emanaba de Zack mientras sangraba por ella.

Y sintió, como nunca antes lo había hecho, el miedo del hombre que la agarraba. Ella se llamaba Nell Channing y ése sería su nombre siempre. El hombre que tenía detrás era menos que nada. Agarró el colgante que le había dado Mia. Vibró.

—Me pertenezco a mí misma —fue recuperando el poder poco a poco—. Me pertenezco a mí misma. Y a ti —dijo con los ojos clavados en los de Zack—. Tú ya no me haces daño —levantó la otra mano y la posó suavemente en la muñeca de Evan.

—Suéltame, y podrás marcharte. Nos olvidaremos de todo. Es tu oportunidad. La última oportunidad.

Ella oyó el silbido de la respiración de Evan en el oído.

—Perra estúpida. ¿Crees que voy a dejar que te escapes?

—Es tu única alternativa —había compasión en sus palabras—. La última.

Oía una letanía en la cabeza, cada vez más alta, como si hubiera estado esperando a que eso la liberara.

Se preguntó cómo había podido tenerle tanto miedo.

—Que lo que me has hecho a mí y a todos, multiplicado por tres se vuelva contra ti. A partir de esta noche nada podrás sobre mí. Que se haga mi voluntad.

La piel le brilló como si tuviera luz propia; las pupilas eran oscuras como carbones. El cuchillo tembló, resbaló sobre su piel y cayó al suelo. Mientras Evan se derrumbaba a sus espaldas, oyó un jadeo sordo, un gemido agudo que no llegó a ser un grito.

Nell ni siquiera lo miró.

—No dispares —le dijo tranquilamente a Zack—. No lo mates de esta manera. No te haría ningún bien —con los gemidos de Evan de fondo, se acercó a Zack que estaba dispuesto a hacerlo—. No nos haría ningún bien. Él ya no significa nada —puso la mano en el corazón de Zack que latía con fuerza—. Él es lo que ha hecho de sí mismo.

Evan se retorcía en el suelo como si algo perverso se hubiera apoderado de él. Tenía el rostro pálido como la cera. Zack bajó la pistola y abrazó a Nell con el brazo sano. Ella se quedó así un rato mientras alargaba un brazo para estrechar la mano de Mia.

—Quédate con ellas —le dijo Zack—. Yo me ocuparé de él. No lo mataré. Sufrirá más si vive.

Ripley observó a su hermano acercarse al cuerpo que se crispaba en el suelo y sacar las esposas. Pensó que él tenía que hacer ese último acto y ella dejar que lo hiciera.

—Tardará dos minutos en esposar y leerle los derechos a ese despojo humano, luego quiero que vaya a la clínica. No sé cuál es la gravedad de la herida.

—Yo lo llevaré —Nell se miró la mano ensangrentada, la sangre de Zack, y notó el latido de la vida—. Yo lo acompañaré.

—El valor —Mia le tocó el colgante— rompe el conjuro. El amor hace uno nuevo —abrazó con fuerza a Nell—. Lo has hecho muy bien, hermanita —se volvió hacia Ripley—. Y tú has encontrado tu destino.

* * *

El día de Todos los Santos, mucho después de que apagaran las hogueras y antes de que amaneciera, Nell estaba sentada en la cocina de su casa amarilla con la mano posada sobre la de Zack.

Sintió la necesidad de volver, de estar allí, de limpiarla de lo que había pasado y de lo que había podido pasar. Eliminó las fuerzas negativas que quedaban en el aire y encendió velas e incienso.

—Me habría gustado que te hubieras quedado en la clínica.

Nell apretó la mano de Zack.

—Yo podría decir lo mismo.

—A mí me han dado unos cuantos puntos de sutura, tú tenías una conmoción.

—Ligera —le recordó ella—. Y veintitrés puntos no son unos cuantos.

Veintitrés puntos, pensó él, una cuchillada bastante considerable. El médico había dicho que había sido un milagro que no afectara gravemente a ningún músculo o tendón. Zack lo llamaba magia. La magia de Nell.

Ella le pasó la mano por las vendas nuevas hasta tocar el medallón.

424

—No te lo has quitado.

—Me pediste que no lo hiciera. Se calentó —ella lo miró a los ojos—. Un instante antes de que me hiriera. Pude ver dentro de mi cabeza, como un fogonazo, el cuchillo que iba al corazón y que se desvió. Como si hubiera chocado contra un escudo. Pensé que me lo había imaginado que eran imaginaciones mías, pero ahora sé que no.

—Éramos más fuertes que él —Nell se llevó las manos unidas a la mejilla—. En cuanto oí su voz, tuve miedo, me dominó el miedo. Me arrebató todo lo que había conseguido construir, todo lo que había aprendido de mí misma. Me dejó paralizada, me anuló la voluntad. Ése era el poder que tenía sobre mí. Por suerte, empecé a recuperarlo y cuando te hirió lo recuperé de golpe; aún así no podía pensar con claridad. Supongo que en parte por el golpe en la cabeza.

—Te escapaste para salvarme.

—Y tú nos seguiste para salvarme a mí. Somos una pareja de héroes.

Él le acarició delicadamente la mejilla. Notaba el palpitar de los moratones.

—No volverá a hacerte daño. Cuando amanezca, iré a relevar a Ripley y me pondré en contacto con la oficina del fiscal. Este par de intentos de asesinato lo mantendrá un tiempo entre rejas, por muy buenos que sean sus abogados.

—Ya no le temo. Al final resultaba penoso verlo consumido por su propia crueldad, aterrado de ella. Su locura se ha vuelto contra él. Ya no podrá volver a ocultarla —todavía podía ver los ojos sin color y desorbitados en la cara blanca como la cera—. Una habitación acolchada sirve lo mismo que una celda.

Se levantó y sirvió más té. Cuando volvió, Zack la rodeó con un brazo y puso la cara contra su vientre.

—Voy a tardar en borrar esa imagen tuya con un cuchillo en la garganta.

Ella le acarició el pelo.

—Tenemos toda una vida por delante para llenarnos las cabezas con otras imágenes. Quiero casarme contigo, sheriff Todd. Quiero empezar pronto esa vida.

Se sentó en su regazo y suspiró mientras apoyaba la cabeza en su hombro sano. En la ventana aparecieron lo primeros brochazos de color que anunciaban el amanecer.

Le puso la mano en el corazón para acompasar sus latidos a los de él. Comprendió que la verdadera magia estaba allí.

Pase a la siguiente página para leer un avance de

CIELO Y TIERRA

La segunda novela de la trilogía de
La isla de las Tres Hermanas

Dos

No era muy diferente del resto de los pasajeros del trasbordador. Su largo abrigo negro se agitaba al viento. Tenía el cabello rubio oscuro, que caía alrededor del rostro sin una forma especial.

Se había acordado de afeitarse, cortándose sólo dos veces, justo bajo la fuerte línea de la mandíbula. Era un hombre guapo y tenía el rostro oculto por una cámara, ya que estaba haciendo fotos de la isla con un teleobjetivo.

Su piel todavía mostraba el bronceado tropical que había conseguido en Borneo. En contraste, sus ojos eran de un luminoso marrón dorado como el de la miel líquida. Tenía la nariz recta y estrecha, y el rostro un tanto delgado.

Los hoyuelos de las mejillas tendían a marcársele más profundamente cuando se sumergía en el trabajo durante largos períodos en los que olvidaba comer regularmente, rasgo que le proporcionaba un curioso aire de colegial hambriento.

Sonreía con facilidad, de forma sensual.

Era alto hasta el punto de resultar un poco larguirucho, y un tanto desgarbado.

Tuvo que sujetarse a la barandilla para evitar que una sacudida del trasbordador le tirase por la borda. Se había asomado demasiado desde luego. Era consciente, pero a veces se anticipaba a las cosas y se olvidaba de la realidad del momento.

Consiguió recuperar el equilibrio de nuevo y metió la mano en el bolsillo del abrigo buscando una barra de chicle. Lo que sacó fue una vieja pastilla de limón, un par de hojas de notas arrugadas, y una entrada, lo que le desconcertó, ya que no pudo recordar la última vez que fue al cine; también encontró la tapa de una lente que creía haber perdido.

Se arregló con la pastilla de limón y contempló la isla.

Había estado con un chamán en Arizona, visitado a un hombre que proclamaba ser un vampiro en las montañas de Hungría, y le había maldecido un brujo después de un desgraciado incidente en México. Había vivido entre fantasmas en una casa de campo en Cornualles y había documentado los ritos y costumbres de un nigromante en Rumania.

Durante casi doce años, MacAllister Booke había sido testigo de lo imposible, lo había estudiado y grabado. Había entrevistado a brujas, fantasmas, licántropos, alienígenas abducidos y videntes. El noventa y ocho por ciento de esos casos eran fraudes o estafadores. Sin embargo, el dos por ciento restante era lo que le impulsaba a continuar.

No creía en lo extraordinario sin más. Lo había convertido en el trabajo de su vida.

Le resultaba fascinante la idea de pasar los próximos meses en un trozo de tierra, que según la le-

yenda, había sido desgajado de la costa de Massa-
chusets por un trío de brujas para convertirla en
un santuario.

Había investigado la isla de las Tres Hermanas
exhaustivamente, rastreando cada fragmento de
información que había podido encontrar sobre
Mia Devlin, la bruja oficial de la isla. Ella no había
prometido concederle ninguna entrevista, ni darle
acceso a su «trabajo», confiaba en persuadirla.

Un hombre que había conseguido participar
en una ceremonia celebrada por neo-druidas, debería ser capaz de convencer a una bruja solitaria
para que le dejara asistir a alguno de sus hechizos.

Además creía poder llegar a un trato: tenía algo que estaba seguro le interesaría a ella, y a todo
aquel que estuviera ligado a la maldición ocurrida
trescientos años atrás.

Tomó de nuevo la cámara, y ajustó el objetivo para captar el faro blanco y el camino que
conducía a la vieja casa de piedra, ambos situados
en los altos acantilados. Sabía que Mia vivía allí,
colgada sobre el pueblo, cerca de la espesa masa
del bosque.

También sabía que era la dueña de la librería
del pueblo que dirigía con éxito. Una bruja práctica que, según las apariencias, sabía cómo vivir, y
vivir muy bien, en ambos mundos.

Estaba impaciente por encontrarse con ella
frente a frente.

El sonido de la sirena le advirtió de que debía
prepararse para desembarcar. Se dirigió de vuelta a
su Land Rover y colocó la cámara en la funda que

estaba en el asiento del copiloto. Una vez más olvidó la tapa de la lente que tenía en el bolsillo.

Como disponía todavía de unos minutos, puso al día algunas notas y después escribió en su diario:

El viaje en el trasbordador ha sido agradable. El día es claro y frío. He conseguido tomar una serie de fotografías de algunos puntos estratégicos, y creo que debo alquilar un barco para obtener vistas de la zona de la isla que da a barlovento.

Desde el punto de vista geográfico y topográfico no existe nada fuera de lo común en la isla de Tres Hermanas. Tiene una extensión aproximada de dieciocho kilómetros cuadrados, y sus habitantes —la mayoría dedicados a la pesca, el comercio al por menor y el turismo— son menos de trescientos. Hay una pequeña playa de arena, numerosas ensenadas, cuevas y playas de piedra. Está cubierta parcialmente por un bosque cuya fauna se compone de ciervos de cola blanca, conejos y mapaches. Los pájaros marinos son los propios de la zona. En el bosque hay también lechuzas, halcones y pájaros carpinteros.

Hay un pueblo. La mayoría de la población vive en el pueblo o en sus alrededores, en un radio de un kilómetro, aunque hay algunas casas y edificios de alquiler algo más lejos.

No hay nada en el aspecto de la isla que indique que es una fuente de actividades paranormales. Sin embargo, he llegado a la conclusión de que las apariencias son medios de documentación poco fiables.

Estoy deseando conocer a Mia Devlin y empezar mi investigación.

Notó el ligero golpe del trasbordador al atracar, pero no levantó la vista.

Atracamos en la isla de Tres Hermanas, el 6 de enero de 2002 —miró el reloj—, *a las 12:03 p.m. aprox.*

Las calles del pueblo estaban tan cuidadas como las de los pueblos de los libros de cuentos y el tráfico era escaso. Mac dio unas cuantas vueltas en coche, grabando algunos datos de interés en la grabadora. Aunque era capaz de encontrar ruinas mayas en la selva con la ayuda de un mapa garabateado en una servilleta arrugada, solía olvidar las localizaciones más comunes. El banco, la oficina de Correos, el mercado. ¡Vaya!, una pizzería…

Encontró aparcamiento sin problemas un poco más abajo de Café & Libros. Le gustó el aspecto del lugar inmediatamente: el escaparate, la vista del mar… Buscó el maletín, metió dentro la mini grabadora por si acaso, y salió.

Le gustó todavía más el interior de la tienda. El acogedor fuego en la chimenea de piedra, el gran mostrador tallado con lunas y estrellas siglo XVII, pensó, que sería perfecto para un museo. Mia Devlin tenía gusto y talento.

Se dirigió hacia el mostrador y hacia la mujer menuda con apariencia de gnomo, que se sentaba tras él en un alto escabel. Un movimiento, un destello de color captó su atención, se trataba de Mia que surgió tras los montones de libros sonriendo.

—Buenas tardes. ¿Puedo ayudarle?

Lo primero que se le vino a la cabeza fue: «¡guau!».

—Estoy, eh, humm… Estoy buscando a la señorita Devlin, Mia Devlin.

—Ya la ha encontrado —se dirigió hacia él tendiéndole la mano—. ¿MacAllister Booke?

—Sí. —La mujer tenía una mano larga y fina, en la que los anillos brillaban como joyas sobre seda blanca. Le dio miedo estrecharla demasiado fuerte.

—Bienvenido a Tres Hermanas. ¿Por qué no vamos arriba? Le invito a un café o quizás algo de comer. Estamos muy orgullosas de nuestra cafetería.

—Bueno… no me importaría comer algo. He oído hablar muy bien de este lugar.

—Perfecto. Espero que no haya tenido problemas en el viaje.

«Hasta ahora no», pensó.

—Ha estado muy bien, gracias —subió las escaleras tras ella—. Me gusta su librería.

—A mí también. Espero que venga a menudo durante su estancia en la isla. Ésta es mi amiga, y «la artista» del café, Nell Todd. Nell, el doctor Booke.

—Encantada de conocerle. —A Nell se le marcaron los hoyuelos mientras salía detrás de la barra para tenderle la mano.

—El doctor Booke acaba de llegar y creo que le vendrá bien comer algo. La casa invita, doctor Booke. Pídale a Nell lo que le apetezca.

—Tomaré el emparedado especial, y un capuchino grande, gracias. ¿También hace usted el pan?

—Sí. Le recomiendo también el postre del día, el dulce de manzana.

—Lo probaré.

—¿Y tú Mia? —preguntó Nell.

—Sólo quiero un poco de sopa y té de jazmín.

—De acuerdo. Voy a traerlo.

—Veo que no voy a tener que preocuparme por las comidas mientras esté aquí —comentó Mac al sentarse en una de las mesas cerca de la ventana.

—Nell dirige también el «Catering Las Hermanas». Sirve a domicilio.

—Bueno es saberlo. —Pestañeó dos veces, pero el rostro de ella, que era gloria bendita, no se alteró—. Bien, tengo que decirlo, y espero que no se ofenda: Es usted la mujer más guapa que he visto en mi vida.

—Gracias. —Mia se sentó—. No estoy nada ofendida.

—Bien. No quiero empezar con mal pie, ya que espero trabajar con usted —dijo Mac.

—Como ya le expliqué por teléfono, yo no «trabajo»… en público —respondió Mia.

—Espero que llegue a cambiar de opinión, cuando me conozca mejor.

Mia pensó que tenía una sonrisa potente, ya que si por un lado era un tanto torcida (aunque de forma encantadora), por otro, era engañosamente inocente.

—Ya veremos. En cuanto a su interés por la isla y su historia, no le faltarán datos. La mayoría de los residentes permanentes pertenecen a familias que han vivido en Hermanas durante generaciones.

—Como los Todd, por ejemplo —dijo él, mirando hacia la barra.

—En realidad, Nell se casó con un Todd hace poco menos de dos semanas, Zachariah Todd, nuestro sheriff. Aunque ella es... nueva en la isla, los Todd han vivido aquí desde hace generaciones.

Booke sabía quién era Nell. La ex mujer de Evan Remington. Un hombre que tuvo una considerable influencia y poder en el mundo del espectáculo, que resultó ser culpable de malos tratos, había sido declarado loco oficialmente y estaba encerrado.

El sheriff Todd fue quien le arrestó precisamente allí, en la isla de las Tres Hermanas, después de lo que se calificó como «acontecimientos extraños», la noche de Halloween. El «Sabat de Samhain».

Precisamente lo que Mac se proponía investigar en profundidad. Estaba a punto de sacar el tema a relucir, cuando algo en la expresión de Mia le advirtió que esperase el momento oportuno.

—Tiene un gran aspecto, gracias —le dijo en cambio a Nell que servía la comida.

—Que aproveche. Mia, ¿te parece bien entonces que vuelva luego?

—Me parece estupendo.

—Bien. Entonces volveré sobre las siete. Si necesita algo más, doctor Booke, dígamelo.

—Nell acaba de volver de su luna de miel —explicó Mia en voz baja, una vez que estuvieron solos de nuevo—. Creo que las preguntas sobre determinados detalles de su vida no son muy apropiadas en este momento.

—De acuerdo.

—¿Es usted siempre tan conciliador, doctor Booke?

—Llámame Mac. Seguramente, no. Pero no quiero que te alteres así, de entrada —mordió su emparedado—. ¡Qué rico! —consiguió decir—. Está realmente bueno.

Ella se inclinó hacia delante, jugando con la sopa.

—¿Estás arrullando con cumplidos a los lugareños?

—Tú también eres muy hábil. ¿Tienes facultades psíquicas?

—Todos las tenemos en cierto modo ¿no? ¿Acaso no investigas en uno de tus libros sobre lo que denominas el «sexto sentido desperdiciado»?

—Has leído mi obra.

—Sí. Yo me preocupo mucho de lo que soy, Mac. Tampoco es algo que explote, ni que permita a otros que lo hagan. He accedido a alquilarte la casa, y a hablar contigo cuando me apetezca, por una sencilla razón.

—De acuerdo. ¿Por qué?

—Porque tienes una mente brillante y, lo que es más importante, flexible, que es algo que yo admiro. Sin embargo, de ahí a fiarme de ti…, el tiempo lo dirá —miró alrededor e hizo un gesto—. Aquí llega una mente bastante brillante, pero muy inflexible, la ayudante del sheriff Ripley Todd.

Mac echó un vistazo y vio a una atractiva morena de largas piernas que se acercaba al mostrador, se apoyaba en él y charlaba con Nell.

—Ripley es un nombre muy común en la isla —dijo.

—Sí, es la hermana de Zack. Su madre se apellidaba Ripley. Las dos familias tienen antiguos lazos en Hermanas. Lazos muy antiguos —repitió Mia—. Si estás pensando en incluir en tu investigación a alguien cínico, Ripley es tu objetivo.

Incapaz de resistirse, Mia llamó la atención de Ripley y le hizo un gesto para que se acercara. Normalmente, la joven habría hecho caso omiso y se habría dirigido en dirección opuesta, pero un rostro extraño en la isla, por lo general tan aburrida, merecía ser investigado.

Al acercarse, pensó que se trataba de un hombre muy bien parecido, con cierto aire de ratón de biblioteca. Tan pronto como se le ocurrió el calificativo, arqueó ambas cejas. Un ratón de biblioteca. Debía tratarse del doctor en monstruos de Mia.

—El doctor MacAllister Booke, la ayudante Ripley Todd.

—Encantado. —Se puso en pie, sorprendiendo a Ripley con su estatura al levantarse de la silla. La mayor parte de su altura se debía a las piernas, calculó ella.

—No sabía que otorgaban títulos universitarios por el estudio de las tías raras.

—¿A que es adorable? —sonrió radiante Mia—. Precisamente le estaba diciendo a Mac que debería entrevistarte por tu mente estrecha y cerrada. Además, no le llevaría mucho tiempo.

—¡Qué aburrimiento! —Ripley enganchó los pulgares en los bolsillos y estudió el rostro de Mac—. No creo que le interese nada de lo que yo le pueda contar; Mia es la reina del cotilleo por aquí. Si necesita saber algo sobre la vida diaria de la isla, normalmente nos encontrará a mí o al sheriff por ahí.

—Te lo agradezco. Por cierto, yo sólo tengo una licenciatura en tías raras. No he terminado todavía la tesis.

Ripley frunció los labios.

—Estupendo. ¿Es tuyo el Rover que está ahí enfrente?

—Sí —se preguntó si habría dejado las llaves puestas de nuevo, al tiempo que rebuscaba en los bolsillos—. ¿Ocurre algo?

—No. Es un buen coche. Voy a coger algo para comer.

Cuando Ripley se marchó, Mia dijo:

—No es brusca e irritante a propósito, lo suyo es de nacimiento.

—No importa —dijo Booke; se sentó de nuevo y tomó la comida que había dejado—. Estoy acostumbrado. —Inclinó la cabeza hacia Mia—. Supongo que tú también.

—De vez en cuando. Doctor MacAllister Booke eres terriblemente controlado y afable, ¿verdad?

—Creo que sí. Soy bastante aburrido.

—Yo no lo creo —Mia levantó su taza de té, y le estudió por encima de las gafas—. No lo creo en absoluto.

Biografía

Nora Roberts nació en Silverspring, Maryland, y es la menor de cinco hermanos. Después de estudiar algunos años en un colegio de monjas, se casó muy joven y fue a vivir en Keedysville, donde trabajó un tiempo como secretaria.

Tras nacer sus dos hijos, decidió dedicarse a su familia.

Empezó a escribir al quedarse sola con sus hijos de seis y tres años, y en 1981 la editorial Silhouette publicó su novela *Irish Soroughbred*.

En 1985 se casó con Bruce Wilder, a quién había conocido al encargarle unas estanterías para sus libros. Después de viajar por el mundo abrieron juntos una librería.

En todo este tiempo Nora Roberts ha seguido escribiendo, cada vez con más éxito.

En veinte años ha publicado 130 libros de los que se han vendido ya más de 85 millones de copias.

Es autora de numerosos *bestsellers* con gran éxito en Estados Unidos, Inglaterra, Francia y Alemania.

«Una narradora hechicera»
– *Publishers Weekly*

Otros títulos de Nora Roberts en Punto de Lectura

LA TRILOGÍA IRLANDESA

I *Joyas del sol*

Después de varias decepciones, Jude huye de América a Irlanda, la tierra de sus antepasados, para refugiarse en Faerie Hill Cottage, una cabaña de su familia. Sumergiéndose en el estudio del folklore irlandés, descubrirá la esperanza para el futuro a través de la magia del pasado.

Aidan Gallagher vuelve a Irlanda después de haber pasado años en el extranjero para dedicarse a la administración del pub de la familia. El apasionado Aidan encontrará en Jude a la mujer que necesita a su lado y empezará a compartir con ella las leyendas de su tierra, mientras crece entre ambos su propia historia de amor.

Joyas del sol es la primera historia de amor entre Jude Murray y Aidan Gallagher de la "Trilogía irlandesa" de Nora Roberts.

II *Lágrimas de la luna*

Shawn Gallagher, un escritor de canciones de gran talento, pasa los días absorto en sus sueños sin prestar atención ni a las mujeres ni a abrirse un camino en la vida. Él asegura estar satisfecho pero su música cuenta una historia diferente, una historia de soledad y añoranza...

Nadie entiende por qué Shawn no saca partido de su don, especialmente Brenna O'Toole, que lleva años enamorada de él. Sólo cuando Shawn sucumba a los misterios de la magia, conseguirá cumplir su destino como músico y como hombre.

En esta espléndida trilogía, Nora Roberts, número uno en ventas según *The New York Times*, evoca una tierra llena de magia, música y mitos, a la vez que los sueños secretos y las pasiones perdurables de tres hermanos excepcionales.

III Corazón del mar

La llegada a Ardmore de Trevor, un atractivo y orgulloso hombre de negocios, altera la vida del pequeño pueblo irlandés y aviva las ansias de amor de la joven y ambiciosa Darcy, la menor de los hermanos Gallagher.

Entre ambos surge un apasionado idilio en el que la atracción física se impone a sus fuertes personalidades. Pero la magia, personificada en Carrick, el príncipe de las hadas y en el fantasma de su enamorada, terminará por convertir la pasión en amor.

Corazón del mar es la última parte de la trilogía que la norteamericana Nora Roberts ambienta en tierras irlandesas, y en la que lujuria, pasión, leyenda y magia aúnan sus fuerzas para conseguir que los protagonistas descubran el verdadero amor.